U0032542

聯經經典

修 女
La Religieuse

（法）狄德侯（Denis Diderot）◎原著
金恆杰◎譯注

國科會經典譯注計畫

引言

是暗無天日還是春色無邊？
——狄德侯筆下的十八世紀法國隱修院

　　《修女》寫於法國十八世紀，史稱「光之世紀」（Le Siècle des Lumières），中文譯為「啟蒙時代」，雖不最妥帖，但由來已久。但要真為「光之世紀」來下界定，來畫下明確起訖時間是極吃力不討好的事。在英國有人把它定在1658年；在德國，將它和馬丁・路德（1483-1546）聯繫起來。甚至有的學者乾脆不承認其存在。好在本文目的不在此，容我這麼簡單的說吧，此處所謂的「光」，相對於神的「超自然光」，指的是「自然光」，也就是「人的理性」，且引狄德侯的一則寓言來說明：

　　　　我在夜間迷失在一個大森林裡，只有一點很小的光來引導我。忽然來了一個不認識的人，對我說：「我的朋友，把你的燭火吹滅，以便更好地找到你的路。」這不認識的

人就是一個神學家。[1]

在「光之世紀」詞組中，「光」又引申爲「理性的人」，特別指這個時代的一批思想家。他們承襲了十七世紀後期逐漸出現的哲人的精神，以理性對待並質疑一切問題，包括宗教在內。狄德侯就是這一批稱爲「強思者」(esprit fort)的代言人之一。狄德侯主要落在上面這個脈絡裡，作爲法國十八世紀哲人和《百科全書》編者兼條目撰寫人爲國人所知。在他主導推動、編輯和撰寫下固然出版了法國第一部17大冊的「百科全書」（1751-1772），他更具有極高的知識好奇心，著作豐富而多面。除哲學之外旁及科學、心理學、美學、戲劇與小說，都有自己獨特的見地，可惜，他作爲小說家的面目對中國的讀者而言，相當晚近才受到重視。這，從他的主要哲學著作和小說作品的中譯年代和次數的對照就可以看出來：比如，他的《哲學原理》(*Pensées philosophiques,* 1746)，即《哲學思想錄》，早在1934年就有中譯本(楊伯愷譯，上海辛墾)。後來數度出版了國人自行編譯的《狄德侯哲學選集》(*Œuvres philosophiques*)到目前爲止至少已有四種。他的小說主要有 *Les Bijoux indiscrets*（1817）, *la Religieuse*（1796）, *Jacques le fataliste et son maître*（1796），*Le Neveu de Rameau*（1823）等四部。我們要等到1957年才見到他小說的第一個中譯本《修女》。後來又出了《定命論者雅克和他的主人》(匡明譯，北京人民文學出版社，1958)和《拉摩的侄兒》(江天驥

1《狄德羅哲學選集》〈哲學思想錄增補〉，第八，p.37.

譯，北京商務印書館，1981），嚴格說來，《拉摩的侄兒》是哲學對話錄，不能算作小說。

　　他的小說最早的中譯本雖見於五〇年代末，台灣讀者知之者極微。作為小說家，狄德侯真正引起此間注意的則是米蘭‧昆德拉的功勞。此人小說 *L'Insoutenable légèreté de l'être*，先由捷克文譯成法文，再譯成英文，繼而拍成電影。昆德拉之名及此書中文版《生命中難以承受之輕》在台灣風靡一時。由於他一再推崇狄德侯的《定命論者雅克和他的主人》，稱之為與Laurence Sterne（1713-1768）的 *Life and Opinions of Tristram Shandy, Gentleman,*（1760-1767）同列為十八世紀兩本最偉大的小說，因而引起了海峽兩岸對這本小說，連帶著對小說家狄德侯其人的興趣。此書1980年在北京再版；1994年台北也出版了《宿命論者雅克和他的主人》（黃有德譯，皇冠文學出版公司），但鮮見有人提起《修女》。

　　就我個人而言，選擇了十八世紀，動機非止一端。我們都知道，十八世紀產下了社會主義和資本主義思潮兩個嬰兒，影響今日西方思想至鉅；再者，不但法國現代小說發軔於斯，同時十八世紀的法文實在達到了「法語風格」的巔峰，公認已成絕響。從現實的觀點來看，法國十八世紀是個理性灼然玉舉的時代，《修女》作為小說，雖屬諷刺文學，作者對理性兩字，可謂念念於茲。想必對感性氾濫的此時此地仍可起清脾去火的療效。至於《修女》並非狄德侯最知名的小說，而且已有中文譯本，為什麼要再來翻譯一次呢？也有必要說明一下。

　　一是《修女》幾乎可說是狄德侯所謂「小說」中唯一真正

作爲小說呈現的作品(Mauzi 1961, p. xviii)，同時也是作者孕育時間最長久，最重視的作品：小說1760年寫就，於22年後的1782年才定稿，甚至在他臨終前清醒的片刻，他仍進行著修改(Dieckmann 1952, p. 35)因此，說《修女》是他小說藝術的重大體現，也不爲過。《修女》所攻擊的天主教隱修院種種不合理的制度早已消失，而小說卻持續引起當代學者研究的興趣，又能爲今天的讀者欣賞，可見它已超越時間的疆界：意識形態往往只能嘩眾於一時，藝術才能歷久彌新。

其次，個人所知中譯本三種，其中上海新文藝版(鄭兆璜譯，1957：上海譯林再版，1987)及廣西漓江出版社版(符錦勇譯，1996)，最大的共同缺憾是都只譯了小說的前部分修女栩桑的〈自述〉，未譯其第二部分所謂格林牧的〈序言／附錄〉。而根據狄德侯的原始企圖，後者雖短卻爲小說不可或缺的組成部分；這是1952年Dieckmann教授發表了〈《修女》〈序言／附錄〉〉的里程碑研究之後，爲狄德侯研究學者所公認的。只刊〈自述〉則無以體現狄德侯特殊的小說理念。上面兩個譯本嚴格說來只能算是殘本。同時，兩者譯文文義方面都存在著可商榷之處；問題基本來自偶爾放鬆了對十八世紀法文與現代法文間字義區別的警覺，復有少數對原文的曲解之處。這樣說，並非抹煞兩位先行者所付出的辛勤和譯本中眾多令人激賞的優點；世上本就不存在著完美無瑕的譯本，只能說我這個新譯本有援鏡自戒之利，盡量不蹈前車的覆轍。如說有什麼貢獻，主要是把〈序言／附錄〉譯出，恢復了狄德侯小說《修女》的完整面目、通過腳注反映了某些狄德侯專家重要的研究。至於第三個譯本(段

文玉、余尙兵、吳雙合譯，長江文藝出版社版，1988、2002）倒
是譯出了〈序言／附錄〉的。不幸譯文錯誤不但太多而且太離
奇，非常可惜。

最後還有一個隨機的原因，順便一提。我在中央大學法文
系任教期間，有難得的機會從現實的角度體會修女的問題，讓
我深深感到這部小說反映的雖是十八世紀的情況，某些最基本
的，涉及人性幽微的因素其實是不變的，對今日的社會仍然有
效。

《修女》這本小說成書的來龍去脈頗爲有趣。原來狄德侯
和格林牧他們一幫聚在巴黎的朋友，因爲好友克瓦瑪禾侯爵隱
退於諾曼地久不回來，便設計以一個逃離隱修院某修女的名義
從巴黎給他寫信求助，希望打動他的菩薩心腸親自來解她累卵
之危，目的是把他騙來巴黎。捏造的書信絕大部分由狄德侯執
筆。侯爵不知有詐，一一回信。爲了取得他的信任和同情，我
們這位「修女」更寫下一封「長信」向他細道身家底細。此信
未發，遂成了後來小說《修女》的主要構成部分，就是小說的
主體：〈自述〉。格林牧在1960年的一期《文學通訊》內公佈了
〈自述〉之外的雙方全部書信，並在必要時於信件之前後按語
說明，以清眉目。這便成了後來小說《修女》的第二部分：〈序
言／附錄〉。

〈自述〉是以三大段情節組成的。前兩段內，栩桑先敘自
己私生子的身分，在家受氣並被迫出家以及在隱修院受迫害的
悲慘遭遇，重點在反映修道院的黑暗面；第三段敘述她換到另
一個隱修院，目睹隱修院院長陷溺而終於死於同性戀激情的經

過。

　故事開始時，栩桑不顧父母的強制命令，堅決不肯發誓出家。她母親只得向她明言，她是婚外戀情所生，求她出家「為母贖罪」。激於親情也出於無奈，栩桑入龍尚隱修院發願出家。但院中對她的迫害愈演愈烈，其時父母已先後棄世，她遂向法院提出翻悔出家誓願的要求。敗訴之後，她所受迫害加劇。這兩段重點除了描述隱修院暗無天日的一面，同時作者借此發揮其指控隱修院制度違反基本人性的立場。栩桑的律師仗義張羅到一筆入院金，她得以換到另一個名為聖・德沱普的隱修院。故事於是進入第三段，作者筆鋒一轉為讀者顯現了一個春色無邊的女性同性戀的世界。在新隱修院，栩桑拒絕同性戀院長的激情，導致院長之死，再度成為全院修女迫害的對象，最後，她逃離隱修院，孤苦無告之下向一位慷慨樂善的侯爵求救。

　無庸置疑，這部小說是一個揭發，又是一個抗議；它指控家庭教會和政治權力三者各自著眼於名譽及貪婪、秩序和穩定而狼狽為奸迫害無辜。

　狄德侯那個時代，法國私生子數目固然驚人，尤其在巴黎，幾乎達到出生嬰兒的三分之一。（May 1954, p.60）然而，受強迫入隱修院的，連合法的嫡生子女有時也難逃此厄運。這是出於經濟的考慮所致：家產若不夠豐厚，平分給所有的子女，則每人所得相對菲薄，不利家族社會地位，不如犧牲其中幾個。狄德侯借栩桑之筆，將兩個問題一併點了出來：「為了滿足野心，過奢華的生活，只求換取部分家人的日子過得更為優裕，往往不惜犧牲家中其他幾人，隱修院收的就是這些人。隱修院成了

坑谷，供人丟棄社會殘渣。有多少爲母之人像我的母親那樣，爲了替自己不可告人的罪孽贖罪，不惜製造出另一項罪行來！」栩桑在翻悔誓願的訴訟期間向她的兩個姐姐寫信，表明願意立下公證的甘結，自動放棄對父母遺產的一切繼承權利，還俗後絕不跟她們爭產，哀求她們不要在法庭上反對。然而，她們置之不顧。金錢腐蝕親情一至於此！

至於隱修院，作爲這罪行的同謀者，主要也是爲了一個「利」字，因爲多收一人便多一筆入院金。在第一個隱修院裡，栩桑堅定告訴院長，只願住宿絕不發願出家。那院長卻騙她，先權且跟父母答應下來，將來未必非著袍出家不可的。但，到了宣誓時節，全院上下死活要她接受，最後將她關了起來，不再徵求她的同意了。栩桑說：「爲的是好有個幾千塊錢要落進隱修院的銀庫裡。就爲這個重要的目的，她們一生扯謊，一手將那一干無辜的年輕女子推入火坑四十年、五十年、甚至一輩子。」除此之外，書中還提出其它實例說明隱修院的貪婪。

可是這壓迫機制中還有權力的齒輪。俗世的權力著眼於維護既有秩序，宗教的權力——教會爲其具體體現，則除了既有秩序外還有體制的門面和骨牌效應等等的實際問題要考慮，不惜把個別的男女當作祭品犧牲掉。栩桑說：「一個修女要求翻悔誓願而竟能得逞，他們擔心，會引得大群修女起而效尤」，「如果他們容許這重重監獄打開層層門戶，放條生路給一個苦女子，別的就會蜂擁而至，並尋思法子破門衝出」。栩桑的官司只以敗訴收場。

作者更把論證的基礎放在天主教隱修制度與基本人性的牴

觸上。在小說中，作者通過眾多的方式向讀者傳達這個觀點。

首先，他針對著袍出家為修士修女時必須允諾的三誓願——也正是隱修制度的要害所在，「守貞、清貧和服從」予以抨擊。他說：「天主將人類造成如此反覆難常，如此意志薄弱的動物，祂能允許我們發這種輕狂放肆的誓願嗎？這些誓願是違反普遍的天性傾向的，只有那些慾情的根苗已枯萎了的，身心失調的人才能夠遵守無虞吧？」他接著對三誓願又逐條駁斥道：「發願清貧，其實就是藉誓言確保自己能懶惰度日或是靠竊佔過活；發願守貞，等於是預告天主，自己要不斷違背天主天律中最明智，最重要的一條法則；發願服從，就是自行放棄了天主給人類不的可剝奪的殊遇：自由。（有關「自由」，見盧梭，《社會契約論》，第一卷第四章：「放棄自己的自由，就是放棄自己做人的資格，就是放棄人類的權利，甚至就是放棄自己的義務。」）遵守了這些誓願，我們便是罪人；如不遵守，則又成了棄義背信之徒。只有信仰癡迷或陽奉陰違的人才能過隱修院的生活。」從這個前題推下去，他順理成章地達到下面的結論：在這違反自然的強制生活之下，人性必然受到扭曲，有的陷入癡呆、發瘋甚至憔悴而死；另外一種人則化為凶殘的猛獸。

為了呈現囚在欄柵中猛獸的恐怖世界，狄德侯在裡面安排下一隻羔羊。栩桑在修院內受到全院修女非人的迫害，其遭遇可謂慘絕人寰。狄德侯的結論是：「這就是離群索居的結果。人本應生而群居的，將之隔離，令其孤立，他的思路會失去條理，個性會扭曲變樣。（……）把人放在莽林之中，他會漸趨凶殘。幽居在隱修院裡（……），那就更糟。」狄德侯有此結論不是沒

有根據的，他最鍾愛的妹妹，就是在隱修院內受到過度的奴役發瘋而死，時年僅28歲！（Wilson 1985, p.13）

　　從另一個角度來看，綜觀栩桑全部悲慘的經歷，又可看出，這是一場「弱者」對「強者」的報復鬥爭。無論聰明才貌、性情品德、純潔善良、或智慧能力，她在家勝過兩個姐姐，在隱修院遠遠超過其他修女。而她總是孤獨一人，面對由愚昧和醜陋和無能所搏聚糾結起來的「弱者」集體的迫害。

　　修女栩桑是隱修院中的一隻羔羊，誠然；但隱修院之為暗無天日的地獄，並非對她一人而設。從相反的角度來看，對那些沆瀣一氣集體迫害她的修女而言，其生存的暗無天日更甚於她。栩桑說：「我的痛苦有時而盡，但是她們那些個人，害過人，是一生也忘不了的，那羞恥和內疚悔恨會緊跟她們一輩子，死而後已。（……）而且，饒她們死了，葬入墳穴，這一腔恐怖也要跟進去的。」

　　〈自述〉進入第三段情節，小說的氣氛由暗無天日一變而為春色無邊：狄德侯以整整的一個情節——栩桑在聖‧德沱普隱修院，展示隱修院中泛濫的同性戀。

　　對人類所有由性稟賦衍生的相因行為，狄德侯幾乎全能接受，就當時代而言，固然屬於難得的開明人物，但他卻有強烈的哲學理由排斥同性戀。正如弗洛伊德，狄德侯面對女性性稟賦及她們亢奮時歇斯底里的反應竦然動容。他認定，女性性稟賦及情緒波動一旦受到強制壓抑對心理會造成巨大危險，其危險之一，就是會導致同性戀。（A. Park 1986, p.97）通過聖‧德沱普隱修院同性戀院長的肉體表現，狄德侯在這段情節裡，對女

性經由性挑逗而亢奮，其逐步升高到達了高潮以及高潮後的奄奄傭困等等過程有細緻的臨床描述。攻擊此書的人往往引以爲據，判之爲淫穢小說。平心而論，這一情節中性愛的描寫的確是相當寫真的。有必要至少從兩個方面來略加說明；一是十八世紀法國的風化大環境，二是狄德侯個人的理念。

路易十四(1638-1715)後期據說由於皇后曼德儂夫人嚴格的天主教信念的影響，法國的宮廷生活日趨嚴肅，嚴厲刻苦氣氛影響所及，全國一片肅殺。1715年駕崩，繼位的是他的曾孫路易十五，年僅五歲，由奧勒昂大公(Philippe, Duc d'Orléans 1674-1723)攝政。從攝政時期(1715-1723)起，緊繃的生活突然從嚴肅的鉗制下解放，全國上下精神爲之一鬆，紛紛追求肉體與物質的享樂，社會風化趨於糜爛。法國的攝政時期成了歷史上有名的道德放蕩的時代。自十六世紀抬頭的「情色」文學和藝術，到了十八世紀鼎盛，產生了大批作家和藝術家，留下的作品被目爲傳世的情色典範。狄德侯不憚於性愛的描寫，在這樣的客觀大背景之下，並不突兀。

從一個角度來看，狄德侯基本上是崇尙道德的。此處所謂的「道德」自然是指自己一套首尾相貫的規範，並非狹義的傳統觀念中的道德。他第一本出版的書(1745)就是翻譯英國謝夫慈貝瑞有關道德的著作(*An Inquiry Concerning Virtue and Merit*)。又如他在藝術評論中表現出嚴重的道德取向。Wilson說「他讚美葛赫茲唯一的理由是此人爲道德藝術家，同時他雖喜愛卜榭卻認爲他是個腐蝕人心的畫家。」(Wilson 1985, 384-985)其實，他對卜榭的嚴厲更甚於此。(《狄德羅畫評選》，pp.40-42)

從另一個角度看，他並非白玉無瑕：他曾於1748年出版過一本
「猥褻小說」(roman licencieux)，*Les Bijoux indiscrets*(暫譚《窺
密寶石》)，小說以假名在荷蘭出版，風行一時。一般認為他迫
於他當年情婦波伊雪夫人的需求，為金錢鬻文。狄德侯的女兒
汪德爾夫人則說，之所以有此一書，是他和波伊雪夫人打賭，
寫這類書易如反掌，同時也想證明貌似輕浮的作品也可表達深
遠的意思。總之，狄德侯本人對此事似深表遺憾，曾說，他如
能補過，就算截去一指也在所不惜(Wilson 1985, 71)。應該指
出，該書第十七章係艾度捉刀，其中的英文和義大利文段落之
色情描寫是出版史上前所未見的。

話雖如此，對《修女》內的女性同性戀者的性亢奮及性歡
愉(jouissance)的翔實描寫，當代的學者有比較一致的看法。首
先是，用女子同性戀(saphisme)這個主題作為小說一個大環節的
心理學軸線是前無古人的。他們再從小說本身、他所撰寫的《百
科全書》的相關條目及其他涉及人體的科學文字的嚴謹態度來
判斷，得出了這麼個結論：「在《修女》中狄德侯從求實的科學
精神出發來撰寫女性同性戀。」他們尤其激賞的是狄德侯不像
當代一般人那樣從人體器官結構異常這種簡單化的觀點來解釋
同性戀，卻認為這種行為是可以是後天環境使然，「學習」得到
的。(May 1954, p. 114)

《修女》的第二個構成部分〈序言／附錄〉，由於它揭穿了
〈自述〉成文的動機(原來只為給老朋友開個玩笑！)，所以與
主體〈自述〉起對峙作用，威脅到主體的權威。無怪相當長的
時間內，對是否應將這兩個部分並列於一個文本中，一直爭論

不休。就小說藝術的角度來看，小說家這樣做，究竟有何企圖？譯者後面的〈代譯者序〉一文內，不但對上文已略略提到〈序言／附錄〉緣起的來龍去脈有進一步的說明，並嘗試答覆上面提出來的問題，在〈引言〉內就不多談了。

翻譯《修女》，花了我較多的時間和心血，現在總算殺青，如釋重負。不過心中非常明白，凡是翻譯，雖一校再校，譯文中息肉仍多，不妥甚至錯誤之處必在所難免，不用說讀者會見出問題，譯者更永難滿意，只好請方家不吝指正，待再版時改進。在這裡粗略地交代一下自己工作時所遵循的簡單原則，似乎也有必要。

談到翻譯的準則，始終還沒有人找出更精簡而又高度概括的模式能取代嚴復的「信、達、雅」。這三字訣之中，「雅」字最引起爭論，可能因為總有人不喜歡望開闊處去理解問題，不肯跳出時空的局限。我有一個看法，不過人同此心，諒必早已有人提過了。這麼說吧，今天來體會，「信」是要對得起原作者；「達」是要對得起讀者；而「雅」，則是要對得起譯者自己，沒有必要鑽牛角尖，非定性為「古雅」不可，雖然，嚴復立言時確是如此存心。「對得起自己」，大約是所有認真的譯家都不讓的權利，這「雅」字，我暫且給取個中性詞，稱之為「譯者空間」吧。由於有「信」與「達」把關在前，譯者可悠遊的空間其實十分有限，不應該對翻譯品質構成威脅。而不同文化背景的譯家，自有其相應的空間著色，不僅讓譯者苦中作樂，也讓讀者耳目常新，當然是好事。我個人的「空間」，針對《修女》而言，所考量的大致如下。

通體而言，我考慮到原典究竟是十八世紀的法文，固然難以強求用古典中文來傳神，但無論如何不能完全喪失了時光留下的色澤，否則我自己會感到失望，難說也有讀者會失望。就細節而言，在選字和擇句上有意識地避免使用現代流行的政治化、商業化或外語化的語言陷阱。同時，如能簡潔達意則絕不囉嗦。但有時扭不過原文，又無時間從容去蕪存菁，自己是不滿意的。此外，為求實質的精確，我不排除表面上看來是「增、刪」而實質上非如此不可的翻譯取向。這一點要略加說明。

為便於討論，且不說奈達的功能對等翻譯理論，就暫時把文字粗分為隱義與顯義兩個面。顯為主是常態，但兩者不時易位，有時隱反而上升為主。這顯隱易位，在「出發語」和「目的語」如機制一樣，譯者就可照搬。比如英語「yes man」作「唯唯諾諾」，大致可行。機制如不一樣，那就得費一點手腳了。《翻譯對談錄》內羅新璋在座談中舉出伏爾泰的一句話 "Il y a du divin dans une puce"（許鈞2001, p.9）。這句話，傅雷譯為；「一虱之微，亦有神明。」羅新璋認為，「『之微』是添上去的，不添，話的意思就出不來」。座談的其他諸位譯家對「添上去」之說似均無異議。我則認為可用顯隱易位來說明。「微」固然本是「虱」的隱義，伏爾泰在此要說的是卻是「微」，「虱」是次要的；用「蚤」或「蟲」也無不可。由於中法兩語在「虱」字上顯隱換位的機制不同或不甚同，「虱」或可不譯，「微」卻非挑明不可。既然「否則意思就出不來」，大概可以不算「添」吧

最後要一提的是，《修女》作者Diderot之名自1934年起譯為「狄德羅」，似未動搖過。我譯為狄德侯，可謂犯了大忌。因為

大多數人主張，專有名詞應尊重通行已久的既有譯法，顯然有眾多而且令人信服的理由。我不能確定，此名的第一個譯者是否根據英文發言而來。但就法語發音的準則來看，「狄德侯」確實較爲接近。不過，人名的翻譯也不是絕對一成不變的。以Victor Hugo爲例，自1907年首譯起，就把他譯爲「囂俄」，我懷疑譯者根據的是英語發音以廣東音譯出（《孤星淚》*Les Misérables*，礪志小說，上海商務印書館，1907）。一直到1946年，張道藩譯《狄四娘》（*Angelo, Tyran de Padoue*）仍沿用。張氏留學法國，顯然並非不知其謬，而應是出於我們上面所說的理由，未敢改動。林紓首度以法語發音爲準則譯爲「預勾」（《雙雄義死錄》*Quatre-Vingh-Treize*，上海商務印書館，1921）。我們要在1944年，微林譯《悲慘世界：第一部〈芳汀〉》（*Les Miserables, Fontine*，重慶自強出版社），才看到「雨果」這個譯名，它在自然淘汰中存活了下來。借「雨果」這個譯名的滄桑，我想說明，比較準確的譯法是可以推陳出新的。我推出「狄德侯」新譯名，不爲標新立異，也並不抱新譯名長命的期望，但抱著好奇，要觀察它在自然淘汰過程中的浮沉，頑劣的童心是有一點的。

翻譯《修女》，行政院國科會給了我兩年物力的支援；美國威斯康森大學劉逸丰女士爲我提供許多相關狄德侯及《修女》的珍貴英、法文文獻資料；在工作過程中，得到輔仁大學翻譯研究所先後期數位學生，尤其是詹嫦月小姐，擔任資料的整理、電腦輸入及校對等繁重的工作。沒有這些協助，此書難能以今天的面目出版。容我在此一併致謝。

代譯者序

關於《修女》中的〈自述〉和〈序言／附錄〉[1]

> 《石頭記》一書，全部最關鍵是「真假」二字。讀者須知真即是假，假即是真；真中有假，假中有真；真不是真；假不是假。[2]

> 我看見了自己「看見自己」[3]。

前言

1796年十月十二日的《法蘭西政治與文學日報》(*Journal de*

---

[1] 本文原載台灣國立中央大學文學院《人文學報》第十九期，1999年六月（pp.85-118）。原題為〈狄德侯《修女傳》〈序言／附錄〉的研究〉內容略有修改，用以作為本書之〈代譯者序〉。

[2] 《紅樓夢（三家評本）》，〈護花主人總評〉，p.13。

[3] Paul Valéry：“Je me voyais me voir”

France de Politique et de Littérature)四版的一個小角落裡有一則
「新書消息」，報導了兩本由巴黎勃以嵩書店出版的新書：狄德
侯的《宿命論者雅克及其主人》和《修女》[4]。這兩本書初版的
那一年離作者逝世已有十二個年頭了[5]。

　　《修女》出版後固然遠遠不如盧梭的《新哀洛伊絲》（*La
Nouvelle Héloïse*, 1761）那麼轟動，但作為小說[6]，其反修道院立
場明顯，正合當時法國大革命意識型態的口味，獲得不少肯定[7]。

4　Denis DIDEROT（1713-1784）一譯作「狄德羅」。他是法國百科全書派
　　學者，長期擔任百科全書主編與撰寫的工作。自1751年至1772年出版
　　了正文十七冊，插圖十一冊。作為法國啟蒙時代的領導人物之一，他
　　的著作涉及哲學、思想、文學及藝術等多方面。重要的文學創作見〈引
　　言〉。

5　《修女》雖是狄德侯死後十二年的1796年才出了初版，不過，此前大
　　體已在《文學通訊》內刊出（1780-1782）。杜禾訥的序內說這第一版的
　　《修女》是根據普魯士王之弟亨利親王所藏的手抄本（其實是抄本的抄
　　本）排印的，已是比較完整的版本了。（May, *Diderot et La Religieuse*,
　　1954, p.21）。G.May認為狄德侯的作品往往死後才出版，原因之一是他
　　視一件作品為有機組織體，是生生不息地演化著的。出版，等於宣佈
　　其死亡！（May, "Introduction", in : Diderot, *Œuvres complètes*, t.XI, 1975,
　　p.3.）但關係到《修女》這本小說的，則還有自身的安全問題。「狄德
　　侯遲遲不將《修女》付梓，是怕因而身陷囹圄，永不得超生。」（A.Billy
　　in : Diderot, *Œuvres* 1951, p.1404）不要忘記他1749年因出版了《供明眼
　　人借鑒的關於瞎眼人的信》（*Lettre sur l'aveugle à l'usage de ceux qui
　　voient*）而瑯璫入獄，7月24日被捕，11月3日才放出來。此外《修女》
　　還於1824年和1826兩度受到查禁。

6　對於《修女》宜歸入哪一文類，狄德侯本人甚為猶豫。有時稱之為「此
　　作品」（cet ouvrage），有時稱之為「自述」（mémoires），大多以「小說」
　　（roman）稱之。（Dieckmann 1952, p.26）

7　有關這方面的評論見Booy, J.de Freer, A（ed.）, *Jacques le fataliste et La
　　Religieuse devant la critique révolutionnaire*（1796-1800）。

《修女》自出版後，直至1936年，大致上說來，捍衛《修女》的評論者，仍大多數將之視為一本反教會體制的宣傳著作。特別值得一提的是，1800年前後掀起的長時間而劇烈的論戰，其中兩個評論家尤為觸目，一個是俄則柏·薩爾威賀特，另一個就是《修女》中〈序言／附錄〉文首所提的德·拉·阿賀樸兩度對狄德侯進行極為嚴厲的攻擊[8]。1799年六月，他對《修女》寫了一篇相當惡毒的簡介。在1797年的十八世紀哲學家講座中，他宣稱《修女》和《宿命論者雅克及其主人》這兩本小說不符合常識。批評的著眼點也不在其藝術性。其講座於1805年結集出版[9]。

肯定與反對的動機既然在彼，當時涉及小說的藝術文學價值的批評自然難得一見[10]。

然而，在狄德侯的小說傑作中，《修女》受到他罕見的重視（Varloot 1978, p.262）。這一點在1760年他撰寫小說的那幾個月的書信中表示了出來[11]，尤其可見諸他1780至1782年給接替格林牧

---

8 德·拉·阿賀樸於1770年發表了一個有關修女的劇本，題名為《梅拉尼》，引起格林牧在《文學通訊》上揭開狄德侯撰寫《修女》之契機。（Cusset 1998, p.85, n2）。

9 M. L, Charles, *The Growth of Diderot's Fame in France from 1784 to 1875*, pp 31-39 cité in May, 1954. pp. 27-28 esq.

10 即使當時未能給予小說應有的評價，卻也在出版後的三年內創下了16刷的的紀錄。這極可能歸功於小說的高度寫實技巧。在小說出版之初，當時少數難能可貴的從藝術從角度來評論的文章所讚揚的正是狄德侯的寫實技巧。（Cf. Chouillet A. M. 1783. pp.216-265）。

11 「我著手寫《修女》，寫到凌晨三時還沒放下筆，我是疾如凌風，已不是信，簡直成了一本書了…」（*Correspondance Inédite, I.* p. 195致艾

主編《文學通訊》的麥伊斯特的回函。原來麥伊斯特知道狄德
侯手頭已有成稿，向他邀稿。狄德侯回信中有這麼一段話：

> 如麥伊斯特先生能屈駕來舍下一趟，本人可供《文學
> 通訊》一文，都三、四十頁，已工整謄寫畢。（……）
> 此文內多的是悱惻纏綿的場景，饒有意思，最有意思
> 的是書中敘事之人。《宿命論者雅克及其主人》令貴
> 刊讀者笑，此文會讓他們迫不及待，盼結尾早點來臨。
> 此書題為《修女》，敢說如此驚世駭人的對修道院的
> 諷刺作品是前所未見的。（A. Billy, in：Diderot, Œuvres,
> p.1405）

再從《修女》孕育時間之長久，也足以見出他對此作品的
慎重態度：小說完成於1760年，幾經修改，於22年後的1782年
才定稿[12]。對已發表在《文學通訊》上的稿本他又加以改動，甚
至在他臨終前清醒的片刻，他仍進行著修改，《修女》可說是他
的傑作中孕育時間最久的。我們很難想像他如此孜孜矻矻，慎

比內夫人信，無日期cite in. May 1954, p. 42）；「我的《修女》在進行
中。筆下如流，不知何時自止。」（*ibid*., p. 250.致達密拉維爾信cité in May
1954, pp.41-42）

12 　May認為在其1760年的手稿中極有可能包含更早時期寫下的片段。
　　（May "Introduction à La Religieuse", in：Diderot, *Œuvres complétes*, 1975,
　　p. 3）而Dieckmann認為《修女》至少經過三次重大的修改。（Dieckmann
　　1952, p.35）

而重之所成的，居然會是一本針對一個時代一個現象的宣傳性作品[13]！

　　自這第一版的《修女》起，除了極少的例外，歷來出版的《修女》都是由兩個部分構成的：即修女栩桑的〈自述〉與格林牧1776年發表在《文學通訊》上，後來被稱為〈序言／附錄〉的說明性文件[14]。〈序言／附錄〉作為《修女》這本書的構成部分，其頁數雖不多，於初版開始就成為正反意見的爭論焦點。在出版當時，甚至相當長遠的一段時間內，小說「正文」之後附有小說產生過程的文件，尤其是小說之產生是出於惡作劇這一個事實，始終得不到肯定的評價[15]。

　　二十世紀五十年代以後，狄德侯專家已視〈序言／附錄〉為小說不可分割的構成部分，不再懷疑[16]；不但如此，評者更進一步認為它是一個非常具體的例子，闡明了狄德侯對小說這個文類極獨特的觀點。當然，要達到這樣一個一反既往的新結論，

13　二十世紀的讀者，對隱修院的制度早已無當年的切身感受而仍深為狄德侯的《修女》所感動，可見小說的藝術價值超越了時間的考驗。

14　〈序言／附錄〉的產生緣起。按，德人格林牧男爵(1786-1859)與法國當代的知識界交往甚密，是狄德侯的好友。他由黑那爾修道院院長手中接過《文壇消息》(*Nouvelles littéraires*) 改稱《文學通訊》(*Correspondance littéraire*)，擔任編輯時間長達十九年(1754-1773)。該刊為在法發行，不對外公開之不定期手抄刊物，訂戶寥寥可數，不超過十五到二十戶，均為國外政治、文化界重要人物，如薩克斯-郭達公爵夫人，俄國凱薩琳女皇、波蘭國王等人。

15　有點像今天電影正片之後，加演拍攝過程，在早期也是難以想像的。

16　「〈序言／附錄〉為小說之一部分，其內容所包含的發明與寓言成分，不亞於小說。」(Dieckmann 1952, p.30.)

需要許多條件的配合，包括新的文學觀的興起，新資料的發現
以及許多狄德侯研究的先行者鍥而不捨的努力。

　　本文要說明與討論的就是針對下面幾個圍繞著〈序言／附
錄〉的問題。首先，〈序言／附錄〉的產生與其初期的演變；其
次，早期文學評論者對它如何定位？而根據此一定位他們又如
何評價它與〈自述〉同時存在於一個文本中這一事實？最後，
後期的文學評論者是如何給它以新的定位，建立起它在小說《修
女》中不可分割的組成單元的地位？

一、〈序言／附錄〉的產生及所引發的早期
　　評論

〈序言／附錄〉的產生緣起[17]

　　《修女》這本小說之所以產生的故事，在前言中已提到。
在此仍須進一步說明。狄德侯和格林牧他們一幫朋友之所以假
冒修女之名寫信給克瓦瑪禾侯爵，是因為他早先確曾為一個名
馬格利特・德・拉橋賀的修女的還俗官司關說過[18]。可以相信，

17　由於〈序言／附錄〉的緣起及其在先後各版中出現的文本演變等事實，
　　許多學者都有談及，本文不一一注明出處。主要參考Dieckmann 1952,
　　May 1954, Myln 1962, Wilson1982.

18　有關龍尚隱修院馬格利特・德・拉橋賀還俗訴訟的來龍去脈，於《修
　　女》初版出版，即有《文哲政十日刊》文章報導(*Décade philosophigue,
　　littéraire et politique* 21 octobre 1796, pp.155-165)。後人所撰相關的文
　　章，包括阿瑟紫-杜禾訥版《修女》的序文，莫非沿襲其說，新意不多。

原始信件必署此名。事實上，栩桑·斯奕蒙南這個姓名是幾經修改後才決定下來的。侯爵收到「修女」的信，幾經魚雁往返，雖深表同情，也一再覆了信，卻只建議修女去諾曼地，自己不肯上巴黎來[19]，並鄭重其事地為她在自己的宮堡裡做好了接待的準備。這場惡作劇1776年1月開始，維持了三個多月的時間，以「收容」栩桑的馬丹夫人5月10日的信告落幕：巴黎的這一群捉狹鬼見侯爵陷溺太深，怕事情鬧到不可收拾的地步，遂在這最後一信內，告訴侯爵說，可憐的修女已病重不治[20]。克瓦瑪禾侯爵於5月18日的覆信內除了表示哀惜和慰唁之外，又以相當於信長二分之一的附言（postscriptum）婉轉提出要求，請馬丹夫人把栩桑修女所遺的〈自述〉借他一讀，閱畢璧還。

　　上面的這一段趣事，格林牧在1760年的一期《文學通訊》內和盤托出，揭露了狄德侯他們一夥朋友「陰謀策畫」戲弄克瓦瑪禾侯爵一事的祕謀，公佈了全部的相關書信，包括克瓦瑪禾侯爵的回信，並在必要時於信件之前後按語說明，以便引讀

　　May的專著則以第三章整章篇幅考證，深入討論了馬格利特·德·拉瑪賀悲慘的一生。（May 1954, pp. 47-76）

19　格林牧在〈序言／附錄〉中雖說惡作劇的目的是騙克瓦瑪禾侯爵回巴黎，事實上，修女在信中卻是要求去外省的：「您身在岡城做起來比在巴黎還方便。請您自己或轉託朋友在岡城或他處薦我去一家做管家或使女。」這是另一個爭論的焦點。Mylne對此有過討論。（Mylne 1962, pp.350-351）

20　這批書信中頭兩封「修女」的信無日期；第三封信，也就是克瓦瑪禾侯爵的第一封回信的日期為1760年的2月6日，所以，第一封信應該落在1月下旬。

者上路[21]。格林牧的文章刊出當時並無標題。後來，狄德侯在據以修改的手抄本上，數度冠以題目，而數度塗抹，終無定奪。勃以嵩版(1796)和內日翁版的《修女》(1798)均將此文件冠以〈節錄自某先生1770年《文學通訊》文〉字樣(*Extrait de la Correspondance Littéraire* de M*** Année 1770)，畢黑艾賀版(1821)則題爲〈《修女》續文〉(*Suite de la Religieuse*)。各版本所附之文件雖略有出入，其差異表面上看來微不足道。阿瑟縈和杜禾訥編纂狄德侯全集時(1872-1875)，發現格林牧該稿文件內有若干矛盾難解之處，便採用了狄德侯修改過的文件，並首次冠上了〈序言／附錄〉字樣。

早期對於〈序言／附錄〉的評論立場[22]

〈序言／附錄〉放在小說《修女》中出版，一開始就受到反面的批評。法蘭西共和曆霧月，德威訥針對《修女》這本小說撰文指出，讀者原以爲很真實的故事，認真對待，一旦發現整個故事不但是向壁虛構的，更是狄德侯、格林牧等人開玩笑的產物，小說的動機如此不正經，必然心生上當受騙之感。他認爲它起了三個負面的作用：(一)、破壞了讀者的快樂；(二)、

21 在這期間，狄德侯靈感大發，把其中一封信敷衍成一本七、八萬字的故事的中篇小說。見上注11他給艾比內夫人的信。
22 有關的資料太多，我們不擬也不能盡言，只作一個歸納的簡介。主要參見Booy, J. de et Freer, A.(ed.), Jacques le fataliste *et* La Religieuse *devant la critique révolutionnaire(1796-1800)*及Charles, M. L., *The Growth of Diderot's Fame in France from 1784 to 1875*。

破壞了小說的有用性；（三）、破壞了作者如此栩栩如生地營造出來的幻象（illusion）。他建議將來的新版本應取消〈序言／附錄〉（Dieckmann 1952, p.21）。讓・德威訥是狄德侯的忘年交（Wilson 1985, p.428.），他的批評顯然是出於一片好心，是為小說的令譽擔憂。

至於內日翁，作為狄德侯的崇拜者，他的反應更為激烈。在他自己所主編的《修女》（1798）上寫了一個〈序言〉，其意見和德威訥如出一轍，態度則更為激烈：

> 他認為：刺繡作品完工後，底網應完全看不出來[23]；建築物竣工，則鷹架應全部拆除。所以把〈序言／附錄〉附在裡面，破壞了小說製造的幻象，從而破壞讀者的興味，也破壞了一切模仿藝術艱苦得來的「真實感」。他還強調，狄德侯本人就把這〈序言／附錄〉排除在外。因為在狄德侯在死前數月給他的手稿裡沒有此文件。[24]

奇怪的是，他一面反對〈自述〉與〈序言／附錄〉並存於一個文本內，卻又在他所編的全集內循例收進〈序言／附錄〉，

---

23 西方一種刺繡織於有眼的底網上。

24 狄德侯在死前數月給他的手稿裡的確沒有：不過後來出現的手稿內，發現狄德侯依據〈自述〉修改了這個文件，顯然為了使之與〈自述〉相呼應，其有意將之轉變為小說的一個不可分割的部分，應不容置疑。以上均見Dieckmann 1952, p.21 esq。詳見下文。

可謂十分矛盾。德威訥和內日翁對這份文件的批評是從美學觀點出發的，捍衛的是藝術幻覺、寫實性和真實感。的確，拆穿了幻覺，「如七寶樓臺，眩人眼目，拆碎下來，不成片段。」（張炎評吳夢窗）。這正是上面兩人所不願意見到的。我們於此觸及了〈序言／附錄〉的核心問題。在這裡有必要說明一下十八世紀法國對「小說」這個文類的基本看法。

十八世紀，固然標示了法國現代小說的誕生，但本世紀前三分之二紀的這一段時期內，小說作為文類，仍處於「妾身未明」的狀態，受到相當的輕視和批判。法語所謂小說（roman），直到十七世紀，仍令人聯想起荒誕不經的冒險事蹟：「小說」意味著不真實，令人起不信任之感。儘管十八世紀自1700至1750的半個世紀中，「小說」的產量達946部之多，眾多的小說家仍不肯承認自己的作品是「虛構的小說」而借用「自述」、「真人真事」、「真人真信」、「自傳」、「傳記」等等之名，聲稱自己不過加以編輯整理而已（Coulet, p.286）。這「取信讀者」的手段，正是德威訥和日內翁所說的「幻象」之一，何其重要！

狄德侯的《修女》既是「真人」的書信，是「自述」，德威訥和日內翁理所當然地認為狄德侯的目的是通過「取信讀者」的「幻象」手段來獲得小說真實化的目的。從這一個假設出發，認為〈序言／附錄〉之不宜與小說正文〈自述〉並置於一個文本之內，也就十分邏輯了。

二、對〈序言／附錄〉觀點的轉變

　　雖然在1892年莫里唷的一個觀點已令人看出端倪，這本小說在批評者心中有了轉機[25]，《修女》要撥雲見日還有待1916年杜禾訥宣言性的序文。杜禾訥於1877年完成了阿瑟紮於1875年開始的狄德侯全集後[26]，復於1916年出版了《修女》珍藏版（édition de luxe）。他在該版上寫的序是狄德侯研究的重要文獻之一。序中有這麼一句話：「本書為十八世紀法國值得驕傲的最美麗的無韻文體故事之一。」（la Religieuse, éd.Tourneux, 1916, p. i）可是對〈序言／附錄〉破壞幻象的問題必須有其它的條件的配合，才能有所突破。一是新的文學觀的興起；二是新資料的出現。

作者與作品的關係：一個新的觀點

　　要理解新的文學觀的興起，有必要先粗略說明一下浪漫派的瓜葛。浪漫派（romantisme）蘊釀於十八世紀末[27]，這在法國開始於十九世紀二○年代的「運動」，不到一個世代就受到了挑戰。巴那斯派認為浪漫派過度以自我為中心，多情善感到了濫情肉麻的地步了，便高倡「不動聲色」（impassible）和「去個人」

25 「這本書具危險性，是壞書，要那麼說也可以，不過不能說是本平庸的書。」（Paul Morillot, 1892, p.285.cité in May 1954, p 33）

26 史稱A.-T.版。

27 法文最早使用romanticisme這個字，是斯當達爾發明的，後來為romantisme所取代。

(impersonnel)作為濫情的對偶(antidote)[28]。一時浪漫派成為不甚光彩的標誌。作者在自己的作品中出現,自然難以受好評。狄德侯那喜歡在小說內不時探頭探腦,自問自答的方式,不用說也就無法讓人接受了。

然而,五〇年代起對浪漫派的研究復熾,以正面的態度討論起作者和作品的關係以及客觀敘述中主觀元素的存在的作用;提出如何看待作者的主觀介入,討論作者將自己的嘲諷和反思放進作品等等問題,進而思考此類干擾究竟有損抑或增強藝術營造的幻覺效果(May 1954, p. 22)。

在這方面的探討,卜嵐對斯當達爾小說的研究是一個相當典型的例子。(Blin 1953, pp. 177-322)他指出斯當達爾是以三種

28　一般視郭節為巴那斯派的領袖,並以他的詩作*Émaux et Camées*的第一版(1852)和最後一版(1872)這相隔的二十年作為這個運動的時代。法國詩人盎德黑岳寫過這麼一段話譏諷浪漫派,最具代表性:「啊!哭哭啼啼,自艾自怨!你身如枯葉,還患了癆病!這跟我又何干?詩人要死囉!詩人要死囉!行,行,去死去吧,畜生!你可不是頭一個。」(VINCENT, 1933, p. 22.)

應該指出,眾所周知以「去個人」作為反浪漫派濫情的文學觀點可以說是全歐性的,茲引下文供參考:

"The other aspect of this Impersonal theory of poetry is the relation of the poem to its author. [...] Poetry is not a turning loose of emotion, but an escape from emotion; it is not the expression of personality, but an escape from personality. But, of course, only those who have personality and emotions know what it means to want to escape from these things."(T. S. Eliot, "Tradition and the Individual Talent" (1919), *Selected Essays*, London, Faber & Faber, 1932, pp.22-21. in：SELDEN, R.(ed)*The Theory of Criticism. from Plato to the present*. pp. 310-313)

方式直接介入作品的：一是作者提供保證，其作用是保證故事的真實性或逼真性（vraisemblance）；二是大局處理。當作者無法憑藉作品內的人物表達某一情況時，作者只好親自從「場外」送消息給讀者。以上兩種方式屬於故事的經營範圍。還有第三種方式，那便是與讀者交流。最多見的是作者就文內的事件與讀者進行討論或加以評論。他認為斯當達爾介入自己的小說作品，是受到狄德侯小說，尤其是《宿命論者霞克及其主人》的影響。（Catrysse 1970, 188-198）

　　文學批評開拓了新的視界，不僅打破了自十七世紀開始的「幻象」和「逼真」的框架，也走出了十九世紀末，二十世紀初「去個人」的禁忌。對作者的介入，由當然的拒絕轉向同情的細察。批評者開始認識到，作為作者，狄德侯是一個重視小說逼真感的作家，他在自己作品中，介入的頻率高，方式多，其目的無非是用他認為最有效的手段增加作品中幻象的作用，更加引得讀者的信服。評者於是自問，這位十八世紀的天才作家是否達到了所設想的目的。這一個新的批評視角有利於發掘狄德侯小說藝術的獨特性。

新資料的出現

　　僅有新的文學觀點在此還是不夠的，新資料的出現有助於給〈序言／附錄〉應有的地位，才能讓它與〈自述〉置於同一個文本的框架內，與之分庭抗禮。首先要解決的問題是作者本人的意圖究竟如何。而根據內日翁的說辭，狄德侯本來就沒有意思這樣做的。狄德侯手稿的披露和整理給這個問題提供了滿

意的答覆。

原來狄德的手稿大體說來，除了連同他的藏書一起賣給了凱瑟琳女王之外，大部分在內日翁和他自己的女兒汪德爾夫人兩處。

內日翁師事狄德侯，是哲人生前最後二十年來往甚密的朋友。1773年六月，狄德侯赴荷蘭轉俄，行前聲明委他為自己所有手稿的保管人，並整理、校閱、出版所有他認為「既無害我本人清譽，也不礙他人安寧的文稿」。內日翁將所存的這一批稿件，於1798年出版了《狄德侯文集》十五卷，忠實執行了狄德侯所託。（Chouillet, J. 1977, p. 17）

另外，狄德侯的女兒則繼承了他已準備好要出版的全部手稿及抄稿，外加狄德侯有意留下的「傳家藏稿」（Fonds de famille）[29]。這批文件後為Vavaseur家族所收藏。Dieckmann曾於1984年得到該家族的同意，為之作了清單，1951年發表了《汪德爾藏稿暨狄德侯未發表作品清單》（*Inventaire du fonds Vandeul et inédits de Diderot,* Genève：Droz 1951)(Chouillet, J., *Diderot,* 1977, pp. 16, 19）法國國家圖書館1951年獲得這一批稿件，即後來著名的「汪德爾遺贈典藏」，使得廣大學者得以深入研究。對〈序言／附錄〉的研究，貢獻最大的，自然是非Dieckmann莫屬了。他接著於1952年撰文針對〈序言／附錄〉提出關鍵性的看

29　汪德爾夫人繼承了她父親的手稿和抄稿等文件共73大冊，其中13冊為狄德侯的手跡。

法[30]，這對後來狄德侯文學創作的研究也有重大的啓發。該文徹底釐清了一個重大的問題：證實了〈序言／附錄〉的最後版本是由作者本人仔細修改過的，作者同時還相應修改了《修女》的〈自述〉，使小說的這兩個組成部分相吻合，不但澄清了長久以來的幾個疑點，更爲狄德侯小說「理論」提供了新的展望。

新資料的整理與分析

　　Dieckmann在「汪德爾遺贈典藏」內，發現了一個文件（即後來新版〈序言／附錄〉），上面留下狄德侯大肆增刪修改的手跡[31]。看到了這些修改與增刪，我們才解開了兩個文件差異之謎。原來，汪德爾遺贈中的稿件，即第一版本，爲1770年格林牧發表在《文學通訊》上的那一篇，此版本刊在1796年的《修女》，後又爲畢黑艾賀版（1821）的《狄德侯作品集》（第七卷）所採用。這也是狄德侯據以修改的版本，而阿瑟紮所採用的則屬狄德侯修改後謄清之版本[32]。兩個版本之間出入頗大。最醒目的

30　緊接著G. May（1954）和Mylne（1962）等學者紛紛撰文，對《修女》和其〈序言／附錄〉作出了重要的研究。
31　這一個文件共16張，無頁數，可能是原來〈序言／附錄〉的抄本，上面留下許多狄德侯修改增刪的手跡，手稿因潮濕而部分損壞，靠近損壞部分之墨跡幾乎完全褪色。幸而狄德侯所修改的字跡大都保留了下來，相當清晰，但狄德侯所塗抹之部分往往難以辨認。有些增添部分寫在小紙片上，卻奇蹟般保存了下來，也有部分受損。參見Dieckmann 1952, pp. 24-27.
32　據編者稱，阿瑟紮-杜禾訥版本所據爲阿瑟納爾圖書館手稿本，是由格林牧的《文學通訊》之大兩卷刪稿中取得。

差別，是和格林牧所言相牴觸的那一句話[33]。第一版中，格林牧
是這樣寫的：

> 可以確定的是，這故事〔指《修女》之〈序言／附錄〉〕，
> 倘真能完成，必然是我們所看到的他小說中最真實，
> 最有意思，最動人心弦的一部（……）。可惜，小說只
> 有畸零的片段，而且只止於此了。(Diclerot *Œuvers*. P
> 1385)

　　但第二版中（根據狄德侯修改後的版本），於上文若干行之
後，赫然發現一個括弧，內稱：「我頗識得狄德侯其人，必須於
此一提，他已完成此小說，讀者上文所閱之〈自述〉正是。」
這段話插在裡面維持第一人稱，沿襲〈序言／附錄〉內格林牧
的口氣。但格林牧不可能在文中前後兩句矛盾一至於此？這種
種類似的差異和矛盾自然引起各種猜測，大家都猜測是另外一
人所加，但出於何人之手，始終沒有定論。現在由於「汪德爾
遺贈典藏」的出現，見到狄德侯刪改過的手稿和Dieckmann據此
所作的研究而真相大白了。原來加上此句話的不是他人，是狄
德侯自己！他在格林牧的稿中暗插進這句話，其用意十分清
楚：〈自述〉之後應有〈序言／附錄〉。
　　現在我們知道，不同的版本的《修女》所附的〈序言／附
錄〉為何彼此之間有或多或少的變異現象；〈序言／附錄〉本身

33　兩者差別甚多，我們只舉最觸目的一個例子。

內容自我牴觸以及與〈自述〉之間為何存在著若干矛盾不符之處[34]。但最重要的一點是，現在可以確定無疑，狄德侯是有意將〈序言／附錄〉作為小說的組成部分，和〈自述〉放在同一個框架之內，而並非像內日翁所說的那樣，作者本要將之排除於小說之外的。既然這是作者有意的安排，那麼必有其作為小說，作為藝術品的特殊的意義。

三、〈序言／附錄〉佈下的玄虛陣

〈自述〉的「真」與「假」

　　狄德侯所有的小說都具有一定的複雜性，而《修女》則尤甚。小說除了〈自述〉之外，另有〈序言／附錄〉，表面看來後者彷彿是用以說明小說本身的緣起，使之更加清楚，事實上卻大大增加了小說的複雜性（Lewinter 1976, p. 65）；其複雜是因為它令讀者落在狄德侯蓄意製造出的真真假假的迷陣裡頭去[35]，評者一般稱之為「狄德侯玄虛陣」（la mystification de Diderot）。〈序言／附錄〉所佈下的迷津，真有點像護花主人所說的那樣：「真

34　前者當然是由於分屬於修改前後版本不同之故；後者是修改過程中狄德侯疏忽所致。

35　以下有關小說《修女》及其〈序言／附錄〉的「玄虛」手段，見（Lewenter 1976. p. 65 esq.）至於〈自述〉和〈序言／附錄〉內容本身的矛盾，以及兩個文件之間的牴觸，其實都是表面細節的問題，部分來自於作者的疏忽。（Catrysse 1970, pp. 223-240）

即是假，假即是真；真中有假，假中有真。」特別說明一下，
我們所說的真，是相對於虛構的，「實質的真」（authenticité）。

〈自述〉是狄德侯虛構出來的，是通過「幻象」以取信於
讀者的小說。不容置辯，它是假的。但，它也具有「真」的一
面。這小說是根據真人真事鋪陳出來的。最初連女主角，那個
修女的姓名（德·拉楊賀）也是真的，後來才改為栩桑·斯奕蒙
南。故事中人物的若干細節也設法符合真人的身世。馬格利特·
德·拉楊賀與小說中的人物一樣，也先進聖-瑪利隱修院，曾被
父母因在家中六個月，後進龍尙隱修院被迫發誓出家等。她的
確提出翻悔訴訟。失敗後，她不堪虐待逃離牢籠，走投無路之
下向一個曾表同情的人求援，於情於理也是可以令人信服的。
狄德侯在若干資料上相當忠實於當代修道院的實況[36]，這裡頭
「真」的一面佔有相當大的分量。

〈序言／附錄〉的「真」與「假」

我們再看〈序言／附錄〉。從外部看去，這文件本身是「真」
的，格林牧確有其人，他親身參與了確有其事的惡作劇。此人

36　如聖-瑪利隱修院，的確存在，此在，此修院在巴黎Rue du Bac，大部
　　分學者極少加以注意。Billy注解語焉不詳，僅稱：「後文中狄德侯明
　　確指稱龍尙隱修院，可見此聖-瑪利隱修院也應確有其事。」（Diderot,
　　Œuvres 1951, P. 1405）但G. May對之有過考證。原來馬格利特·德·拉
　　楊賀曾於髫齡被送到此寄宿。他認為對該修道院最正確的說明見諸杜
　　禾訥所主編之1916年版《修女》之序。（May 1954, p. 49）「龍尙隱修院」
　　的盛況也的確如小說中所描寫的。又如〈自述〉內稱修院院長三年一
　　調都是符合實際情況的。

將事件的經過明明白白刊登在他的《文學通訊》上，以真人真事報導的嚴肅態度撰寫。這一切都是真的。

　　但後來與〈自述〉同時出現在《修女》的這份文件卻是經狄德侯大肆改動的；倘若狄德侯改過後在文件上明言不諱，說自己動過，那麼還不失為「真」。問題是他並沒那麼做，卻是把自己的意見插進他人（格林牧）的文章裡，沿著原文的口氣而又與原文牴牾[37]；他還大幅度搬動了原文件內的段落[38]。所以整個文件看來已不是真的「真品」，而是夾帶了虛構原素的了。這是真中有假。

　　再從內部來看，也是如此的。出現在文件內的狄德侯有兩個實體，其真實性遞減。狄德侯確有其人，這是第一個實體。他同時也的確參與了陰謀，寫了文件（包括〈自述〉、〈序言／附錄〉）中大部分的信件，信件署名或為馬丹夫人，或為栩桑·斯奕蒙南；這躲在他人之的名背後行動的是狄德侯第二個實體。

　　該文件原則上說分兩部分：一部分是假的，一部分是真的。第一部分，即「修女栩桑」以及「馬丹夫人」的信，是假的；文件中第二部分，即克瓦瑪禾侯爵的信，格林牧在文中言之鑿鑿，是「真品」。所以真假相攙雜。

　　這裡還可深究一下。第一部分的假又有兩個層次。栩桑之

37　見上文「新資料的整理與分析」。

38　狄德侯是在1760年寫《修女》的，他在1781年進行了修改，不久，著手修改〈序言／附錄〉。由於幾乎同時進行，他曾將〈序言／附錄〉中修女寫的第二封信的一部分文字刪除並在該信信尾加上一小段文字。這新加的文字後又刪去，移到小說的結尾上。

假，雖以真人爲範本，究竟是一個虛構的人物。而馬丹夫人的
信固然也是狄德侯一班不正經的人捉的刀，卻實有馬丹其人。
此人後來克瓦瑪禾侯爵遇到過，他還熱切地向她打聽可憐的栩
桑修女[39]。所以此人有三個不同的實體，其真實性也遞減。一是
上面所說的肉體存在的人，這是瑪丹夫人的第一個實體。由於
她雖未實質上參與其事，卻把姓名地址借給狄德侯他們，並爲
他們轉信。她在〈序言／附錄〉中是書信的具名者，這「人頭」
馬丹夫人，是小說中的一個組件，雖實有其人卻具有虛構人物
的身分，是爲第二實體。然而所有以馬丹夫人寫的信都經由某
一第三者女子之手謄寫才發給侯爵。這個謄抄員是馬丹夫人的
第三個實體。（de la Carrera 1991, p.16）

那麼克瓦瑪禾侯爵的信一定是真的，毫無問題嗎？似乎也
沒有那麼確定。當時狄德侯曾爲其「真實性」投下懷疑的陰影。
他於惡作劇進行到一定程度之後，開始對侯爵如此毫不猶豫地
掉進大家的陷阱裡感到吃驚，發生了懷疑。尤其是，馬丹夫人
的信中部分過於細膩的描寫，還插進若干她和修女的對話，十
分「小說化」，也就是說和當時流行的虛構「幻象」手法太相似
了。侯爵並非對當時流行的小說一無所知，難道絲毫不起警惕
之心？狄德侯一段時間內相當懷疑，會不會螳螂捕蟬，麻雀在
後：莫非那可惡的格林牧等人和侯爵勾結起來，沆瀣一起戲弄

---

39 詳見May "Une certaine Madame Madin", in：WILLIAMS, C. G. S.(ed.),
"Literature and History in the Age of Ideas". *Essays on the French
Enlightenment Presented to George R. Havens.* 1975, pp. 255-272.

他一人[40]？果若如此，則侯爵之信雖是親筆所書，貌似真情實意，其實心懷叵測，是否還符合「實質的真」就很難說了。

再就讀者方面而言，克瓦瑪禾侯爵信件「實質的真」更不可靠。〈序言／附錄〉的最後版本是狄德侯動過手腳的。他修改了〈自述〉部分的人名和情節，修改之處牽涉到克瓦瑪禾侯爵信的內容時，自然得相應改動了侯爵的信，以便兩者不生牴牾扞格。所以侯爵的信件也是真中有假，假中有真的。

從上面數點來看，〈序言／附錄〉是一個真假相摻的，真中有假，假中有真的文件，它完全合乎小說「虛構」的定義，有資格作為「小說」的一個組成部分和〈自述〉並存於《修女》之內。〈序言／附錄〉與一般小說不同之處是以真人真事面貌出現，「虛構」的逼真效果達到罕見的高度，不正合乎狄德侯的期望嗎？

四、〈序言／附錄〉與〈自述〉的相互作用

如果說，〈序言／附錄〉具備了小說的條件，那麼狄德侯把它放在《修女》中，期待它會起什麼作用？在察看〈序言／附錄〉作用之前，我們不免要說明狄德侯的小說理念。

40　狄德侯的確懷疑自己「螳螂捕蟬，麻雀在後」，其他的朋友聯合起來戲弄他。在他給艾比尼夫人的信中說：「侯爵回信了，真邪，假邪？他的心那麼多情？腦袋如此迷糊？這裡頭會不會有詐？我可對你們這一夥人有點信不過。」（*Correspondance inédite I,* 190, cité in Dieckmann 1952, p. 28）

狄德侯對小說的觀點

狄德侯對當代的小說是不怎麼以爲然的，甚至可以說評價相當低。他通過《宿命論者霞克及其主人》和《修女》的寫作，整理出一套自己的看法來。1781年，也就是他大肆修改《修女》的時候，他給他女兒的信中說：「我一向視小說爲頗膚淺的東西，不過我終於發現，它倒有清氣去火的好處。」(*Correspondance inédite*, II, p.271. cité in Catrysse 1970, p.125)接著他還抓了幾個作品當藥，開出一個「方子」，而用來煎「方子」的是兩本小說：他把這幾味藥「一起投進適量的《宿命論者霞克及其主人》和《瑪儂‧勒斯郭》[41]煎湯即可。」狄德侯終於找到了寫小說自己的「方子」了[42]。我們於是理解到，何以他這兩本晚年的作品和早期的小說那麼不同。

他雖鄙夷時下的一般小說，卻對英國作家瑞察德森(1689-1761)情有獨鍾。他曾撰文〈瑞察德森讚〉(1761)一文稱道他的小說[43]，讚揚他深得「逼真」三昧，使得讀者完全忘卻故事的虛構，「身不由己參與到故事裡去，與人物對話。時而頷首稱善，

---

41 《瑪儂‧勒斯郭》(*La véritable histoire du chevalier des Grieux et de Manon Lescaut*, 1731)係沛沃神父的小說，出版於1731。此小說原係他的《一個貴族的回憶錄》(*Mémoires et aventure d'un homme de qualite*, 1728-1731)的一部分，由於極度成功，後人將《瑪儂‧勒斯郭》單獨出版。
42 有關狄德侯的小說理論，精確地說，審美理論，由於牽涉範圍過廣，不擬在此短文內討論。
43 "Eloge de Riehadson", in Diderot, *Œuvres* 1951, pp. 1059-1074. 按，Samual Richardson(1689-1761)之著作有*Pamela*與*A Story of Clarisse Hawlowe*.

時而斥責，時而讚歎，時而悻悻不樂甚至憤怒⋯⋯」（Billy 1951, p. 1060）

這令讀者完全墜入他的真實感中的技術，狄德侯歸納出來大致有二：一是瑞察德森從不直接表達他要說的話，只是讓讀者自己去體會，所以說服力強。而達到這種說服力的手段，是充滿小說中的許多從實際生活中擷取而來的細節。他認為只有把讀者放在他一向熟悉的，實實在在的日常生活細節中，才能使他產生真實感而接受作者的幻象。在《修女》中，無論是〈自述〉或是〈序言／附錄〉，都充滿了生活的鮮活細節，狄德侯不以抽象的概念為已足。

狄德侯對戲劇的觀點

他對戲劇藝術的觀點特別能說明他最後兩本小說《宿命論者霞克及其主人》和《修女》的寫作態度。在〈演員的弔詭〉（"Paradoxe sur le comedien", 1830）一文內，他提出演員如何和其所扮演的角色分離的問題，也就是說，在台上，其實有兩個人，一個是劇中角色，另一個是演員本人，後者不可以完全融入他所扮演的角色；相反的，他應該保持清醒[44]。下面的這一段話說得十分清楚：

演員不是劇中人，他扮演劇中人（⋯⋯），使你們誤認

44　此與王國維所言頗接近：「詩人對宇宙人生，須入乎其內，又須出乎其外。入乎其內，故能寫之，出乎其外故能觀之。」（《人間詞話》頁三十九。）

為真，只有你們自己產生幻覺(……)。演員的眼淚從他們的頭腦向下流：易動感情的人的眼淚則從心向上湧。(Diderot, "Paradoxe sur le comédien", Œuvres 1951, p.1101)[45]

他這個觀點，表現在文學作品中便是一方面作者要讓讀者感到唯妙唯肖，如臨其境；另一方面，並不要求作者退場。尤其是作者「在場」如能進一步加強逼真性，那麼更是沒有不利用的理由了。在《宿命論者霞克及其主人》裡，作者通過種種的辦法，以「在場」的方式取得讀者的信任；而在《修女》裡，狄德侯一方面採用了若干略為含蓄的方式介入，另一方面利用〈序言／附錄〉，暗渡陳倉，其介入規模之大，已到了和〈自述〉爭名分的地步了。

五、〈序言／附錄〉的特殊效果

作為造成《修女》整本小說的逼真性的手段，〈序言／附錄〉起的作用相當重要，至少有兩個層次可以討論。

〈序言／附錄〉的特殊效果之一：場外人「入場」

克瓦瑪禾侯爵既是這個陰謀的戲弄對象，他是一開始就受

---

45 譯文取自《狄德羅文集》王雨、陳基發譯，1997, p. 261.

到這個虛構故事的宰制的。他認真對待狄德侯-栩桑-馬丹的信，把虛構看成真實。小說的定義如果是「以幻象導致讀者誤信為真」，那麼，〈序言／附錄〉，在作為讀者的侯爵身上的確達到了目的了，這是所有的小說家夢寐以求的效果。

侯爵是陰謀詭計的對象，是理所當然的被害人。是「場內人」，他受騙上當，為苦命的修女動了憐憫之心，猶有可說。但那些在那兒牽線操縱的「場外人」，那些陰謀詭計的策畫者和執行者，卻也逐漸被自己所製造的幻象吸引。事件的發展幾乎逐漸脫出了牽線者的手。

〈序言／附錄〉作為一場遊戲，狄德侯當時並非一開始就想到要把一封信發展成一部中篇小說的。但在演變的過程中，真假的錯綜複雜關係，使得惡作劇的始作俑者逐漸失去了自己與遊戲之間的距離（de la Carrera 1991, p. 18 *esq.*）。狄德侯由「場內」向「場外」滑移。

在惡作劇進行期間，他們每於晚餐時，宣讀狄德侯一本正經，感情充沛的回信，又宣讀下封給侯爵的信，樂何如之。事情發展到後來，狄德侯他們不不得已下決心「處死」可憐的栩桑修女時，眾人相對黯然。這〈序言／附錄〉的開頭的節日歡樂氣氛一去不返，代之而起的是：「馬丹夫人之悲情，我們心有戚戚焉，大家所感到的遺憾與憂傷不下於修女那可敬的保護人。」（Diderot, "Préface-Annexe", *Œuvres* 1951, p. 1404）

這裡面，馬丹夫人地位在那些牽線的人心中起了不可思議的變化：他們忘記她只是一個人頭，對栩桑修女的存在毫不知情的事實，居然誤以為她真的收容了栩桑，為她與侯爵寫信，

為修女之死而悲痛。（de la Carrera 1991, p. 21）

　　虛構的幻象欺騙了虛構的營造者，我們不能不承認其全面成功，即使上引的格林牧的這句話有一定程度的修辭意圖。

　　〈序言／附錄〉內指出，這一班朋友中，狄德侯是最先失去冷靜的[46]。〈序言／附錄〉中進一步敘述了一個插曲，說明狄德侯完全失去了「場外人」立場的情況。於是，場內、場外已難以分清，不但讀者墜入作者所設的「幻象」之術中，連作者自己也不能倖免：狄德侯正在撰寫《修女》的期間，一個朋友一天去看他，發現他熱淚盈眶，動問原因。狄德侯回答他說：「我讓自己所寫的故事感動了。」（Diderot, Œuvres 1951, p. 1385）

〈序言／附錄〉的特殊效果之二：「對鏡」效果

　　在佛教裡有「鏡空」一說，也就是指鏡子未有映象之前的本質的存在。這個觀念把鏡子本質的存在和它的功能分了開來。「鏡空」自然是一種抽象的「存在」，因為在實存世界中是沒有可能的。這一個有趣的觀念特別能解釋《修女》中〈自述〉和〈序言／附錄〉的關係。

　　假設不存在〈序言／附錄〉這個文件，或者它即使存在卻沒有任何條件讓其與〈自述〉發生互映的關係，那麼〈自述〉即是《修女》的全部。反過來也一樣。假設不存在〈自述〉這

46　「這弄神弄鬼的故事固然把我們那位諾曼地的朋友搞得滿腔熱火，連
　　這頭的狄德侯也熱情起來了（……）於是著手撰寫起修女的詳細身世。」
　　（Diderot, Œuvres 1951, p. 1305）

個小說文本，或者它即使存在卻沒有條件讓其與〈序言／附錄〉
發生任何互映的關係，那麼，〈序言／附錄〉只是一份記錄狄德
侯和格林牧一幫人戲弄克瓦瑪禾侯爵的文件，一段文學史上的
逸事趣話罷了。在上面這個情況下，兩個文件各自是單純的，
實存世界的「鏡子」，沒有鏡空存在的餘地。

現在，情形卻不是這樣的，兩個文件都有著自我的獨立存
在，而又與對方發生必然互映的關係。於是，一件原本只能存
在於抽象思維中的情況發生了：「鏡空」居然可以與「鏡實」脫
離並存。因為，在這裡，每個文件都具有了兩個「地位」：一是
與對方互映之前的獨立地位，也就是，當我們把它們視為各自
獨立的存在時，它就成了「鏡空」；而當我們把它們放在一起互
映時，它們各自成了對方的鏡子；而它們卻是無可遁逃地，必
須在對方的影映之下才有圓滿的意義：兩個鏡空在對方的身上
實現了自己作為鏡子的功能。

結論

我們發現到，狄德侯通過《修女》為我們揭示了他獨特的
小說藝術。他以真假互滲的方式使所有的人，包括讀者和小說
的「場外人」以及惡作劇的對象（克瓦瑪禾侯爵）在不同的程度
上受到「幻象」的迷惑。而這真假互摻互滲是借助作者的「在
場」來完成的。

特別有意思的是，我們提出了前人沒有見到的〈自述〉和
〈序言／附錄〉的「對鏡現象」。這個現象不但使得組成小說的

兩個部分同時具有了「鏡空」和「鏡實」的身分，更造成一個令人極爲迷惑的弔詭：本來作爲小說之說明文件的〈序言／附錄〉由於作者的介入，以充滿「幻象」的虛構文本出現，逐漸由小說的附屬的地位移向主位；而原來作爲小說「正文」的〈自述〉，由於〈序言／附錄〉的干擾，其正統地位受到了顛覆，使得讀者恍惚間懷疑其作爲小說的「正常」(légitime)地位[47]。但在讀者的心目中，〈自述〉作爲《修女》的小說的正統地位隨時企圖復辟，一再提醒他：我才是小說，雖是虛構，卻讓你爲書中人傷心落淚；讀者夾在這兩個既是相對如拔河，又是相成如一物之兩面的力量中，彷彿對鏡映像一般進行不能訴諸時間觀念的往返。

列在本文之首的梵樂希的那句話，非常形象地說明了鏡空與鏡實地位不停換位給讀者造成的恍惚情境。

47　不要忘記，《修女》原只是〈序言／附錄〉裡的信件之一，後來「惡性」擴張起來的。見上注11。

目次

第一輯

自 述

說 明

　　一、本譯文根據噶里瑪出版社「七詩聖文庫」的《狄德侯文集》(*Diderot Œuvres*)。該文集出版於1951年，是在Dieckmann的研究發表之前[1]，故並未採用狄德侯最後修改的版本，同時將〈序言／附錄〉放在文集後面的注解內，是為遺憾。為此噶里瑪出版社復於1972年請Robert Mauzi負責新版本，收入普及叢書「佛里歐」刊行，算是對此的交代。唯「七詩聖文庫」聲譽卓著，世所公認，所以兼權熟計之下，仍用此版本。在本譯文中，除將狄德侯最後修改部分以不同方式點名外，逢有明顯牴牾，均酌情採用認為最合理的版本並加注說明，並將〈序言／附錄〉僅置於〈自述〉之後，恢復了一體的面貌，多少彌補了「七詩聖文庫」版的缺憾。此外，也參考了1968年福拉瑪黑雍版。

　　二、書內注釋有二類，均放在腳注內：一為「七詩聖文庫」版編者André Billy的注，以星號(＊)標明；一是譯者注，以阿拉伯數字順序標出。

　　三、中文原則上以《中文辭源》(四冊，上海：中華書局)及《辭海》(上海：辭書出版社)為依據。書內中譯專有名詞原則上不附原文，卷末備〈譯名對照表〉，供參考。

1　見〈代譯者序〉。

　　克瓦瑪禾侯爵如有回信，覆信將置於這篇故事之首[1]。在修
書給他之前，曾去打聽過。他身出望族，得過赫赫軍功。他上
了年紀了，有過妻室，膝下有二子一女。侯爵對他們舐犢情深，
子女也十分孝順。他出身世家，開明多智，總是春風滿面，藝
術品味格調高致。特別值得一提的是，他凡事自有見地，不落
窠臼。有人對我稱道他說，侯爵其人情感豐富，道德高尚，狷
介清正[2]。見他對我的遭遇表達了強烈的關懷之情，再者又耳聞
了有關他的種種，以此看來，向他求助應絲毫無損於我的清白。

1　克瓦瑪禾侯爵為狄德侯的朋友，自退休後即回到他諾曼地的莊園，過
　　退隱的生活。他的一班老朋友則期盼他能再回到巴黎，勸之無效之下，
　　他們設計出一個修女不堪壓迫，逃離隱修院的故事，希望可以打動侯
　　爵的心，讓他親來巴黎。據考證，《修女》是由此得到靈感，在較短
　　的時間內完成的。根據「如肯回我的信」這句話，合理的解釋應該是，
　　栩桑一邊著手撰寫她的〈自述〉，一邊去信侯爵，並等待她的回信。
　　但從後文看來，情況並非完全如此。J. Chouillet有這段話：「顯然可
　　見的是下面兩個事實。第一個階段，狄德侯繼續和他的朋友著手進行
　　『修女』和侯爵之間的書信來往。第二階段是狄德侯往後假戲真做，
　　把其中一封長信發展成小說的規模。」(Chouillet 1977, p. 182)。parrish
　　對此有明確的解釋，說明狄德侯一邊等侯爵的第一封回信一邊著手寫
　　〈自述〉。在第一個版本中，此句話原是這樣的：「侯爵如有回信，
　　置於此故事之首。」"La réponse du marquis, s'il en fait une, fournira le
　　commencement (et l'exorde)du récit." 這個句子原是寫在文本的週邊留
　　白處，顯然是作者為自己備忘之用。1780年狄德侯修改後才成為了現
　　在的樣子，令其讀來似出於栩桑之手。(Lizé 1972, p. 148.)也可參見
　　Parrish(1962, p. 363n8)及Griffith(1966, p. 226)。
2　十八世紀有《哲人典範》(Le Philosophe)一書。狄德侯在此所塑造的
　　侯爵正符合該書的形象。此處所謂的「凡事自有見地，不落窠臼」
　　(originalité)，指「判斷不偏不倚，能獨立思考」；「開明多智」(avoir
　　des lumières)是哲人的基本條件；「道德高尚，狷介清正」(honneur et
　　probité)等均是該書所列出的典範。

然而，他如對我一無所知，總難指望他下決心為我濟難解厄。心生此念，我決定按捺下性氣傲骨及滿腹羞惡，來撰寫這卷自述。本文中所述，僅我橫逆遭遇之一部分。我雖不具才華也無彩筆，卻以我這年紀小女子的天真及自己的率直個性來撰寫[3]。一則，我的恩公也許有朝一日會要求我把遭遇的始末寫出來，或者，於這些雪泥鴻爪已相隔久遠而難免恍如煙塵之時，我自己將來也有可能忽然興來，起了把往事記錄下來的念頭。我認為，留下一份短文，是我對自述的一個交代[4]，加上我刻骨鏤心的印象至死難泯，大約足以讓我毫釐不爽追憶起歷歷前塵了[5]。

我父業律師[6]，娶我母時已有相當年紀，膝下三個女兒。要

[3] 這句話的目的是要解決讀者對〈自述〉存真性的任何懷疑。狄德侯是要通過栩桑來對比出隱修院世界，也就是以至善相對至惡。她的一切優點將於下文一一點出。此外，根據Lewinter的推算，栩桑此時應至少有二十七歲，不應再有「這年紀女孩天真」之類的話。有關栩桑年紀的問題，我們將在下文適當的地方作進一步的說明。（Lewinter 1976, pp. 93-94）

[4] 此句表示，本段原假設栩桑修女的〈自述〉已大部寫好，再以一短短梗概置於其後。但狄並未能更清楚澄清自己的意思。（Mylne 1981, p. 24）

[5] 咸認為《修女》的這起首一段文字特別不清楚，引起的爭論極多。略敘於後。（1）、起首第一句，一般認為是狄德侯寫下來，供自己備忘，換言之，他提醒自己，一收到克瓦瑪禾侯爵的覆信，可置於〈自述〉之首。因為此句和下文實在毫無關係。（2）、〈自述〉整篇作為一長信方式撰寫，收信人為克瓦瑪禾侯爵，故均使用第二人稱代名詞。只有此一段，跳開通篇的觀點，把克瓦瑪禾侯爵作為第三者來描寫。既是寫給侯爵，豈有必要來介紹其人，所以，應是狄德侯擬置於〈自述〉之前，向讀者說明侯爵其人，以引讀者上路。同時，讀者如先讀了〈序言／附錄〉，此段並無新內容，實屬多餘。故，嚴格的說，〈自述〉真正的開始在第二段。參見Mylne 1981, pp. 23-25.

[6] 〈自述〉撰寫人栩桑的父母將通過各種法律手段剝奪她的一切權利，

讓女兒個個嫁後不愁衣食[6]，以他的財富原是綽綽有餘的，但真要做到，他起碼須做到春暉普照，不分厚薄。而在這一點上，他委實乏善可陳，我難讚一辭。和兩個姐姐相比，不論是聰明、面貌、品性以及才華，我都略勝一籌，那是不爭之事。我的父母卻似乎因而深感苦惱。我先天的材質加上態度專注認真，使得我有種種優點，勝過姐姐，竟反倒成為我苦惱的來由。為了能和她們一樣得到父母的疼愛和嘉許，得到優容，我自髫齔之年起就渴望和她們相似。每逢有人對我母親說：「您的孩子真乖巧。」所指的人從不包括我在內。有時，別人稱讚了我，替我出了口氣；然而客人一走，只剩下我們一家人時，我為自己所獲得的稱讚付出的代價太大，我倒寧願他們對我冷冷淡淡，甚至說些損我的話。外人愈是喜愛我，在他們離去之後，家人便愈怫然不喜。哎！我哭了多少次，恨自己沒天生醜陋、笨拙、傲慢、愚蠢還自覺聰明。簡單一句話，我為自己沒有她們的諸多缺點而哭泣。她們可不正是一味憑著這些缺點贏得父母的歡心的嗎！我以口問心：我的雙親為人可以說得上是誠實、正直、虔誠，怎麼生成這般怪脾氣呢？先生[7]，要不要向您坦白說呢？因為父親脾氣暴烈，他一生氣，話就脫口而出。我再把若干前前後後發生的情況擺在一道，加上鄰人的風言風語、僕人的七

而作為這鎮壓力量的象徵的正是她的「父」，一個律師。（Saint-Amand 1989, p. 31）

6　女兒的嫁妝豐厚，才能嫁得高門大戶，決定了她日後的社會地位。

7　〈自述〉開始時，栩桑是用第三人稱來對待侯爵的。此處，是〈自述〉內第一次以第二人稱對待侯爵，使此〈自述〉具有書信實質。通觀小說，這種不一致的情況經常發生。

嘴八舌，使得我懷疑起，之所以如此，或許事出有因：可能是
我父親覺得我的出生有點可疑[8]。而我母親呢，或許一看到我就
會想起從前犯下的錯，想起她過分輕信了一個男人的言語，卻
遭他忘恩負義之報；天知道還有什麼別的緣由！這麼一想，反
而多少能原諒他們。上面莫非是猜測之詞，並無實據，向您吐
露我想也不傷大雅吧。這篇東西您早晚會付之一火，我也會毀
去您的回信的，決不食言[9]。

　　由於我們姐妹三人出生相隔得很頻密，不覺都年已及笄。
現在有人追求我們來了。一位風姿翩翩的男子來追求大姐；我
發現他看中的其實是我，來看大姐很快就變成一個藉口的，好
常來我們家而已。我預感到，他對我的青睞必然會爲我招來苦
惱，便把情況告訴了母親。此舉可能是我一生唯一令她感到愉
快之事，而我得到的卻是以下的回報；過了四天，起碼沒幾天
之後，他們告訴我，已經爲我在隱修院訂了個位，隔天就把我
送了過去[10]。我在家中感到如此鬱捲不樂，因此，送我進隱修院，

8　「那時代的私生子數目驚人，尤其在巴黎，幾乎達到出生嬰兒的三分
　　之一。所以1757年，當時狄德侯的《私生子》一劇被認爲處理的是一
　　個時事主題。」（May 1954, p. 60）從這角度來看，栩桑有此想法也不足
　　爲奇了。

9　侯爵因認爲修女栩桑逃逸在外，行動十分謹慎，要求把他所有的信都
　　寄回。（見〈序言／附錄〉）

10　根據Lewinter的看法，栩桑告訴母親此事之後，她母親立即將她送進
　　隱修院，此一舉措是無法用私生女或經濟理由來解釋的。如因她是私
　　生女，那麼最合理的態度是儘早把她嫁出去，不會向其「父親」多所
　　要求了，而入隱修院也同樣要一筆膳宿年金。唯一合理的解釋是她母
　　親不願意看到栩桑把自己的愛轉到另一個人的身上。使她脫離了這個
　　世界，她的母親就永遠保有栩桑的愛。而栩桑則拒絕發願出家，要她

我一點也不覺得苦惱。我滿懷欣喜，前往聖 - 瑪利隱修院[11]，這是我進的第一間隱修院。話說姐姐的情人見不著我，也就把我置諸腦後，和姐姐成了親。姐夫葛某，是個公證人，住在郭赫貝邑，他們成了當地情況最糟的一對。至於二姐，則嫁給了巴黎的綢緞商人卜雄先生，住在干槓波瓦路，兩口子倒還過的去[12]。

　　兩個姐姐有了歸宿之後，只道父母親或許會想到我，不久我就可以離開隱修院了，當時我十六歲半。父母嫁了兩個姐姐，妝奩頗為豐厚，我滿心以為他們對我也一視同仁。我正一腦袋天花亂墜給自己描繪前景時，傳話說接待室有人訪我。來人是

母親收回自己。（Lewinter 1976, p. 75.）

11　此修院在巴黎Rue du Bac，大部份學者極少加以注意，譯者所根據之版本，Billy注解語焉不詳，僅稱：「後文中狄德侯明確指稱龍尚隱修院，可見此聖－瑪利隱修院也應確有其事。」（Diderot, Œuvres, P. 1405）但G. May對之有過考證。原來馬格麗特・德・拉梼賀曾於髫齡被送到此寄宿。他認為對該隱修院最正確的說明見諸杜訥所主編之1916年版《修女》之序。（May 1954, P. 49）

12　郭赫貝邑為巴黎南方欸松訥省的首府，干槓波瓦路則在巴黎第一區。從狄德侯的手稿中，看得出來，栩桑的兩個姐夫的確切住址顯然是1780-1782年修改過程中加上的。根據Georges May的論証，是出於小說逼真性的要求，以便和狄德侯後來修訂過的〈序言／附錄〉相呼應的。在〈序言／附錄〉內，栩桑逃離修院後的保護人馬丹夫人去信建議克瓦瑪禾侯爵通過其巴黎的有力朋友給栩桑的兩個姐夫施壓。為此，狄德侯把他們的住址明確化了，以使小說更有說服力。（見Georges May, 1974, p. 192）此二句「他們成了當地情況最糟的一對。至於二姐……兩口子倒還過去了。」（……où il fait le plus mauvais ménage. Ma seconde soeur…vit assez bien avec lui.）「七詩聖文庫」版和「福拉梼黑雍」版第二句上略有出入，後者稱「兩口子倒是琴瑟和調」（et vit bien avec lui),（où il fait un assez mauvais ménage.）

我母親神師瑟哈梵神父，也做過我的神師，所以他說明來訪的
動機，不至於感到難以啓口[13]。他是來勸導我著袍出家當修女
的。我聽到這個匪夷所思的提議，憤然嚷了出來，而且毫不含
糊告訴他，對於修道生活我沒有絲毫興趣。他對我說：「算您沒
造化！因爲，嫁您兩個姐姐，您的父母可說是花光了家產。依
我看，他們已自捉襟見肘，對您是無能爲力了。小姐，好生想
一想，是要在聖 - 瑪利隱修院一輩子住下去還是赴外省的隱修
院。到外省，繳一筆菲薄的膳宿年金[14]，隱修院就會接待您。那
兒，您只能在父母去世後才出得來，不過您有得可等的。」我
大怨老天不公，酸辛熱淚滾滾而下。有人告訴了院長，我從接
待室回去時，她已在等著了。我樣子狼狽，不堪之狀一言難盡。
她問我說：「我親愛的孩子，您怎麼了？（她其實知道得比我還
清楚。）看看您這副模樣！我沒見過誰有您這傷心欲絕的模樣
兒，這神色可嚇死我了，莫非令尊還是令堂……？」我一頭投
入她的懷中，內心暗暗回答：「老天，真是這樣就好了。」而我
卻只能喊著說；「唉！我沒父也沒有母；我是個可憐蟲，他們的
眼中釘，只想要把我活生生給埋在這裡。」她任憑我嚎啕大哭，
等我平靜下來。之後，我稍爲清楚地向她說了說方才神父的話。
院長看起來是可憐我的；我不肯投入自己毫無興趣的修道生

13　「神師」原文 directeur，為 directeur de conscience 的簡稱，亦稱
　　confesseur。Confesseur 源自拉丁文 confessor，最先本意指殉教者，稍
　　後指以敬神生活方式見証耶穌基督者。法文借用以指聖者，往往指聽
　　取告解的教士，故稱「神師」，後來引申為可以聽取心中稱隱的教士。
14　原文 pension，專指特定機構付給個人的年度津貼。此處譯為「膳宿年
　　金」以有別於較泛稱之「年金」（rente）

涯，她表示同情我，支持我。她許下諾言要為我祈禱，向我的父母剖析，替我求情去。喔！先生！這班隱修院的院長是多麼會矯情鎮物[15]！您是無法想像的。她也確實寫了信，她心中可明白，家人會怎樣答覆的。她把家人的回音告訴了我。在過了相當久的時間之後，我才懂得懷疑她的誠意。話說，他們定下的期限已到，必須讓我有個定奪了。院長帶著她精心琢磨過的悲傷神情來通知我。她起先待在那裡不開腔，然後吐出幾句同情的話。根據這些話，一切意在不言中了，又是一幕我傷心欲絕的場景，除了傷心欲絕，還能有別的可向您陳述的呢？不露聲色這本事，這一干隱修院院長的功夫可說是到家了。等我哭畢，她對我說，我敢說她的確還是一邊講還一邊淚汪汪的，「好吧！孩子，您這就要離開我們了，親愛的孩子，我們此後彼此再也見不到了……」她還說了些別的話，我沒聽見，只癱在椅子上，有時一言不發，抽抽搓搓啜泣；時而一動也不動，時而站起來；要不，就倚著牆或者在院長懷中發洩心中痛苦。就在我身處這狀況下，她說出下面的一席話：「其實，您何不這樣做呢？聽著，您可別說是我出的主意，答應我千萬不要漏半點口風。因為，我什麼都成，就不願意讓人家說我半句閑話。他們要您做什麼？要您入院著袍罷了[16]。好罷！您何不就穿上修袍呢？穿上修袍又

15　謊言是狄德侯的小說人物的重要特色之一，尤其是牽涉到宗教問題時。在《修女》中，栩桑為了自衛，不得不數度撒謊，而隱修院中，上至院長下至一般修女均善於撒謊，至於見習生嬤嬤，其善於謊言，達到職業化的水平。見下文。

16　此處院長故意不使用noviciat（見習修行）之類正式的字，以避免刺激栩桑。

不是把您拴上，要您擔當甚麼？沒什麼呀，不過是和我們一道再過個兩年。天有不測風雲，生死難卜嘛，兩年，可長著呢，兩年之內難保不會發生什麼事情……」她這話中有話，又加上那麼多關愛，口口聲聲是友誼，甜言蜜語假惺惺。我雖然明白我當時的處境，卻難以逆料到他們會把我推到什麼境地去，所以我教她說服了。她給我父親修了一封書緘，寫得非常之好，哦！這種事沒人比她做得更好了：我的難過、悲痛、申訴，信中都毫無隱諱——直言。我向您保證，即使是比我機伶的女子也會上當的。只是，在信末，說我點頭答應了。接下來的事情安排得緊鑼密鼓！日子選定了，衣服也縫製好了，我今天回頭尋思起來，一件接一件，覺得安排得快到間不容髮，行禮的時刻霎時竟已來臨。

我忘了告訴您[17]，我見到了我的父母親，我竭盡所能，想讓他們軟下心腸，但我發現他們鐵了心不為所動。當天，向我作勸勉講話的[18]，是卜瀾神父，是位索邦隱修院的神學大師[19]；為我授修袍的則是阿萊普城的主教大人。這個儀式本身原本就是

---

17 狄德侯對小說的主要要求之一便是，小說必須逼真（vraisemblable）。他使用許多手段以達到這個逼真的目的，其中之一就是讓故事情節的發展和敘述者分離，具有各自的軌道（trajectoire）「我忘了告訴您」這個句子的目的就是提醒讀者，故事和敘述者分屬兩個自主的軌道。因此，所謂「忘記的事實」不是敘述者的想像、奇想或謊言，是包容在客觀存在的故事本身之內。（Catrysse, 1970 p. 391）

18 「勸勉」原文為exhorter。我們採用雷翁・杜富《聖經神學詞典》的翻譯。參見雷翁・杜富III, p. 279.

19 原文為docteur。此字自教皇勒翁大皇（即勒翁一世440-461）時起，指神職責司中「神學重鎮」，比如說聖多瑪是「福音大師」（docteur angélique），後來演變成大學中的學位。

枯燥無趣的，那天舉行時更是慘淡淒惻。儘管一大群修女一盆兒熱火似的，圍在我身邊攙扶我，我不知有多少次仍感到雙膝發軟，老覺得自己就要跌翻在祭壇的台階上。我什麼也聽不見，什麼也看不見，我已自麻木了。有人來領我，我就跟著去了；問我問題，旁人替我答了。這個不人道的儀式終於有結束的時候，所有的人都離去了；有人領著我過去，我落入了羊群般的修女中間[20]，方才就是她們將我拉入了夥的。她們親吻我，還此起彼落將我品頭論足一番：「我的姐妹呀，瞧瞧，她可真美！她膚色本來就白，戴上頭紗，更出色！那頭帶，她繫起來可真適合！襯得她的臉頰多細緻圓潤！修袍把她的身子和兩臂烘托得美極了……」我難過得很，幾乎沒去聽她們說什麼。然而我得承認，獨自待在房內時，回想起她們對我說的恭維話，忍不住去小鏡子前印証一下，覺得她們所說的倒也不全然言過其實。那天本就是個別具榮耀的日子，大家又為我將此誇大其辭，但我對這些沒有什麼反應。饒是誰都看得出，我的確沒有太大感覺，但她們卻故意認為我感受極深，還說給我聽。到了晚上，禱告結束之後，院長到我房間來。「說真的，」她打量了我一會後對我開言道，「我不明白您為何對這件修袍這麼反感。您穿起來真美，真迷人。栩桑姐妹[21]，您是個很美麗的修女呀！大家現

20　法文為un troupeau，譯為「羊群」，因狄德侯故意將修女比擬成受人擺佈的羊群、牲口。

21　《修女》中女主角在狄德侯手稿中以不同的名字出現，計有：de la Marre, Saulier, Aigny等。在第一次修改時（1780）他才Simonin，不再更易：她的名字則有Suzanne, Anne-Angelique, Agathe等。Parrish認為，唯一的解釋是，小說內許多段落在1760年前就獨立存在。（Parrish 1962, p. 367）

在因而更加喜愛您了。這個嘛，來瞧瞧，走兩步……您站得不
夠挺，不能這樣駝著背……」她擺正我的頭，我的腳，我的手，
我的身體，我的臂膀，簡直就像馬賽爾來修院教美姿課[*]；可不
是嗎，每種身分的人都應表現出各自良好的風度。然後，她坐
了下來對我說：「不壞，不壞。現在我們來談點正經的。您這不
就給自己爭到了兩年時間了，您父母可能會改變主意的；不過
到時候他們想領您出去，您也許還捨不得走呢！那也未必就不
可能。——夫人，您可別存這想法——[22]。您在這裡有好一段日
子了，但您對我們的生活所悉還不夠。我們的生活也許是有艱
苦的一面，不過同樣也有甘甜……」

　　我不說您也想像得到她接下去是怎麼向我大談其隱修生活
和外頭的紅塵世界。這些話，到處都讀得到，千篇一律。感謝
主，她們讓我念了修士修女他們寫的一堆胡言亂語，高談修道
生活，褒貶外頭世界。他們對修道生活既熟悉又厭惡，對外頭
的世界雖喜愛，其實一無所知，卻在文中大肆醜詆。

　　見習期的絮繁枝節[23]，我就按下，不向您細表了。如果真有
人切實遵守見習修女生活種種嚴苛的紀律，那是絕撐不下去
的，事實上，這一段生活卻算是隱修院生活中最好受的了。見
習期的孃孃是天底下最慈靄的修女[24]，隱修院生活這條路上滿佈

---

[*]　賽爾是當代的舞蹈大師。

[22]　此句話係栩桑的回答，原文以破折號插入。譯者依原文，不另分行。

[23]　「見習期」，原文為noviciat。novice一字源自拉丁文novicius，本指初
　　服役之奴隸，後來才為基督教採用，指著袍入教見習而尚待發願的修
　　士和修女。其見習期稱noviciat。一譯初修期。

[24]　「孃孃」原文為mére，法文中原意為「母」，此處指隱修院內高階修

荊棘，她用心以赴的就是如何瞞過我們。真是讓我們上了一堂
誘人入殼的課，誘人的技巧何其巧妙，使起來也沒有更得心應
手的了。就是那嬤嬤，她讓包圍著你的沉沉甸甸的黑幕更為厚
實，輕搖款擺搖籃，讓你瞌目入眠，蠱惑你，讓你無法抗拒。
我們的嬤嬤對我一人特別關切。有幾個年輕稚嫩的靈魂經得起
這種要命的手腕的？世上有不少懸崖峭壁，但我絕沒想到竟有
這樣一條輕鬆的下坡道讓人滑下去。只要我連打兩個噴嚏，日
經課[25]、工作、禱告就都免了；早上床、晚起身，院內的規定對
我都失了效。想想看，先生，有時候我真巴望獻身的時刻早一
點來臨。外頭世界凡有不幸的事，她們都會一一告訴您；如真
有其事，她們就加油添醋，否則，自己編排捏造，然後就沒完
沒了，感謝主、讚美主，因蒙主恩寵使我們免於淪入紅塵中種
種不堪的境遇。話說，宣誓出家的時刻近了，其間有時候我巴
不得它早點來臨。但時間越發逼近，我開始心神不屬。我覺得，
自己的嫌惡感重又兜上心頭而且與日俱僧。我把上面的情況和
感受告訴了院長和見習修女嬤嬤。這些女人可懂得報復人家給
她們找來的討厭的活計。別以為她們樂於扮演那假仁假義口是
心非的角色[26]，或者以為她們跟您反反復復說那套鬼話，真的樂

　　女，尤指院長，通譯為「嬤嬤」。漢語中「嬤」音「媽」，同媽。法
　　文中此二詞同源給心理分析派文學批評者提供了根據，認為栩桑和她
　　的母親反串伊底帕斯或「戀母」情結。下文中我們會在腳注中進一步
　　說明。按，「嬤嬤」在漢語中也有老鴇之意。見《拍案驚奇》卷二十
　　五「趙司戶千里遺音……」441頁。
25　原文office，即office divin，通指全日不同時段內應頌的祈禱。
26　原文為hypocrésie，有必要用「假仁假義，口是心非」這八個字來表達。

此不疲，其實是不得不爾罷了。比至最後，這些話早變成陳腔
濫調，連她們自己也覺得味如嚼蠟。但是她們非得這麼做不可，
爲的是好有個幾千塊錢要落進隱修院的銀庫裡。就爲這個重要
的目的，她們一生扯謊，一手將那些無辜的年輕女子推入火坑
四十年、五十年、甚至一輩子。先生，活不到五十歲的修女之
中，鐵定一百個裡頭就有一百個這一輩子永淪地獄，更別說那
些個沒死就瘋癲了，癡了，或咬牙切齒拖日子的。

　　有一天，發生了這麼一件事，就是這些修女中間，有一個
發了瘋的從囚室裡逃了出來[27]，讓我碰上了。從那時起，我算是
走好運還是厄運，先生，那得看您怎麼幫襯我了。我從來沒見
過比這更醜惡，更噁心的景象了。她蓬頭散髮，幾近全裸；腳
拖著鐵鍊，眼神茫然。她拉扯頭髮，一邊捶胸，又跑又叫；用
極其不堪的字眼咒罵自己，叱喝他人，一面還找窗子直要往下
跳。一股恐懼襲我而來，我渾身直顫。在這個不幸的人的身上，

　　這是小說中隱修院的特色之一，狄德侯一再加以描寫。下文譯者自會
　　一一點出。

27　有關修女在隱修院內發瘋的問題，參見下文注31、75。瘋修女在小說中
　　有重要的作用。梧桑是見到了這個瘋修女之後才從迷茫的心理狀態中
　　醒過來，下了絕不做修女的決定。除了小說發展的必要性之外，瘋
　　修女在狄德侯的小說書寫上具有典型特質，即通過人物形貌的刻劃來
　　暗示人物的精神面貌。下面一一出現的重要人物如龍尚隱修院的德·
　　莫尼、阿哈巴戎修院的院長及修女德海絲的呈現方式都是如此。(參見
　　Flavio Luoni, 1987, p. 89-90.)
　　要指出的是，狄德侯認爲女人天生有歇斯底里的傾向，易於看到異象。
　　("Sur les femmes", in : Œures 1951, pp. 952-953)他同時認爲女人的情緒
　　特別容易受到感染，一個人的例子會引得千千萬萬群起效尤。(同上，
　　p. 954)

我看到了自己的下場。我當場下了決定，那就是我寧願萬劫不復，絕對不冒險落到這般下場。修院內的人早料到這樣的事會刺激我，因此她們感到有必要採取行動先發制人，便來告訴我有關這修女的事。她們說了一大堆胡言，荒謬可笑又難以自圓其說：說什麼當年接納這位修女時，她的精神狀態已經有問題了；她曾在節骨眼的時刻受到了驚嚇。她會看到異象，自認為能通靈，可與天使交談；說她曾念了些有害的讀物，腐蝕了她的靈魂；她聽過主張過激的道德革新派的言論，使得她對天主的審判過於恐懼，以致於她原本就已不穩定的精神終於錯亂了；她於是滿眼只見撒旦、地獄及烈火焰焰的深淵。說她們也為她感到哀痛，還說，本修院居然發生這樣的案例，也真是令人難以置信！等等……。這套話豈說得動我。這個發瘋的修女無時無刻不在我腦海中盤旋，因此我一再暗中立誓絕不發願出家。

　　話說，考驗我是否能堅持下去的時刻來臨了。一天早上，做畢日經課，只見院長走進我的居室，手中拿著一封信。她面容悲戚沮喪，兩臂頹然下垂，她的手彷彿連舉信的力氣都沒有了。她看著我，眼淚似在眼眶內打著轉。她沉吟不語，我也不開腔，她等我先開口；我有點忍不住想開口，但還是嚥下了。她問起我的起居狀況，又說什麼今天上午的日經課很長，說我有一點咳嗽，她感覺到我好像不太舒服。對於所有的問題，我一概回答：「沒有什麼，親愛的嬤嬤。」她的手一直垂著，捏著那封信。這一連串問題問到一半的時候，她把信放在膝前，用手半遮著。在有關我父母的問題上打完轉後，見我還不問她手

上拿的紙是什麼，終於對我開言道：「這封信……」

一聽到這話，我的心就慌了，雙唇直顫，打斷她的話：「是我母親捎來的？」

「您說對了，拿去看吧……」

我定下了神，拿過信來看。開頭，我還算平靜，但越往下看，越發感到各種強烈的情緒洶湧而至：憂慮、憤怒、又惱又恨，不一而足。我的聲音變了，臉容失色，身體扭來扭去。有好幾次，我幾乎拿不穩手上的紙，那樣子簡直像要把信撕掉，再不，就是狠狠緊捏著，彷彿要把它揉成一團，扔得遠遠的。

「孩子，您看我們要怎麼回信呢？」

「夫人，怎麼回，您知道的。」

「不，我不知道怎麼回。這些年來，您家日子不好過，家產虧損不少。您姐姐兩家子的營生虧損，她們兩人都子女成群了[28]。您家人為了張羅她們的婚事，已自傾家蕩產，再為了補貼她們，也已瀕臨破產了。所以，他們豈能再為您打點往後的日子。您已著袍入院修道，他們安排您進來，可是花了一大筆錢的？您入院見習，他們心存希望，您即將發願出家當修女的這個消息，都已自傳了出去。話雖如此，您放心，我會幫襯您的。我從來沒有攛掇過任何人當修女，那須是天主的召喚才能當的。而且，把我們人的聲音摻雜到主的聲音中去是很危險的。如果聖寵沒有召喚您的心，我是不會敢說什麼的。直到目前為

28　狄德侯的小說作品中經常有疏忽而產生的差錯(bévue)或自相矛盾，此即其一。栩桑的兩個姐姐在她的見習期前剛結婚不久，如何能子女成群？有關此方面的問題參見Catrysse, 1970, pp. 233*sq.*

止，從沒有一個人因我而不幸，我問心無愧。孩子，我可疼您呢，我會因您而做下這種事的嗎？我不會忘記，是我勸動了您，才邁出前面幾步的。我哪能坐視他人欺您初步同意，糊弄您進一步套進去？還是讓我們一道好好商量一下。您願意發願出家當修女嗎？

「夫人，我不願意。」

「您對於修道沒有一點興趣嗎？」

「夫人，我毫無興趣。」

「您不想順從父母嗎？」

「夫人，我不要順從他們。」

「那麼，您想當什麼呢？」

「除了修女之外，什麼都可以。我現在不要當修女，以後也不會當修女。」[29]

「好吧！那您就別當好了。來，我們一道想想如何給您母親回信。」

我們商妥了幾點意見。她寫了信，並把信拿給我看。我也覺得這信寫得算是相當好的。不久，他們趕緊派隱修院的神學大師來找我，還叫上回我宣誓修道時為我講道的那位聖師來看

29　狄德侯對隱修院的反感，除了理性的認知外，極有可能出於自少年時代的經驗以及他後來因宗教信仰問題與他的司鐸弟弟反目的傷痛。他三十歲要和昂-瑞內德‧尚比翁結婚，他父親不同意並把他送進隱修院囚禁起來。（參見Wilson1985, p. 35）。後來當他知道他的弟弟和妹妹出於宗教的理由要擅自剝奪他的女兒昂吉利克承繼祖父遺產的權利時，他非常生氣。他於1768年六月寫信給他的妹妹德尼絲表示不滿。但他的弟弟卻宣稱，除非他改變他的宗教信仰並且把他的女兒送進隱修院，否則他們和狄德侯不可能言歸於好。（參見Edmiston 1985, p. 33.）

我；鄭重其事關照那位專帶見習修女的嬤嬤看覷著我一點，又讓我見了阿萊普城的主教，還來了一干虔誠的女人，我得跟她們大費唇舌。我和她們素無瓜葛，可她們硬插手管我的事。修士和神父不斷來開導我；我父親來看我，姐姐寫信給我，最後我母親也來了，但我依然不答應。這段時間內，發願出家的日子決定了，舉凡可以使我回心轉意的手段，他們沒有放過。但是，當他們明白再怎麼懇求都沒有用時，便決定不再徵求我的同意了。

從這一刻起，就把我關在居室內，不准我開口，把我和大家隔離開來，孤零零一人。我看得很清楚，他們決定要發落我，不再管我同意不同意了。我並不想當修女，這一決心已定。至於他們真真假假，一味的恫嚇都動搖不了我。然而，我的處境夠可憐的，而且，這種情況會持續多久，心內一點兒底也沒有。再說，就算目前這處境終於結束，自己會碰上什麼事兒，那我就更不知道了。就在這前途茫茫毫無把握的時候，我作了一個決定。這個決定，先生，是是還是非，由您評斷吧。由於我再也見不到任何人，再也見不到院長、見習修女嬤嬤，還是院內伴隨我的姐妹，所以，我讓人通知院長，說我願順從父母的意思。其實是假裝順從的，我的卻是打算要轟轟烈烈結束這場迫害，打算在大庭廣眾之前抗議他們策畫迫我就範所施的暴行。因此，我告訴他們說，我聽憑他們決定，可以隨心所欲替我作安排，他們非要我當修女不可，我就當吧。於是，整個隱修院歡欣鼓舞起來了。她們又恢復了對我的懷柔態度，說了很多甘言好詞趨奉我，要哄我上鉤，說什麼「天主已經召喚我的心了，

待我必須站到宣誓的地方時，兩條腿已自不管用
了。兩個女伴攙著我左右兩臂，我的頭靠在其中
一個女伴肩上，一步拖一步。

她剛出去，見習修女的嬤嬤和陪我的修女就進來了。
她們脫掉我身上的修女服，為我穿上出世的衣服。

P. Emile Bécat

修女這種要求盡善盡美的修行，我天生能做到，沒人比得上的。
我終於回心轉意，乃理所當然，大家心內一直知道會實現的。
要不是真正天生該修道的，哪能像我這樣堅持不變而又虔敬向
善，克盡己責呢？嬤嬤在她所帶的見習修女中，據說從不曾見
到過有我這樣明顯受到聖召的。我當初有過乖離正道的態度和
行為，她感到不勝訝異。但是，她老是對院長說，應該要堅持
下去，這種情況會過去的；還說，即便是最好的修女也會經歷
這樣的階段的，那不過是魍魎的教唆，而魍魎眼看到口的肉快
要逃出手掌心了，會變本加厲使出手段。她說，我已經快要擺
脫了，我前程如錦啊；又說，我把修道生活的要求估計得過於
沉重了；也正因為如此，身為修女的種種義務對我而言，以後
負擔起來反而比較輕易了。這種突如其來的千鈞重負之感，其
實是上蒼的恩寵，因為上蒼借其重以令之輕……」云云云云。
同樣的一件事可以說成天主的意思也可以說成邪魔作祟，全憑
她們喜歡怎麼看就怎麼說。牽涉到宗教問題，類似情況非常多。
那些來安慰我的人經常跟我提到我的思想，有的人說我的思想
是撒旦煽陰風點鬼火之故，有的則說是得自於天主的啟發。同
一個惡，可以是出於天主對我們的考驗，或者來自邪魔的誘惑；
令我覺得匪夷所思。

　　我的一舉一動都不露聲色，我自認為可以把握自己。我見
到了父親，他冷冷和我說了幾句話；我也見了母親，她擁吻了
我的面頰。我收到姐姐以及其他很多人的祝賀信。我知道將要
前來講道的是聖霍克的蘇霍南主教，而來接受我的誓願的是巴
黎神學院院長季鸚黑先生。一切都進行得很順利，但是比至大

日子的前一天，我才知道儀式不公開舉行，只會有很少幾個人來觀禮，而且禮拜堂只對我的親戚開放。因此，我借了外勤修女之力邀請我所有的鄰居和男男女女朋友。我也得到院方的允許，可以寫信請一干平日結識的人來參加。這一干來賓是他們所沒預計的，既然來了，就不能不放他們進來。這樣一大群人，人數可觀，大致可敷我心中盤算之數。喔！先生，舉行儀式的前一夜真不好過啊！我一夜沒沾枕席，坐在床上，向天主求助。我向上天高舉雙手，要上天為加諸我身上的暴虐作見證。我給自己設想了明天我在祭壇前的舉動：一個小女子表面上看來已經同意了，她卻在當場大聲抗議，於是全場譁然；眾修女一籌莫展，父母氣衝牛斗。「天啊！不知後果如何啊？」吐出這句話之後，我感到全身虛脫，昏倒在條枕上。接著，我全身發冷，兩膝蓋捉對兒碰撞，牙齒捉對兒敲得格格作響；最後，我全身發熱，神智不清了。我不記得我脫了衣服，也不記得我走出了居室。不久，有人發現我只穿著內衣[30]，直挺挺躺在院長的房門口[31]，一動不動而且幾乎沒氣了。是人家把我抬回居室的。這些，都是我事後來才慢慢知道的。早上醒來，院長、見習生嬤嬤以

30　「內衣」原文為chemise。此字由中古拉丁語camesia(貼肉衣服)轉來。自十六世紀起，相對於傳統的布爾喬亞所穿的外衣(veste)，指一種具有隱私性之衣裳，宜有外衣覆蓋。

31　Lewinter認為，鼓動小說主角的心的是要和自我的客體化的代表相結合，也就是和母親結合的強烈慾望：這代表就是以「母」的名義出現的人物，「母親」和「嬤嬤」。這兩個稱呼，法文均為mère。他認為絮桑和她母親有反串俄伊底帕斯或「戀母」情結。提出小說中兩個插曲，支持他的看法，此即其一。因為院長也就是「嬤嬤」，也就是「媽媽」。絮桑在下意識中要回歸到母親。(Lewinter 1976, p. 72, 76.)

及她們指派來當我幫手的修女,團團圍在我床邊。我異常虛弱。
她們問了我幾個問題,從我的回答中,看出來我對發生過的事
毫無知覺,她們也沒有告訴我,只問我現在覺得怎樣,是否繼
續堅持貫徹神聖的決定,以我的身體狀況是否可以承受得住一
整天下來的疲累?我回答說,沒有問題。一切均照常舉行,沒
受到影響,出乎她們意料之外。

　　全部的準備工作都在前一天就緒。她們撞起鐘來遍告大
家,即將要把一個人推入苦難的深淵了。我的心又跳起來了。
有人來幫我打點上妝。今天真是個盛妝的大日子。現在,我回
憶起了儀式的整個過程,覺得似乎這套儀式對於一個沒有任何
其它嚮往的天真少女而言,是有那麼點莊嚴的氣氛,而且很容
易令她感動。他們把我帶進禮拜堂,舉行聖彌撒。這位大好人
主教只道我已自聽天由命了,其實全然不是那麼回事。他為我
講了一番長篇大道理,可他吐出的話沒有一個字不是適得其反
的。他說到我得到的幸福、恩寵、我的勇氣、赤忱,以及熾熱
之心,還有他自己順口加到我頭上的種種崇高的情感,委實令
人啼笑皆非。他的讚揚和我所要採取的行動簡直冰炭水火,使
我感到侷促不安。我曾一度猶豫,委決不下,但轉瞬即逝,因
為,他所說的那番話,只有讓我更清楚,覺得自己欠缺身為一
個好修女所該具備的條件。可怕的時刻終於來臨了。待我必須
站到宣誓的地方時,兩條腿已自不管用了。兩個女伴攙著我左
右兩臂,我的頭歪在其中一個女伴肩上,一步拖一步。我不知
道觀禮者的心中有何感觸。他們清清楚楚看到一個半死的年輕
女子被推擁到祭壇前,四周壓抑不住的嘆息和啜泣聲此起彼

落。在這陣陣悲嘆聲中，我可以肯定的是沒有我父母親的聲音的[32]。所有的人都站了起來，有許多年輕人站到椅子上去，緊靠在柵欄的鐵柱邊。為我主持發願出家的人向我問話時，四下鴉雀無聲：

「瑪利-栩桑‧斯奕蒙南，您答允所說的一字不虛？」

「我答允。」

「您今天來此是自由甘願的嗎？」

我回答他說：「不」。我身旁的修女卻替我回答：「是的。」

「瑪利-栩桑‧斯奕蒙南，您向天主許願，守貞、清貧和服從嗎？」[33]

我猶豫了片刻，神父在旁邊等著；接著我回答：

「不，神父。」

他又問了一次：

「瑪利-栩桑‧斯奕蒙南，您向天主許願，守貞、清貧和服從嗎？」

我以更堅定的口吻回答他：「不，神父，不。」

他停下來跟我說：「孩子，休得這樣激動，請聽我說。」

「神父」，我對他說，「您問我是否向天主許願守貞、清貧和服從，我聽得很清楚。我給您的回答是『不』。」

我轉向觀禮席，只聽見人群之中，嗡嗡之聲不絕於耳；我

32　狄德侯認為基督教敗壞家庭的感情，進而導致所有社會關係的毀滅。參見：「凡是鬆解自然的關聯，疏遠了父與子，兄與弟，姐與妹的，都是叛神離道的。」（*Correspondance* III, p. 248.）

33　法文為：chasteté, pauvreté et obéissance. 也有譯為「守貞潔、守神貧、恭順」。（王亞平1998, p. 7.）

作出一個手勢，表示有話要說。議論聲暫息，接著我說：

　　「各位先生，尤其是我的父母親，我要請你們作證⋯⋯」

　　我才說出這句話，其中一個修女就把柵欄的簾幕放下，我明白再說下去也無濟於事了。眾修女把我團團圍住，對我大加斥責，我不出一聲，聽由她們責罵。她們把我押回房，關上門，鎖上。

　　在房中，我獨自一個人，便開始尋思，定下心神。回頭思量起我適間的舉動，心中並無些微懊悔。在自己轟轟烈烈一番大鬧之後，我知道不可能在這裡留太久，而且我的父母也許再也不敢把我送回修院了。我還不知道他們會把我怎麼樣，但我明白最糟的莫過於勉強我做修女。在修院內待了一段相當長的時間，沒有任何人跟我說什麼。給我送飯的修女進來，把飯放在地上[34]，隨即離開，一言不發。一個月以後，院方把俗家衣服還給了我，換掉修院的衣服。隱修院院長進來叫我跟她去，我們來到隱修院的大門口。我這就上了輛四輪馬車，只見我母親一人在車上等我。我坐到前座上，然後馬車就啟程了。我們面對面坐著，半晌無語。我兩目下垂，不敢正視她。我不知道什麼心血來潮，突然跪到她的腳下，把頭斜靠在她的膝蓋上。我沒說話，嗚咽著，有點喘不過氣來。她狠狠把我推開。我還是不站起來，血液衝上鼻子，我不顧她嫌拒，去拽住她的一隻手。

34　原文為dîner。按此字此處為名詞作為「餐食」解。但作動詞時，最先為「午餐」（1532）之意，後指晚餐（1747前），十九世紀使用更廣，逐漸取代了souper（指相對更晚的進餐）。本文內視不同情況給予最合理的翻譯。

我的眼淚和鼻血交流洒到她的手上,我用嘴貼著她的手,吻它,
向她說:「您永世是我的母親,我生死是您的孩兒[35]。」她以尤
甚於方才的不容情態度推開我,把手抽走,一邊回答我說:「站
起來,真是孽障,站起來。」我聽從她的話,回到座位上[36]。她
所用的口氣是如此的威嚴和堅決,使我感到最好避開她的視
線,把頭紗拉下捂住臉。眼淚混同鼻血,沿著我的手臂流下,
流得全身到處都是,我也沒發覺[37]。她說了句什麼話,我從幾個
斷續聽出的字中猜出意思來,那是因為我把她的裙子和衣服沾
汗了,使她感到不悅。我們回到家中,居室已準備好,僕人馬
上帶我去了。在樓梯口,我又向我母親下跪,我抓著她的衣裾,
拉住她;迎面而來的,只見她甩頭憤怒看我,咬牙切齒,目光
皆裂。那樣子,您想像一下就清晰如見,勝過我這枝禿筆所能

---

35 狄德侯和他父親的關係,尤其是相對於他弟弟在他父親心目中的地
    位,是他的一個嚴重的心結。1759年談到他父親時,有以下這一段饒
    有意義的話:「當我和他〔即狄德侯之父親〕說起我弟弟和我,他說:
    『我有兩個兒子,一個虔誠如天使,另外一個沒信仰。我也說不上來
    為什麼,我就是喜歡後者。』」(*Correspondance* II,177, cité in:Edmiston,
    1985, p. 36.)

36 見上注31。此場景即Lewinter所稱的第二個插曲,說明了秠桑和母親
    間的反串伊底帕斯「戀母」情結。此一場景和後來阿哈巴戎隱修院院
    長在同性戀激情發作時的姿勢完全一樣。她母親拒絕了她,而她也以
    同樣的方式拒絕了院長。

37 她母親抽回手時碰傷了秠桑使之鼻血不止,血與淚交流而下,血水代
    表著女性液體,淚水代表的是男性液體,兩者佈滿秠桑的全身。根據
    同性戀的辯證,子對母體的慾望,事實上是對自己軀體的慾望。兩者
    象徵性的融合,在秠桑身上得到完成。(Lewinter 1976, p. 76)又,
    Saint-Amand也有類似的看法,認為鼻血是逆向的月經,其目的是再造
    自己的「生物生產」(remake of her biological birth),但沒有成功。
    (Saint-Amand 1989, p. 30.)

描述的。

　　我於是走進了我的新牢房，在那裡待了六個月[38]。每天都懇求他們的開恩，讓我跟母親說幾句話，或能見我的父親，要不，寫信給他們；我都白費心機。僕人送東西給我吃，侍候我。每逢節慶，女僕陪我去做彌撒，回來後再把我送入囚室。我有時會看看書，做點什麼，有時哭泣，有時也唱一下歌，我的日子也就這樣打發過去了。我心中有一股深在肺腑的感覺支持著我，那就是，我自由了，我的命雖然坎坷，總有結束的一天。但上天已註定要我做修女，而我也終於做了修女。

　　我的雙親是如此的不通人性，如此的一意孤行，終於使我對自己身世的猜測確信無疑了；我再也找不出其它的理由來諒解他們。我的母親顯然害怕有一天我會對財產的分配提出異議，要求得到我應得的一份，怕我會把自己這私生女兒和姐姐相提並論，她們的地位可是名正言順的[39]。這些原來只是心中的狐疑，後來終於肯定無疑了。

　　軟禁在居室裡的這段時間，我很少參加外面的宗教活動，可是，每當大節慶的前夕，家人會送我去告解。侯爵，我已和您說過，我和我母親的神師是同是一人，我跟他訴說了一切，向他說出大約三年來他們施加於我的嚴霜烈日的種種，這一切他都知道。我特別痛苦又憤憤不平，怨尤我的母親。這個神父

38　狄德侯是以馬格利特·德拉楠賀修女的身世為枘桑的張本的。據考證，德拉楠賀也先進聖瑪利隱修院，曾被父母囚在家中六個月，後進龍尚隱修院。（May1954, p. 52.）

39　法國民法規定子女有法定的遺產繼承權，父母無權剝奪。

入隱修院修行時，已有相當歲數，是個人情洞達的人。他靜靜聽我訴說，然後對我說：

「孩子，您應該可憐可憐您母親，體恤她吧，休要苛責她，她這人心腸是好的；相信我的話，她這樣子，是不得已。」

「先生，您說她是不得已的。有誰能強迫她呢？難道不是她把我生到這世界上來的嗎？我和我的姐姐又有什麼不同呢？」

「不同大著呢。」

「大著！您這話可把我弄糊塗了。」

我正思量把我和我的姐姐評比評比，他打斷我的話頭，跟我說：「好了，好了，您的父母並沒有不通人性這缺點。我勸您盡量放下耐心認命吧，以後的日子您總要積點德給天主看。我會見到您母親的，她還算信服我的，我會盡量為您說話。」

「大著呢」，他這個回答，教我悟了過來，我對自己實際身世的猜想已無可懷疑了。

接下來的那個禮拜六，大約下午五點半，已傍晚時分了。侍候我的女僕上來跟我說：「您的母親要您穿戴整齊了。」一小時後她來說：「夫人要您和我一道下樓。」我到了大門口，只見停著一輛馬車，我和女僕一道坐上去，這才知道要去埗央，就是瑟哈梵神父的家去。他獨自一人在等我們，女僕先迴避，讓我走進接待室。我坐下，既忐忑不安又極想知道他要跟我說什麼話，以下就是他所說的：

「小姐，您的雙親對待您的嚴厲作風，這個謎您馬上就明白了。我已勸動您的母親，她允許我向您吐露實情。您是個懂

事的女子，冰雪聰明，意志堅定，您年紀夠大了，饒是與您無關的秘密，也可以告訴您了。我這要告訴您的秘密，多年前勸過您母親一次，要她跟您說，當年她總委決不下：一個做母親的向孩子坦承自己嚴重的過失本就很難以啓口，她的脾氣，您是知道的。這種事向您坦白，令她屈辱難當。她原以爲不用向您說穿，也可以讓您接受她的安排的。她想錯了，爲此感到懊惱。她今天回頭接受我的建議，讓我告訴您：您不是斯奕蒙南先生的女兒。」[40]

我立刻回答他說：「我心中早就狐疑了。」

「好吧，小姐，現在呢，您考慮一下，權衡輕重並判斷看看，您的母親沒有經過您父親的同意，甚至即便經過您父親同意，她是不是會將您和異父姐姐一視同仁，她會不會向您父親承認一件他已自深具疑心的事情？」

「那末，先生，我的生父是誰？」

「小姐，這個她沒有吐露。」他接著說，「毫無疑問的是，他們給予您兩個姐姐出奇的優渥待遇，並且安排下所有可以想像到的手段，先發制人，用婚約、財產轉移，用各種條款、委託遺贈和其它的方法，把您法定的財產化爲烏有，其目的在於

40　栩桑對自己的身世的猜疑至此獲得證實。這個由猜疑到證實的過程表
　　面看起來是很合理的：〈自述〉一開始，就因爲斯奕蒙南先生「脫口
　　而出」的話，鄰人及佣人的閒言閒語，她就懷疑自己的身世有問題，
　　她告訴侯爵說：「上面莫非是猜測之詞……」然後在惡哈梵神父的口
　　中得到證實。這表面的合理性，一經推敲就發生問題。因爲〈自述〉
　　是栩桑逃離隱修院之後寫的，她一開始撰寫就早已知道自己是私生
　　子，不應該有「猜測之詞」等語。在這裡，表現了狄德侯小說的另一
　　個特點，就是「敘述時間層級」（hierarchie）的混淆。

對付您，以防有朝一日您訴諸法律提出申訴要求追回您的法定財產。所以，您父母過世後，您將身無分文。隱修院您現在拒不肯入，將來可能會後悔莫及呢。」[41]

「不可能，先生，我一無所求啊。」

「您沒有嚐過勞碌的滋味，也從未自食其力不知貧困為何物。」

「我起碼了解自由的價值，也明白過來志趣完全不合的生活是何等的重荷。」

「我要對您說的都說了。小姐，現在該您自己好生忖度了。」

接著，他站了起來。

「但，先生，還有一個問題。」

「有問題請儘管說吧。」

「您告訴我的這一件事，我姐姐她們知道嗎？」

「她們不知道，小姐。」

「她們既然相信我是她們的親妹妹，她們怎麼狠得下心來剝奪自己骨肉同胞的錢財呢？」

「啊！小姐，利字當頭，利字當頭啊！要不，她們哪能無端嫁得金龜婿。這世上誰不為己？您父母過世後，我勸您別指望她們會幫襯您。她們跟您爭起您那份菲薄的遺產，那是會錙銖必較的，我的話絕錯不了。她們子女成群[42]，光憑這一點，就有藉口置您於行乞之地而不顧。再說，她們也作不了主，都是她們丈夫一手包攬。如果她們心中還有些憐憫之情，瞞著丈夫

---

41 在此，瑟哈梵神父代表的是父權，是法。（Edmiston, 1978, p. 69.）
42 見注28。

幫襯您，這又可能變成家庭失和的之端。這種事我見多了，無論是遭受遺棄的小孩，甚至是合法的嫡生子女，對他們伸出援手都是會造成家庭不和的[43]。再說，小姐，人家賞您的一口飯，也不好吃。請您信我，和您的父母和好吧，順著您母親的意思去做。您進隱修院，他們會提供您一筆膳宿年金讓您日子過得下去，即使不算快樂，至少可以忍受。再說，我也不瞞您了，您的母親置您於不顧，鐵了心非要把您關進隱修院，以及別的若干蛛絲馬跡，我現在記不起來了（但是我以前是知道的），這種種事情落在您父親眼裡，在他心中引起的疑團和您的一模一樣，也引起他對您身世的懷疑。他現在連懷疑都不必了。不消他人向他透露這個秘密，他已確定，您之所以是他所謂的「女兒」，只是因為在法律上，他是您母親的丈夫罷了。回去吧，小姐，您心地好，又聰明；去好生尋思尋思我方才說的一番話吧。」

我站起來，就大放悲聲了。我看到他自己也受我感動。他緩緩舉首望天，然後送我出去。我又帶著方才陪我來的女僕，上車回家。

天色已晚。夜裡，好一段時間，我思量著神父向我挑明的事，隔天我也還在尋思。我沒有父親，母親心懷隱衷，也不敢為母。他們先下手為強，使得我無法要求合法子女應有的權利。而我受到家庭嚴厲的幽禁，根本毫無希望，一籌莫展。他們要是早一點跟我解釋的話，在我姐姐有了歸宿之後，把我留在家

43　「爭遺產」是法國文學中的一個相當重要的主題。導致爭端的原因之一是，遺囑本身沒有絕對的權力，必須服從繼承法，因而易引起糾紛，往往成了家庭成員反目的原因。

中，經常到我們家走動的人之中，也許會有人覺得我的品性、
聰慧、容貌和才能就夠好了，不需索陪嫁。那也並不是不可能
的，但我在隱修院所掀起的軒然大波，使這個想法比較難以實
現。一般的人幾乎無法想像一個十七八歲的姑娘若沒有罕見
的，堅定不拔的個性，怎麼做得出這樣出格的行止[44]。男人固然
好生看重這個優點，但是我認為他們在考慮娶妻時，這個優點，
甘願她不具。然而在思量出別的出路之前，這不失為一個可以
一試的辦法。我打算向母親說出自己的意思。我傳話給她，要
求和她晤談，她同意了。

　　節氣已是入冬了。她坐在火爐前的一張扶手椅上，面容嚴
肅，目光凝重，板著臉。我靠近她，伏在她的腳下，請求她寬
恕我所有的過錯。

　　她回答我說：「這要看你跟我說什麼，才知道你配不配不原
諒[45]。你起來，你父親不在，你有的是時間來解釋。你已見過瑟

44　栩桑進聖－瑪利隱修院時自稱十六歲半。居留了若干時間之後，她的
　　雙親要她出家，她度過了見習期，為時應有兩年六個月，所以當她在
　　聖－瑪利隱修院大鬧一場離院後，應已有十九歲。回家後，被幽禁了
　　六個月，才到懸哈凡神父那裡，其時應已十九歲半。此外栩桑自稱十
　　七、八歲的姑娘顯然是不準確的（見Lweinter 1976, p. 81.）。有關栩桑
　　年齡的問題，我們會在下面繼續討論到。

45　法國第二人稱單數主格代名詞有二，tu和vous，有較細緻複雜的用法，
　　略說明於下。拉丁文中正常的用法相應於法文的tu。古法文中，針對
　　同一人tu, vous混用。據M. Frappier，遇隆重莊嚴情況或遇強烈感情衝
　　擊時，用tu代替vous。十七世紀時，正常用vous，只有主人對傭僕用tu
　　／toi，而書面時仍用vous。上層社會家庭，孩子之間也以vous互稱。
　　但在引車賣漿的百姓及兵卒行伍中仍用tu。發展到後來，vous代表尊
　　敬，因而也表達了距離；時至今日，仍有少數較保守的家庭，夫妻子
　　女父母間以vous互稱。（Bruno, F. et Bruneau, G.1969, pp.231-232.）

哈梵神父，終於知道了自己的身世。我是失足過，爲此，我已自付出了不知多少的代價了，如果你不存心要我一輩子贖罪，那麼你也該明白我要你做什麼了。好吧！小姐[46]，你見我，目的何在？有什麼決定沒有？」

　　我回答她說：「娘，我一無所有，也沒有權利要求什麼，女兒都省得。我是絕對不會想去增加您的痛苦的，無論是哪一方面的痛苦。有些事，我怎麼猜也逆料不到的，您如果早告訴我，或許，我說不定會更順著您的意思的呀。最後我總之是明白了，也認清了我是誰，我只有安分認命罷。你們對我和姐姐之間的不同待遇，我也不再感到驚訝了。我承認，這也是公平的，我也沒話說。但是我終究是您生的，同樣十月懷胎，我希望您不要忘記。」

　　她激動地接過去說道：「我能告訴你的都說了。如有隱瞞，

事實上，這種能達達細膩感情區別的用法在古漢語中是有過的，茲舉《世說新語》二例：「王太尉不與庾子嵩交，庾卿之不置。王曰：君不得爾。庾曰：卿自君我，我自卿卿。我自用我法，卿自用卿法。」〈方正第五，20〉頁303。「王安豐婦常卿安豐。安豐曰：婦人卿婿，於禮不敬，後勿復爾，婦曰：親卿愛卿，是以卿卿，我不卿卿，誰當卿卿？遂恆聽之。」〈惑溺第三十五，6〉頁922。tu/vous一般相應譯爲「你／您」，見仁見智，譯家看法相當分歧。我們認爲，「您」、「你」應有分別，否則難以表達原來刻意的微妙區分（見下注83, 134），但也不宜一成不變地照譯。原文此段話中母親和女兒彼此均用vous相稱呼，固係十八世紀法國社會的慣例。但「您」究竟是北京獨有的用法，其實和vous並不絕對「對應」。母親呼稚女爲「您」，就漢語習慣而言尤爲突兀。考慮之下，譯者決定母親對女兒用「你」，以循漢語習慣，而女兒對母親用「您」，以盡量符合原文。

46　十八世紀法國父母以「小姐」稱呼自己的女兒是正常的，此處並無諷刺之意。

五雷轟頂！」

我對她說：「好吧！娘，請再多疼女兒一點，請再讓女兒親近親近您，請那個自認是我父親的人對我較溫和一點。」

她接著說：「對你的身世，他也差不多和你我一樣心中有數了。你在他身旁，我從未見他有過好言好語，他責備你的嚴聲厲色其實都是衝著我來的。想從他那裡得到溫柔的父愛，你想也不用想。此外，就跟你說老實話罷，看見你，我就會想到自己叫人背棄，想到那個人如此卑鄙，對我棄信背義。一想到這件事，我就受不了。這個男人夾在你我之間，陰魂不散。他棄我如敝屣，我對他的恨難免發到你身上。」

我對她說：「唉！我只不過希望你和斯奕蒙南先生像對待個不相干的人那樣對待我，一個你們出於善心收留下來的不相干的女子罷了。」

「我們兩個都做不到，他不行，我也不成。我的女兒，不要再拖下去，搞得我日子難堪了。要是你沒有姐姐，我可能還知道怎麼辦，但是你上頭有兩個姐姐呀，而且兩個都拖了一大家子人。那過去支撐我的激情早就冰消雪融了，現在良心不放過我了呀。」

「但是，我的生父是誰呢？」

「死了。他活著的時候也不曾想到你，而這還是他罪孽中最微不足道的……。」

說到此處，她的臉變了形，眼睛乍現厲芒，臉上悲憤沸揚。她想說些什麼，但說不出來，嘴唇顫抖著，使得她無法開口。她坐在那兒，低下頭用手撐住，在我面前掩飾自己心中激烈的

翻滾起伏。就這樣子坐了許久，然後起身，一言不發在房間裡轉了幾圈，忍住了奪眶而出的眼淚，才說：

「這沒天良的！他給我帶來的痛苦就足以使你胎死腹中了，但生死不操在他手中，是天主保住了你我母女，好讓孩子替做母親的贖罪……。我的女兒，你一無所有，將來也不可能擁有什麼，我能為你盡的些微心意，也是瞞著你姐姐的。這就是我意志不堅的苦果。但是我希望在臨終時能問心無愧，我將省吃節用，積攢夠你的入院金[47]。我丈夫固然生性不計較，我絕沒有得寸進尺。他有時對我出手好生大方，我每天就存一點起來。我變賣首飾，並且得到丈夫的允許讓我自己處置首飾賣得的款項。我喜歡賭賭錢，但我已不玩了；我喜歡看戲，但我克制自己不去看；我喜歡人來人往，卻過著離群索居，足不出戶的生活；我喜歡豪華的排場，但我也放棄了。你進隱修院是我和斯奕蒙南先生的意思，而你這一筆入院金，卻是我每天省吃儉用一點一滴攢下來的。」

我對她說：「但是娘，還是有一干人品家世不錯的男士到我們家來，或許當中有個人看上我的人品，甚至不要您攢下的錢作陪嫁呢。」

「不用再妄想了，你鬧出來的好事，哪還有人敢要你。」

「這個錯誤無法挽回了嗎？」

「沒辦法了。」

「但是，如果我嫁不出去，還是非要將我關到隱修院裡去

47　法文為dot，此字原意為女兒出閣的嫁妝，此字在此意味著出家的修女是嫁給耶穌。

嗎？」

「除非你想讓我痛苦及悔恨綿綿永續下去，死而後已。我必定是要死的，你的姐姐在這個可怕的時刻將會圍繞在我的床邊。哦！想想看，如果我真在那一天看到你夾在她們中間！在我臨終時刻見到你在場會有什麼滋味啊！女兒呀！你到底是我生的嘛，你的姐姐是合乎法律繼承父姓的，而你的姓卻是我失足的結果。別再折磨一隻腳進了棺材的母親了吧，讓她安心瞑目吧。她面對最後的審判時，可以對自己說，她已自盡了力為自己補過贖罪。你就讓她抱著這個念頭罷，相信你在她死後不會給這個家帶來麻煩，你不至於要求你所不該有的權利。」

我對她說：「娘，關於這一點不用再談了，叫個律師來立一張棄權甘結，我會完全照你的吩咐簽押的。」

「不可能。子女是無剝奪自己的繼承權的。只有子女對雙親做下了甚麼忤逆的事來，才能作出這樣的處罰。如果天主明天要我走，我明天就必須要採取最不得已的方法，必須要向我的丈夫坦白一切，以便能雙方一致，採取共同措施。希望你別逼我這樣出醜，因為這樣會使我被丈夫視為賤人，也會招致破壞你的名譽的後果。我死後，你活在這世上，身無分文，沒有身分地位，是連一個姓也沒有的。孽障，你知道你會有什麼下場嗎？你希望我臨終的時候死不瞑目記掛這樁事嗎？那麼我必須告訴你父親……我要對他說什麼呢？告訴他說你不是他的孩子！……女兒啊，是不是只有跟你下跪才能得到你的同意……而你呢，卻無動於衷。你的心腸真跟你那爹一樣硬……」

此時斯奕蒙南先生走了進來，見到了他妻子狼狽的樣子。

他是深愛她的，又生成暴烈性子。他猛地打住腳，把那惡狠狠的眼光瞪著我，跟我說：「出去！」

如果他真是我父親，我是不會順從他的；但，他不是。他又對著那掌燈給我照路的佣人加上一句說：「告訴她，以後不准再來了。」

我待在小牢籠中，足不出戶，把母親對我說的話在心中反來復去尋思。我跪在地上，向天主祈禱，希望天主能夠指我一條明路。我祈禱了半天，將臉貼在地上。人幾乎只有在不知如何下決定的時候才會請上天指點迷津的，而上天難得會勸我們不要低頭[48]。我做的就是這樣的決定：「大家要我去當修女，或許這也是神的旨意。好吧！就當吧。我橫豎註定要受罪就受吧，到哪裡也都一樣。」我吩咐僕人等父親出去時通知我。翌日，我就要求和母親見面，有話告訴她；她讓僕人轉告我說，她對斯奕蒙南先生有承諾，不再見我，但我可以用僕人給我準備好的鉛筆寫字條給她。我寫了一條紙條（這張奪命的紙條後來又出現了，他們大加利用，作為不利於我的證據。）：

「娘，孩兒教娘傷心，感到好生遺憾。盼您能原諒我，我痛改前愆，不願再讓您痛苦。怎麼做能讓您高興，就吩咐我吧。如果您指望我進隱修院，我祈願，這也是天主的旨意。」

女僕持字條交給了母親。之後不久女僕又上樓來，喜不自勝，對我說：「小姐，既然只需您一句話就能使您的父母親和您自己都皆大歡喜，為什麼要拖到這時辰呢？打從我來到府上，

48　這終極權威，天主，總是與父權一鼻孔出氣的。（Edmiston 1978, p. 70.）

頭一回見到先生夫人這樣滿面春風。他們為了您的事吵個沒完沒了，感謝主，往後再也不會見到這種光景了⋯⋯」

她跟我說這話時，我心中尋思，我方才簽下的是自己死亡的審決書。先生您如果棄我於不顧，這個預感就要成為事實。

此後的幾天之內，毫無動靜。一天早上，九點鐘左右，我房門嘩的一聲打開，進來了斯奕蒙南先生，他穿著晨衣，頭戴睡帽。自從我知道他不是我生父之後，一見到他，心中只生恐懼。我起身向他行屈膝禮。我似乎生有兩副心腸：想到母親時就柔情脈脈，哀傷欲泣；而想到斯奕蒙南先生就全不是這麼回事了。可以確定的是，一個父親在子女心中所引起的，是一種只有對父親才有的情感，是獨一無二的。我現在面對的這個人，長久以來擁有為父的這種尊嚴身分，他現在卻什麼也不是了。凡是沒有經歷過我這經驗的人，是不會體會到這一點的[49]，他們是不明白的。站在我面前的要不是他，換作我母親，我就簡直會變成另一個人。他對我說：

「栩桑，這張字條，你認得吧？」

「認得，先生[50]。」

「你是在自願的情況下寫的嗎？」

「我只能說是吧。」

「你既有承諾，不至於說了不算罷？」

「我說了話算數。」

「你要挑哪個隱修院呢？」

49　關於父子的感情，見前注35。

50　十八世紀的法國，除兒童外子女對父母可以「先生」、「夫人」相稱。

「不用挑了，對我來說無所謂了。」

「好，有了你這話就夠了。」

上面就是我的回答，但不幸的是完全沒有白紙黑字寫下來。過了十五天，那十五天左右，情況如何我一無所知。看起來，他們是為了我的事各處洽詢隱修院。我看是我第一次鬧得滿城風雨，某些個隱修院不敢收我做望教生。而龍尚修院卻不那麼在意*[51]，這可能是因為家人轉彎抹角，說我懂音樂，說我有一副好嗓音。他們對我則大肆誇張，說甚麼千辛萬苦才找到，誇大其詞說隱修院接受我，恩德無量，甚至說服了我，給隱修院院長寫信[52]。他們要我留下白紙黑字，我沒體會到會有何後果。不待說，他們大概怕有一天我會翻悔誓願，要我親手寫下証明書，是在自願的情況下，立下誓願的；否則，這原本應該留在隱修院院長那兒的信，後來怎會落在姐夫的手中呢？算了，閉上眼睛，不再管了；張著眼我只會看到斯奕蒙南先生，

---

* 「龍尚隱修院」屬聖-格萊會（即格拉麗絲會眾）吳班派之女隱修院（譯按：其教義以教宗吳班四世之原則為主），為當時存留下來之最嚴格者之一。此修院於十三世紀由聖路易之妹伊薩貝爾‧德‧法蘭西所創。該修院所在地之巴黎最大賽馬場乃沿用該修院之名。「龍尚隱修院」毀於法國大革命，其「時尚」盛名流傳至今。該修院當年以「聖週」聖歌吸引來光顧歌劇院及「宗教音樂院」之常客。十八世紀時常有虔誠教徒赴瓦勒里安山（譯按：指巴黎西南小山，自十五世紀起即建有隱修院，為朝聖地）訪隱修士，往往在龍尚略作停留。

51　以上為Billy的原注。但根據May，龍尚隱修院以紀律鬆弛聞名，在狄德侯時代成為人知。傳有聖‧萬桑‧德‧博爾曾於1652年十月二十五日信對院內風氣大肆抨擊。（May, 1954, pp. 58-59）

52　此人顯然不是後文要說的德‧莫尼院長，但究竟是誰，作者未明確交代

我不想見到：他人都死了嘛。

送我到龍尙修院，是母親陪我去的。我沒有要和斯奕蒙南先生告別；說實話，那也只是我在途中才想到的。龍尙隱修院的人正等著我，我過去的風波和我的才能她們都是知道的，我的往事沒有人提，只急著要看看剛收來的修女才能如何，到底值不值得。她們跟我談了好些無關緊要的事，鑒於我身上發生過那種事，可以想像得到她們不談天主，不談聖召，不談塵世有多險惡，也不談隱修院生活有多麼甜美，一般初見面時所說的那一套虔誠篤敬的連篇廢話，她們半句也不敢多提。隱修院院長說：「小姐，您懂得音樂，會唱歌；我們有一台羽管鍵琴[53]，我們就到接待室去，好嗎？」其時我心中好生難受，但流露厭惡的表情，目下可不是時候。母親舉步前去，我跟在後面，修院院長和幾個滿心好奇的修女走在最後面。這時天已暗下來了，有人給我擎來幾枝蠟燭。我坐下，開始彈羽管鍵琴。試彈了好一陣子，我腦中雖有很多樂曲，這時找來找去卻一支也想不起來了。等到院長催促我，我只順著習慣，唱了唱，也並未刻意求好，且喜這首樂曲我已經很熟悉了。歌詞是：「準備時心中悲傷，慘白的火把，白天比夜晚更悽慘……。」[54]我不知效果

53　原文為clavecin，是鋼琴的前身。

54　按，此詠嘆調是法國作曲家哈莫（1683-1764）的傑作《嘠斯多禾和波呂克斯》（1737）內的一節，特別著名。狄德侯似甚為喜愛，在他的《哈莫的侄子》（1762）裡也曾引用（*Œuvres*, p. 456）。故事敘述希臘斯巴達王嘠斯多禾死於沙場，德拉伊賀於準備葬禮時哀悼所愛者之死的一段唱詞。歌詞中所稱的「準備」是指葬禮，這裡應暗喻把栩桑活埋在修院裡的行動。

如何；但她們沒有聽我唱幾句就以讚美之聲來打斷我。我沒費
什麼力氣，她們就這麼交口稱譽，而且這麼快，我非常驚訝。
母親把我交到院長手上，我親吻過她的手之後，她就回去了。

　　我這就進了另一間隱修院而且成了望教生，表面上看來像
是完全出乎自願的。但，先生，對這事情的始末您全知道了，
您有何看法呢？當我立意要翻悔誓願時，上面大部分的事實我
都沒有提出來。因為其中一部分雖是真情卻沒有證據；另一部
分，如提出來對我無益反而會使得我面目可憎，只會讓大家覺
得我是一個大逆不道的女兒，為了得到自由罔顧父母名譽。對
方握了不利我的把柄；對我有利的證據既不能提出又不能加以
證明，我甚至不願意自己的律師向法官暗示懷疑我的出生有問
題，許多不諳法律的人勸我把我和我母親共同的神師扯進來。
但是，那是不可能的。就算可以，我也做不出這種事。對了，
還有一件事我現在想起就說吧，免得等一會忘了。我也怕您一
心思量幫襯我，沒有考慮到這個問題。我覺得最好不要向人提
起我懂音樂和會彈羽管鍵琴這回事（除非您有更好的主意）。盡
可能不要使我惹眼，而具有此類才華必令人側目，實有違我只
求隱姓埋名苟全性命的初衷。做我將來那種工作的人，對此原
應一竅不通的，我也應該一竅不通才對。萬一我被迫移居國外，
我將靠這些本領求生。移居國外！但請告訴我，我對這個想法
為何總感到惶恐？是我委實不知要哪裡去，是因為我還年輕，
沒有經驗，因為我害怕貧苦、男人和罪惡，因為我一直過的是
與外界隔絕的生活。假如我到巴黎以外的地方去，我相信我將

會在這世界上淪落[55]。或許一切不至於如此，但我的感覺卻是如此。先生，我不知道何去何從，可以說前途茫茫，全都靠您的引援了。

龍尚隱修院和大部分隱修院一樣，院長大都每三年一換。送我進這家隱修院時，德·莫尼夫人正好上任[56]。她這個人的好處真是說不盡，可也正是因為她好，把我害慘了。其人清明在躬，洞察人心，寬厚待人。當然，寬厚之為德，那原是人人都不嫌多的。她簡直把我們全當作自己的女兒。我們犯錯，她能看不見就不看；要不，就是錯誤犯得委實太嚴重，她無法裝聾作啞才說。我這樣說可沒有一點私心的。我個人工作一絲不苟，從不犯毫末差錯叫她非處罰我或者原諒我不可。她對我好，我是受之無愧的。她如對某人有所偏愛，也是因為對方值得她這樣做。走筆至此，不知道我該不該跟您提下面的話：她以柔情疼愛我，在她的「乖寶寶」中，我還排在挺前面的呢。我跟您這樣說，我承認，這可是在自我揄揚。您沒見過其人，根本無法想像我這麼說是多大的讚美。院中某些人艷羨院長所喜愛的人，喊她們為「乖寶寶」。如果一定要我數德·莫尼夫人有什麼缺點，那就是她喜惡分明，對善德、虔誠、坦率、溫厚、才能、

誠實等等品質，她見之而喜，且喜形於色。她本人也知道，那些自知不具以上優點的人自然因而更感到難堪。她還有一種稟賦，能很快判別對方的氣質。這種稟賦，在隱修院內比起外邊世界也許普遍些。因此，一個修女一開始沒中她意，到後來獲得她歡心的可說少之又少。對我，她可是一見面就生好感的；而我對她呢，一開始就完全推誠相見，毫無保留。有些人必須她費了不少功夫才能對她推心置腹，也真是天可憐見。那些人委實太差了，一無長處，這，連她們自己也承認。她和我談到我在聖－瑪利的風波事件，我一五一十都告訴了她，像對您一樣，毫無掩飾。我在信中告訴您的，也原原本本跟她說了，有關我的身世，陷我於苦海的種種，一樣沒少提。她深表憐憫，安慰我，並使得我對將來心懷希望。

　　話說，望教期結束了，著袍入院修道的時刻到了，我於是做了修女。我度過了見習期，倒也不感到厭惡，兩年的情形我很快幾筆這就帶過去罷，因為那段時間內我並不悲傷，只是自覺天生不適合當修女，卻一步一步朝修道生活的大門前進，有點難過。有時候這感覺會猛地襲上心頭，我總是立刻向我那好院長求助。她擁抱我，昂揚我的精神，她雄辯地開導我，結語一成不變的是：「不做修士修女的人就沒有困難嗎？人大凡只覺得自己的經難念。來，孩子，我們跪下來禱告。」然後，她便匍匐在地，高聲祈禱，那麼熱誠充沛，滔滔不絕，又溫柔又昂揚熱烈，簡直像受到天主的感召。她的思想、她的表情和所呈現的形象深深進據在我的心中。開始時，只聽著，您會漸漸受她吸引而與她融為一體；我靈魂顫動，感應了她的興奮激情。

她並不刻意誘發別人，但卻使大家傾倒[57]。從她那兒出來，大家總會懷著一顆火熱的心，臉上流露出快樂的，心醉神迷的表情，還會流下千般溫柔的眼淚！院長自己臉上就流露著這樣的神色，會維持很長的一段時間，而大家也保留下來。我這憑的不是個人的經驗，院中所有修女都有同感。好幾個修女對我說，她們感到心中產生了渴望，需求安慰，就像渴望什麼大歡樂似的。我相信我再多一點兒經驗，也會達到她們的境界。

然而在我宣誓時間迫近時，只覺抑鬱消沉不可自拔，害得我那好院長受到可怕的折磨。她自己明白告訴我說，她的稟賦棄她而去了。她對我說：「我不知道自己怎麼了，全不對勁，似乎是，您一出現，天主就引身而退，聖靈不再和我說話了。而我呢，力求振作起來，翻肺搜腸，思量出點主意，策勵自己的精神，都徒勞無功；我覺得自己只成了個平庸的村蠢鄉婦，害怕開口。」「啊！親愛的孈孈，」我告訴她道，「多麼可怕的預感！會不會是天主讓您保持緘默……。」

一天，我感到空前的猶疑和沮喪，我來到她的房間。見到我出現，她噤口說不出話來。她顯然從我的眼中，從我整個人看出來，我內心湧起的一種極深的情感，已不是她的力量可以應付得了。她不想打沒有把握的仗，但是她還是奮力一試，想爭得我回去；她終於漸漸奮昂起來，隨著她熱忱高漲我的痛苦也逐漸減輕。她突然跪下，我也學她跪了下來。我相信就會感

57　狄德侯說過：「要服人，有時只要喚醒身體上或精神上的感覺就行了。」（〈哲學思想錄〉，《狄德侯哲學選集》，p.7）這一個認識旁證了他小說中對人的體貌的描寫是和內在精神意念分不開的。參見注149。

染到她的狂喜，至少我希望如此。她吐出幾個字，然後突然閉
了口。我徒然等著：她卻不再說話了。她站了起來，淚如雨下，
用手抓住我，把我抱在懷中，對我說：「啊！親愛的孩子，您在
我身上產生了多麼可怕的作用啊！我一下全完了，天主聖靈已
自離我而去，只好算了。天主不喜歡借我之口示意，要親自跟
您說話。」[58]

　　的確，我不明白她身上起了什麼變化，是否我令得她對自
己的力量失去了信心，難以恢復，是否我使得她籌躊不前，是
否我真的切斷了她上通天意的本事。總之，她那安慰人的能力
確是一去不返了。發願出家的前夕，我去看她，看到她和我一
樣的憂形於色。我大放悲聲，她也哭了。我匍匐在她的腳邊，
她祝福我，拉我起來並擁抱我，要我回去。她向我說：「我活得
不耐煩了，我真想死啊。我曾請求天主不要讓我再看到天明，
但是這不是祂的旨意吧。好吧！我會和您母親談一談的，我要
禱告一個晚上，您也禱告吧。但是您要睡下，這是我的命令。」

　　我回答她說：「答應我，讓我和您一道禱告吧。」

　　「我答應您從九點陪我到十一點，不能再長。我九點半開
始祈禱，您也祈禱；但是到了十一點，您去休息，讓我一個人

58　在小說中栩桑以其天賦的力量先後導致兩個院長的死亡。她身上所具
　　有的沮喪特質使得德·莫尼院長失去了和上帝交通的能力，不久之後
　　就死了；栩桑移往聖-德沱普隱修院後，同性戀的院長愛上了她，在
　　犯禁的自責和不能自拔的愛的煎熬下，瘋狂而死。作為〈自述〉栩桑
　　對自己的魅力不便過份誇口，卻通過這兩個情節間接說出來。Saint-
　　Amand認為栩桑要以德·莫尼為母，把自己變成她唯一無二的中心，
　　使得院長精神枯竭而死。（Saint-Amamd 1989, p. 34.）

祈禱。就這樣吧，孩子。我會整夜守在天主的跟前。」

她想要祈禱卻靜不下心來。我睡著了，此時，這個聖德的修女來到走廊上敲打每一個房間，喚醒那些修女，讓她們靜悄悄下樓到聖堂去。每一個修女都去了。等她們都到齊了，她要求大家為我向天主祈禱。起初，祈禱默默進行。接著，她熄滅了燈火，所有的修女一起朗誦《舊約》第五十篇的〈讚美詩〉[59]，而隱修院院長自己則匍匐在祭壇前。她一面狠狠用苦刑鞭鞭打自己，一面說道：「唷！天主！您拋棄了我，如果因為我犯了錯，赦免我的罪吧。您曾給我稟賦，您現在從我身上收回去了。我豈能要求您歸還您曾賦予我的能力，只是懇求您親口去指引這個睡眠中的天真無邪的女子。我在此為她向您祈求。我的天主，對她本人說話，對她的父母說話吧！而且原諒了我吧！」

隔天一清早，她進了我的房，我尚未醒來，沒聽見一點聲響。她坐在我的床頭邊，一隻手輕輕放在我的額頭上。她看著我，臉上逐一顯示出焦慮，煩亂和痛苦的表情。這就是在我睜開眼時看到她在我面前的樣子。她並沒有告訴我她夜裡所做的事，只問我，沒有睡得很晚吧。我回答她說：

「我是照您囑咐的時刻睡下的。」

「睡得好不好？」

我說：「睡得真香。」她說：「我就知道。」她還問我覺得身體如何[60]。

59　拉丁文 *Miserere*.

60　這段對話，各版本間略有出入。「福拉馪黑雍」版將以上四句對話全
　　納在上面這一大段內，並將栩桑的回答置於括弧之內。今從「七詩聖

「好極了，您呢，親愛的嬤嬤？」

「唉！」她對我說，「我每次見人進隱修院修道總會為她擔心，不過還沒有過一個人像您這樣教我心神不寧的。我真期望您幸福。」

「只要您永遠疼愛我，我一定會幸福的。」

「啊！如果只需要這個，那就好囉！您一夜都沒有想什麼嗎？」

「沒有。」

「沒有做什麼夢嗎？」

「都沒有。」

「您內心中現在有什麼感覺？」

「我頭暈眼花。聽天由命吧，既無所謂厭惡也說不上喜歡。只覺得別無選擇，身不由己讓拖著走，由它去罷了！啊！親愛的嬤嬤，我絲毫都沒有感覺到那種甜甜的喜悅，沒有麻顫的快感，沒有惆悵，也沒有那甜絲絲的不安之感。上面我說的種種，是在另外若干志願備修生身上，逢這緊要關頭時，我見到過的。而我只覺糊裡糊塗，連哭也不哭不出來。『大家期盼我這樣做，非如此不可』，那是我腦海中唯一的想法……。呃，您怎麼不說話？」

「我不是跟您交談來的，我只是來看看您，聽您說話。我在等您的母親。請您盡量不要去觸動我的感情，讓情感在我內心中滋生增長起來。當心中充溢情感時，我就會離開您。我應

文庫」版，獨立分行，以便於閱讀。

該保持靜默。我了解自己，我只有一股衝勁，勁兒很猛，是不應該對著您流泄掉的。您再休息須臾，我看著您。只要跟我說幾句話，好讓我從此處得到我想得到的東西，然後我就走。其餘的，就交給天主了。」

我於是一言不發，回敲枕頭上，向她伸出一隻手，她握住。她似乎在思索，深思冥想。她緊閉著眼，有時候，她會睜開，舉目上望，然後再轉回來，落到我身上。她焦燥不安，心亂如麻，強自肅容，接著又再度激動起來。的確，這個女人天生是個先知，無論相貌和個性都有先知之慨。她曾經美麗過，然而歲月老去，令她的臉部輪廓塌陷，並且遍佈下長長的皺紋，卻也在她的容貌上增添幾許莊嚴。她眼睛雖小，似乎不是審視著她自己就是穿透身邊的事物，超越物外，透視遙遠的過去和未來。好幾次，她用力緊握我的手。她突然問我現在是幾點了[61]。

「再見，我走了。一會兒就有人來幫您穿衣，我不想在旁，那樣只會使我分心。我心上只惦著一椿事，就是開始時務必要保持平和。」

她剛出去，見習修女的嬤嬤和陪我的修女就進來了。她們脫掉我身上的修女服，為我穿上俗世的衣服。這慣例您也是知道的。周遭的人在說些什麼我聽不見，我幾乎成了個傀儡，任人擺佈，對一切都視而不見，只是間歇有些輕微的，像是抽搐的反應。她們不停吩咐我該做這做那。由於第一次說我老聽不見，她們不得不一再向我重複，我才照做。並不是我別有所思，

61　「福拉樞黑雍」版本此句後有糾桑的回話：「馬上就要六點了。」

而是我已自心神不屬了，我就像是個用腦過度的人，頭昏腦脹。
也正在此時，隱修院院長在跟我母親談話。她們談話持續了很
久，我始終不知道談話的經過情形。後來我聽說，她們分手時，
我母親顯得方寸大亂，連自己方才進來的那扇門都找不到了。
至於院長，她出來時則雙手握拳，抵著額頭。

　　此時，鐘聲響起，我下樓去。觀禮的人寥寥無幾。人家對
我講了道，好或不好，我完全沒聽見。他們擺弄了我一個早上，
這一個早上在我的生命中只是一片空白，因為我完全不知道那
段時間有多長，不知道我做了什麼，也不知道說了什麼。他們
應該問了我幾個問題，我可能也回答了，我發了誓願什麼的。
但是，沒有留下絲毫印象，我便莫名其妙地成了修女；這跟我
純然無知地受浸成為基督徒的情況一模一樣[62]：對發願出家時所
經歷的宗教儀式，我無絲毫感覺，這情形跟我出生受浸時的儀
式一樣，兩者的差別只在於，前者認為賜我以神恩，後者則預
設神恩的存在。好吧！先生，儘管在龍尚修院我沒有如同在聖-
瑪利修院那樣抗議，您難道認為比起上次來，我的擔當要來得

---

[62]　指嬰兒領洗。根據伏爾泰，基督教的施洗是由希臘人那兒傳來的。早
　　　期的基督教施洗入教是志願的。依照最嚴格的教會神父的意見，在第
　　　一周夭折的嬰兒都得入地獄，所以到了二世紀已經有人給嬰兒施洗
　　　了，基督徒自然願意孩子領洗，免得墜入地獄。參見伏爾泰《哲學辭
　　　典》，p. 204.
　　　根據聖・保羅，通過施洗可以調和對立：「你們受浸歸入基督的（……），
　　　並不分自主的，為奴的，或男或女」（〈加拉太書〉，四章，27128）。
　　　換言之，恢復了原始基督教陰陽同體的「元人」（homme primaire）身
　　　分。這在聖・多馬福音書內說得特別明白：「當你們作到男和女合為
　　　一，使得男不男，女不女，那末，你們就進入天國。」（Éliade, 1978, p.
　　　382.）

重一些嗎？我求您來評斷，我也求天主來評斷。我其時心情沮
喪無以復加，幾天之後，她們告訴我，我現在是詠詩班的一員，
我竟不明白到底是什麼意思。我問她們我是否真的發過願了。
我要親眼看看我在誓文上所簽下的字。除了以上這些證明，我
還進一步要全院的人，以及她們請來觀禮的外人的見證。我向
院長詢問了好幾次，我問她說：「真有這回事嗎？」我總是盼望
她回答我：「沒有，孩子，大家是騙您的。」而她一而再，再而
三保證確有其事，卻未能使我相信。那一天何其紛紛藉藉，如
此的起伏變化，又充滿了奇特的，驚人的情節，這麼整整一天
的事，我居然什麼也想不起來了，我的記憶中甚至一張面孔也
沒有，包括曾經幫我做這打點那的那班人，為我宣講的神父以
及接受我誓願的人[63]。脫下修女服，換上俗世的衣服是我唯一記
得的事。自從這一刻起，我便進入了所謂形神分裂的狀態，我
必須要好幾個月的時間，才擺脫得了。過去發生的事，我全都
忘了。我自忖是因為康復期的時間太長罷。就好像那些身染沉
痾的人，他們曾神智清醒，說了話，也接受了終傅聖事，待恢
復了健康，卻什麼也記不起來了。這樣的例子，在修院內我就
見到了好幾個。我心中思忖：「看來，這就是我發願出家那天所
經歷的狀況了。」這麼說來，到底這一舉一動是否真能算是有
那麼一個人做出來的？儘管看起來那人確在那裡，他算不算真
的在，都還難有定論呢。

　　這一年內死去了三個和我關係重大的人：我父親、隱修院

63　「宣講」原文為précher。參見雷翁－杜富，III, 275.

院長及我母親。我父親，或者不如說只是我管他叫父親的那一個人，是因爲年歲大了，操勞過度而油盡燈熄的。

　　這位可敬的修女老早就感覺到她大去之期不遠了；她刻意沉默不語，讓人把棺材抬到房間裡去。她難以安眠，在冥想和寫作中度過白天與夜晚。她遺下了十五篇冥想錄，我個人覺得美極了。我留下一份抄本，如果有一天您有興趣要了解這樣時刻所激發的思想，我可以拿給您看；冥想錄題爲：《德·莫尼修女的臨終時刻》[64]。

　　她在臨終時刻，叫人替她穿上衣服，偃臥在床上，做了終傅聖事，抱著一個耶穌苦像。夜晚時刻，燭光煢煢映照著這悼喪的場面。我們圍在她身邊，淚如雨下，房間裡迴盪著哭泣聲。這時她的眼睛突然發出光輝，霍地起身，說話了。她的聲音幾乎和健康時一樣鏗鏘有力，那失去的稟賦又恢復了：她責備我們說，不必掉眼淚的，那簡直是在嫉妒她即將入懷的永恆幸福。「孩子，痛苦迷糊了你們的心眼了。在那裡，在那裡，」她邊說邊指著天，「我此後在那兒佑護著你們。我眼睛會不停看覷著這座隱修院，我爲你們祈福，祈願也都會實現的。你們全部靠過來，讓我擁抱你們，來接受我的祝福和告別吧……」這位世間罕見的女人在說完這些話之後便與世長辭了，留下永世的遺憾。

64　栩桑是沒有可能在寫自述時還擁有《德·莫尼修女的臨終時刻》的，因為她曾被後一任院長聖-凱麗斯汀搜查過。這一份《冥想錄》比起她自己撰寫的訴狀之嚴重性，過之而無不及。同時，奇怪的是在後來敘述的搜查過程中，狄德侯也忘了再提這一份文件。這裡是狄德侯的一個漏洞。

　　那年深秋，我母親去看我的一個姐姐，出了這一短短一趟門，回來後就去世了。我母親因中心蘊結而早已哀摧骨立。我於是再也無由知道生父的姓氏和自己出生的始末了。她的神師，也就是我的神師，替她把一個小包裹轉交給我，裡面有五十個路易和一封信，用一方布包起縫好。信上寫道：

　　「栩桑吾兒，這點錢，為數戔戔，還是靠斯奕蒙南先生的小餽贈，我節撙下來的餘款，我的良心難安，實在攢不下更大的金額了。遵照聖德原則度過一生吧，那是再好不過的，就算為你自己在世上的幸福打算，也不無好處。為我祈禱吧，懷胎生下你，是我此生犯下的唯一重大罪過，幫我贖罪吧[65]。但願天主會看在你日後所做的善行份上原諒我生出了你。千萬休得給家人造成不和。儘管你出家修道的決定不如我希望的那麼自願，切忌再生翻悔。我只恨自己這一輩子沒關在隱修院內度過！否則，在想到必須馬上面臨驚心的審判時，我也就不會像現在這樣寢食難安了。孩子，想想您親娘吧，在另一個世界是好是歹，大半憑你今後在人間的行止而定：天主明察秋毫，在審判中，你所行的無論善德與惡業全都要算在我頭上的。永別了，栩桑，不用去求你姐姐她們什麼了。以她們的境況，是幫襯不了你的。也不用指望你父親，他先我而去，已得到大光明，他在那等著我呢。在天國，他看到我倒無所謂，我看到他可真感到有點無地自容。再說一次，永別了。啊！妳娘真可憐！啊！

65　對宗教通過犧牲無辜（羔羊）替人代罪，狄德侯有高度興趣，屢見於其著作；同時對那些被社會所犧牲的無辜也極表同情。（Edmiston 1978, p. 68.）

井邊有一張長石凳。多少次，我坐在那裡，頭靠在井
欄上！多少次，在心意翻騰中，我霍地站了起來，決
定就此了結自己的痛苦！

我立刻將手腕伸出去，她那一干跟班一把抓住我，扯
去我的頭紗，毫不顧廉恥地剝下我的衣裳。

你這孩子也可憐喔！你姐姐她們來了；她們真叫我失望，當著一個垂死母親的面，她們拿這個，搬那個，為了些微小利彼此爭吵，真令我感到痛心。她們走近我床邊時，我就翻轉身，背向著她們。在她們身上我能見到什麼？莫非是兩個淪於窮困而逐漸磨滅了真性情的女人[66]。她們思思念念的是我所留下的些微財產；她們向醫生和護士問一些不堪入耳的問題，顯得她們迫不及待，等我撒手歸天，以便將我身邊遺物不遺錙銖攫取而去。令我不解的是，她們怎麼會懷疑起我可能在床墊下藏了錢財，千方百計要把我弄起床，終於達到了目的。幸好受我委託的人已經早一天來到，我把這個小包裹和這封我口述由他筆錄的信一道交給他[67]。我拖不了太久了，你一得到我走了的消息就把這信給燒了。為我做一場彌撒，而且你也借著彌撒把誓願都給發了吧。我始終指望你能過修道生活。孩子，想到你在世上煢獨無依又那麼年輕，真叫為母的死不瞑目啊。」

　　我父親死於一月五日，隱修院院長在同月月底前去世，而母親則是在耶誕節慶的次日撒手歸天的。

　　說話那聖 - 凱麗斯汀修女接替了德‧莫尼院長的位子[68]。啊！先生！這兩個人真是天差地別！我曾告訴過您第一位院長是怎樣的女人，而新院長則氣度狹窄，頭腦簡單，且滿腦子的

66　此與〈序言／附錄〉馬丹夫人的信中所述相矛盾。她聲稱她們生活優裕。

67　細心的讀者一定會注意到作者在此犯下敘述時間上的錯誤。這是緊接著上面的又一個差錯，是狄德侯留下的另一個漏洞。

68　一個人決定了整個團體的導向和命運，到了聖 - 凱麗斯汀修女，就更突出了。栩桑修女將在她的意志之下，受到群體迫害。

糊塗迷信。她聽信新派的看法，總向許爾彼斯會徒和耶穌會徒
討教[69]，對受前院長所喜的人，她心懷疾惡。她上任沒多久，隱
修院內就充滿了紛爭、仇恨、誹謗、譴責、誣蔑和迫害了。她
還要求我們必須對若干我們毫不理解的神學問題提出自己的看
法，必須擁護某些信條，遵循一套古怪的修行規矩。就說肉體
苦刑這種贖罪修行吧[70]，德·莫尼院長就是不贊成。她一生中只
實行過兩次：一次是我發願出家當修女的前一天晚上，另一次
也是在類似的情況下。說起苦刑，她認為並不能令人去惡就善，
只能使人心生驕傲。她希望她院內的修女都心身健康：身體好，
精神開朗。她接管隱修院之始，就叫人把所有的苦衣和苦鞭都
交給了她[71]，她不准我們把灰燼拌入食物中使之變質，不准席地
而眠，而且上面的這些苦刑工具，一種也不准收存[72]。這位新院
長接管時，相反，把苦衣和苦鞭發還給每個修女，並叫人把《新

69　Sulpiciens, jésuites均為天主教修會會員。前者創立於十八世紀，信奉
　　聖·許爾彼斯，戒律嚴格。後者創立於1540年。十八世紀起，jésuite
　　一字引申義指狡詐、偽善。

70　對肉體進行種種的苦刑以達到懺悔贖罪的目的，均稱為macération，正
　　如小說中所枚舉的，包括就堅硬的地面而眠、著苦衣、鞭苦鞭等。動
　　詞為macérer，作為基督教宗教語言，原意為「令之柔軟、軟化、潤溼」，
　　引申而為「以贖罪之心禁慾苦修」。

71　原文cilice於十三世紀原指用小亞細亞西利西亞(Cilice)山羊毛織品，甚
　　粗糙。後來引申為鬃毛或粗織品做成之內衣和腰帶貼身穿著，作為苦
　　刑苦修的工具。苦鞭法文為discipline，原意為「處罰」。

72　關於此等苦刑，根據狄德侯的女兒汪德爾夫人的〈自述〉，狄德侯於
　　青少年時期嘗試過而唾棄：「他虔誠了三到四個月，在學習時，抱著
　　入耶穌會的意願。他戒齋、執苦鞭席參稽而眠，這一陣熱勁頭，來得
　　快，去得也驟。」（Vandeul：*Mémoires*. PLX. cité in Venturi, 1939, p. 21,
　　n.11.）

約全書》和《舊約全書》收回到她那裡。前院長所喜的人絕得
不到現任院長的青睞。由於前一位院長疼愛我的緣故，新任院
長對我的態度，說得含蓄點，是落落穆穆的。可是，不消多少
時日，由於我下面一連串的舉止（您稱之為執著或者輕率均無不
可，要根據您的看法而定了）使我在院中的生活日益艱辛。

　　第一：對失去前任院長，我毫不抑制自己最深切的悲傷，
我隨時隨地讚美她。我往往把她和目前管理我們的這位院長之
間作出種種比較，結果總是對現任院長不利。我描述過去幾年
隱修院的生活，提醒大家我們過去所享有的和睦日子、所受到
的寬容待遇，還有那時不但伙食好而且精神糧食豐富。我讚頌
德·莫尼修女的品行、情感和性格。第二：我把苦衣丟入火中
燒掉，拋掉我的苦鞭；我還以此曉諭其他的修女，引得一千人
學我的榜樣。第三：我備置了《舊約全書》和《新約全書》各
一冊。第四：我拒絕接受任何派系立場，以身為基督徒為已足，
毫不接受冉森派教徒或莫理派教徒的頭銜[73]。第五：舉凡行事，
我嚴格遵守院規範圍，一分不多做，一分不少做。準於此，我
不接受任何份外的工作，我認為份內的事已經夠繁重的了。所
以，我只有在節慶時才奏管風琴，輪值詠詩班時才唱歌。我再
也不能忍受她們見我個性隨和而得寸進尺，搾取我的才能，要

73　原文janséniste, moliniste均為天主教宗派會員，前者信仰冉森尼烏斯信
　　條。主要認為人類墮落後已失去以自己的努力贖罪的可能，其教義極
　　嚴屬苛刻，數度為教庭所否定，故嚴格地說，被天主教視為異端。後
　　者信仰耶穌會莫理納的理論，贊成得救一節固然已有命定但與自由認
　　定可相容，屬耶穌會系統。（Cf. Lacoste 1998, pp. 590-593.）

我什麼都做而且是天天做。我把院規一讀再讀,背了下來[74]。她們凡是吩咐我做什麼事,而此事未在院規內明確具文,或院規所未載或在我看來與院規相悖的,我都會堅決拒絕,而且我會手持本院規章告訴她們:「我答應接受的職責範圍全載於此,除此以外再無其他。」

我的話得到了一干姐妹的響應,當權者的權力於是受到了相當的限制,不能再把我們像奴才一般喚來使去了。院內難得有一天沒有爭執的場面發生。碰到是非難斷的情況時,修女都向我討教該怎麼辦。我總是據理力爭,反抗專橫。不消多少時日,我看起來像個唯恐天下不亂之徒,而且也許骨子裡是有那麼一點兒味道,上級就一味向大主教的主教代理上陳條。於是我應傳出席,為自己辯白,同時也為擁護我的修女辯護。由於我總是小心站正了理,他們沒有一次得逞,定得了我的罪。同時我斤斤自守,凡該做的事樣樣做好,在職責上也絕對是無懈可擊的。至於那種小恩小惠,作院長的總有權可給可不給,我並不營求。我也絕不去接待室。我孑然一身,也就不會有訪客要我去接見了。可是我燒了自己的苦衣,丟掉苦鞭,也勸他人這麼辦。我不想聽有關冉森派或莫理派的討論,不管是褒是貶。他們問我是否服從天主教大法時[75],我回答說我服從的是天主教會。他們問我是否接受教宗懿旨[76],我回答,我接受福音。他們

---

74 鎮壓枬桑的父,是法;所以必須熟讀法規來對抗。(Saint-Amand 1989, p. 31.)

75 Consitution係指教宗克勒蒙十一世於1713年頒布的大法,斥冉森派為異端。

76 La Bulle是教宗的最重要的諭旨。此處指Bulle Unigenitus,(1713),加

搜查我的房間，發現了《舊約》和《新約》。一次，我不小心脫口而出，吐露了院長與某幾個親信間令人起疑的親密關係以及院長和一年輕教士兩人多次而且長時間獨處的事，我還把此事發生的真正理由和藉口加以釐清剖析[77]。凡是會引起她們對我感到恐懼和憎恨而且會導致我無法立足的事，我沒有少做，我終於求仁得仁。她們於是不再向上級告狀，而是設法叫我日子不好過[78]。她們禁止別的修女接近我，我很快就孤立起來了。我朋友原就不多。院方懷疑她們會偷偷來找我談話以補償受禁制期間的缺憾，懷疑我的朋友白天不能跟我交談，會在夜晚或不合規定的時辰來訪我，她們就監視起我們。不論我和這個修女或別個修女在一道的時候，她們會冷不防逮住我。我們一大意失誤，她們就隨心所欲處置我，用最不人道的方式恣意懲罰我。罰我整整好幾個禮拜與其餘人隔離，跪在聖壇的中央做日經課，只給我麵包和白水度日，把我關在居室內，把隱修院內那些最低下的工作派給我做。至於那些給指為我共犯的修女，她們受到的待遇不比我好。如此這般地索瑕抵隙要是還挑不出來我的毛病，就想當然耳虛構了出來。她們還給我下達若干令我無法同時兼顧的命令，然後責我違令，處罰我。她們提早了上日經課及用餐時間，更動了隱修院的所有作息時刻，卻不通知

　　強了對冉森派的迫害。

77　此一事實說明了栩桑修女並不若後文（見其與聖－德托普隱修院院長的親密關係）所述那麼天真無邪到對性的問題一無所知的程度。

78　栩桑在隱修院內受迫害由此開始，而愈演愈烈，最後則到了全院五十個人沆瀣一氣，以迫害她為樂。這種集體的歇斯底里，在狄德侯其他的小說中也出現過。

我。我的警惕再怎麼高，也逃不過每天犯錯，天天挨罰。我空有擔當的氣性，但哪經得起這樣受唾棄、孤立和迫害！事情演變到這樣地步，她們竟把作踐我當作消遣，五十個人一鼻孔出氣，以此尋開心[79]。這些惡毒行為真是擢髮難數，絕不可能一一細說。她們不讓我安睡，不讓我守夜，也不准我祈禱。一天，她們偷走了我好些衣服。再一天偷走了鑰匙和日課經書，弄壞了我的門鎖。她們故意跟我搗亂，不讓我把事情做好，或者把我做好的工作給弄亂。她們捏造虛構，強說是我說了這話，做了那事。橫豎全是我的錯，我就在一連串真真假假的過錯及懲罰中度日[80]。

　　這多方折磨，又長又狠。我的健康經受不起，身體日漸虛弱下來，心中又悲傷又憂鬱。起先，我到祭壇跪拜，尋求力量以便支撐下去，有時我也的確如願以償。我彷徨猶豫，不知道該認命接受現實還是不如走進絕境；時而想逆來順受，時而尋思豁出去以求解脫。在花園的最深處，有一口深井，我不知在傍徘徊了多少次！也不知對那口井癡望了多少次！井邊有一張長石凳。多少次，我坐在那裡，頭靠在井欄上！多少次，在心

79　Lewinter確信修女栳桑就是狄德侯妹妹昂吉利克的化身。他認為，從「我空有擔當的氣性……」這一段話起，不應視之為以栳桑的命運來代表昂吉利克的，而是由他妹妹昂吉利克之被迫害而瘋來預設了栳桑的下場。（Lewinter 1976, p. 74.）

80　在隱修院中為了排除異己進行恐怖的迫害行為，在《宿命論者霞克及其主人》中也出現過。一群老修士因妒忌一個新來的年輕修士身獲教友的歡心，便要「不惜任何代價，不擇手段要把這小子去之而後快」。他們使盡手段把他逼成發瘋的樣子，他終於忍無可忍逃離了修院。（Diderot, Œuvers 1951, p. 509.）

意翻騰中，我霍地站了起來，決定就此了結自己的痛苦！是什麼力量使我克制住自己呢？當時我為何寧可哭泣、高聲叫喊、踐踏頭紗、扯頭髮、用指爪抓破臉呢？如果天主不願見到我自行了斷，為何不同時遏止其他所有的橫逆呢？

　　我下面再告訴您一樁事，您也許會覺得匪夷所思，卻是千真萬確。毋庸置疑，我常去井邊的舉動，有人注意到了。我狠毒的敵人心中竊喜，只道我有一天會把心中沸騰的念頭付諸行動。見我向井走去，她們就設法避開，或者轉眼他望。好幾次，我發現花園的門在應該關閉的時間卻是開著的，怪的是恰好那幾天她們變本加厲整得我死去活來。她們以為把我個性剛烈的一面逼到忍無可忍之後，我的精神便會錯亂。原來她們存心趁我萬念俱灰時，給我這個尋解脫的方便，簡直是牽著我的手，把我帶到井邊去的；我後來一旦自認為悟出了這層道理，馬上就不再生此念了；何況井在那兒，想跳，隨時可以。我的心思向別處打量。佇立在走廊上，我會去衡量窗戶的高度；晚上寬衣時我會下意識去試吊襪帶有多結實。有一天，我拒絕進食。我下樓到食堂，把背靠在低牆上，兩臂垂在身體兩側，閉上眼睛，沒有碰她們放在我眼前的食物。我在這種情形下完全進入忘我境地，竟至於所有的修女都離開了，我還在那兒。當她們刻意不出一聲離開，把我一人留下來，然後說我沒有參加宗教功課，處罰我。我怎麼說得清呢？我似乎有這樣的感覺，她們非但沒有阻止我，而是向我提供各種自戕的辦法，這樣一來反而令我幾乎對所有的自戕方式都倒了胃口了。凡是人，顯然沒有一個甘心讓別人害死的。只要她們裝出阻止我自絕的樣子，

或許我早已不在人世了。一個人自絕，或許是為了要使別人痛不欲生；當一個人發現，自絕正中別人下懷時，那他就寧願保留生命了。這是我們內心情緒非常微妙的反應。說真的，如果我還能記起自己當時的心境，情況好像是這樣的：當我在井邊時，那些不安好心的修女引身遠去，好方便我犯下罪，我的內心似乎對她們喊著：「向我這邊靠一步，做出一點起碼的樣子，要救我，做給我看，跑過來攔我。放心罷，我一定會搶先一步的。」我活了下來，事實上，是因為她們希望我死。在俗世上，這樣窮凶惡極作踐人，毀滅人，會有時而盡，但在隱修院內卻是綿綿無絕期的。

當時的處境已自到了這個地步，我回首思量過去，遂起了解除誓願的念頭。剛開始我只泛泛思忖。我煢獨無援，無依無靠，就算有人幫襯（其實並沒有），這樣一個圖謀，困難重重，我那能實現得了呢？可是，腹中萌生了這個念頭，我安心多了，精神也振作起來了，對自己就比較能把握。我避免招引懲罰，而且受懲罰時也比較能忍受。這種改變，她們注意到了，感到驚訝。惡毒的言行倏然而止，就好像一個卑怯的敵人窮追不捨，您冷不防轉過來對著他，令他感到出乎意料之外。先生，恕我請教您一個問題：一個萬念俱灰的修女，雖然千百個可怕的念頭在心中輾轉，為何沒有想到放把火燒了隱修院？我沒有這樣的想法，其他的修女也沒有，儘管這事做起來再容易不過了：只要趁哪一天刮大風，燃起一枝火把到頂樓、柴房、走廊上就可以點火了。然而，從沒有隱修院火焚過。而一旦發生這般事故，大門必然洞開，大家是可以各自逃生的。我們不這樣做，

是因為怕自己和所愛的人葬身火窟，還是由於這種手段會讓我
們所痛恨的人跟我們一樣逃離修院而不屑去做？上面第二個想
法委實太深微奧妙了，大概不至於如斯罷[81]。

　　凡人心中生了個計較，時刻掛心，終會覺得理直氣壯，甚
至相信其大有可為。一旦到了這地步，內心便生出了堅強力量。
我走到此地步，說來前後半個月光景罷了。我的腦子轉得很快。
究竟要怎麼辦呢？先寫一份狀文，請教別人看了以後有何意
見。寫訴狀文再請人看，都不是沒有風險的。自從我的心中起
了很大的變化之後，她們對我的監視更空前緊迫了。她們的目
光盯著我，一舉一動都有人查明情況，有一言一語，就會去推
敲。她們接近我，想法套我的話，問東問西的，裝出友好和同
情的樣子。她們提到我過去的風波，對我作些無關痛癢的批評，
原諒了我，盼望我行止好一點兒，說什麼我將來的日子會好起
來的，來博得我的高興。只是，不管白天夜晚，她們以各種藉
口不聲不響突然闖進我的居室。有時拉開一角窗簾，然後離開。
我於是養成了和衣而睡的習慣。我還養成另一個習慣，就是把
告解寫下來。在那些規定告解的日子中，我到院長那邊要點墨
水和紙張，她倒沒有拒絕。因此我等待著告解日的到來，一邊
等一邊在腦中草擬我要寫的內容，那就是我上面給您敘述的，
當時只是一份摘要，不同的是，裡面用的全是假名。不幸我做
了三樁糊塗事：第一，我跟院長說我有好些話要寫下來，以此

81　此段自「他們不這樣做，是因為⋯⋯」起，係狄德侯於第二次修改時
　　加上；人物對自己的思想進行批判，自是小說技巧的一大進步。（Parrish
　　1962, p. 375）

為藉口，讓院方多給些紙張；第二，我只管我的訴狀，卻不注意告解；第三，我沒有寫告解，也沒有對這項宗教活動有所準備，所以我沒在告解亭裡停留很久。這一切都叫她們看在眼裡。她們得出了結論，認為我把要來的紙拿去別作它用了。既然紙沒用來寫告解——那是擺明了的——那麼我把紙來用來做了什麼了呢？

我原沒想到她們對我起了戒心的，只是覺得不宜讓她們在我房內找到這麼重要的文件。我起先思量把它縫在條枕或床墊中，後來我想把它藏在衣服裡，埋在花園內，或是乾脆把它燒掉。您難以想像，沒寫完時我是多麼心急，想快快寫完；寫完後，又有多麼為難。我封上蠟印，把它緊緊窩在胸前。日經課的鐘聲響起，我走出去上日經課。我的舉止洩露出來我內心的杌隉不安。我旁邊坐著一個年輕修女，她挺喜歡我的，好幾次我看見她以同情的眼神看我而且還流下淚。她沒跟我說過半句話，不過她一定很痛苦。我決定孤注一擲，將我的狀文交付給她。趁所有的修女跪下低頭禱告埋身禱告席裡的時候，我將藏在胸前的一捲紙輕輕抽出來從後面交給她，她接了過去，也藏在胸前。她幫了我許多次的忙，而這次最大。例如，在那幾個月中，許多人在我工作中做了不少小手腳，其目的是好藉此處分我，而她在不至於讓人識破的情況下，一一為我清除。當我該出房門時，她會來敲我的房門。東西被搞亂，她為我恢復原狀。在必要時，她會替我去敲鐘或回應，我應該在什麼地方，他便會出現，而這一切我卻沒有注意到。

我剛才的決定可真作對了。我們步出聖壇時，院長對我說：

「栩桑姐妹，跟我來。」我就跟著她走。我們停在走廊上的另一間房間前。她說：「您現在住這一間，您原來住的那間，聖 - 婕荷姆姐妹要住。」我前腳進去，她後腳跟著進來。我們坐著，誰也沒開口。一個修女手執幾件衣服進來，放在椅子上。院長對我說：「栩桑姐妹，請脫下衣服，換上這套。」我就當著她的面換了衣服，她則虎視耽耽，盯著我的每一個動作。方才送衣服來的那位姐妹還站在門前，她進來將我換下的衣服拿走。院長也跟著出去。她們並沒告訴我這麼做的原因，我也沒問。當下，她們搜遍了我整理房間，把枕頭和床墊都拆開，把所有可移動的東西搬過來移過去。她們循著我曾走過的路再走一遍，到告解室、禮拜堂、花園、井邊或石椅附近一路尋找。見得到的僅是她們搜尋行動的一部分而已，其餘的也可以想見了。她們什麼也沒找到，不過她們相信，東西一定是有的。在往後的幾天內，她們繼續監視我，亦步亦趨跟著我，她們到處查看，不過一無所獲。最後院長認為只有問我本人才能探出真相。一天，她入到我的房間，對我說：

　　「栩桑姐妹，雖然您有不少缺點，但是您倒不至於會不實胡言。告訴我真相吧。我給您的那些紙您拿去作了什麼用了？」

　　「我已經告訴過您了，夫人。」

　　「不可能的。您跟我要了那麼多紙，在告解室卻才待了片刻就出來了。」

　　「確實如此。」

　　「那麼，您拿紙作什麼了？」

　　「我告訴過您了。」

「嗯！好吧，您曾發誓服從天父，那麼我要您現在就以神聖的服從向我發誓，所言非虛。儘管看起來顯然大有問題，我姑且相信您。」

「您無權爲了這種微不足道的事就強要我起誓，況且我也無權這樣作。我不會發誓的。」

「栩桑姐妹，您沒說真話，您不知道，自己這樣作後果非同小可。我給您的紙，您到底拿去作什麼用了？」

「我已經告訴過您了。」

「紙張何在？」

「不在我這兒了。」

「您拿去作什麼了？」

「字紙嘛，一般該怎麼用，就如此這般用了呀。用過之後，就成了廢物了。」

「以神聖的服從之名向我發誓，紙您全拿來寫告解，而且一張也沒剩下了。」

「夫人，我再重複說一遍，這第二件事並不比前頭那樁事來得重要，您要我發誓，我沒法兒照辦。」

「發誓，要不然……」她對我說。

「我不會發誓的。」

「真不發誓？」

「不發，夫人。」

「這麼說來，您做了虧心事了。」

「我能做什麼虧心事呢？」

「多著哪，您什麼事做不出來？您極力稱讚前任院長，來

貶低我。她所廢除而我認為應該要恢復的那些規矩和條例，您不屑一顧，還煽動整個修院造反。您違背規定，分化挑撥，毫不盡職；尤其叫我痛心的是逼得我非懲處您以及那些被您帶壞的姐妹不可。我大可用最嚴厲的方法來處罰您，不過我卻替您留了餘地。我還以為您終究會明自己的過錯，只道您會回心轉意好生做修女，回到我的身邊，但您卻沒這麼做。您腦子裡動壞心眼，別有用心。為了修院的利益，我必須要弄清楚您打什麼主意，而我定會知道的，絕逃不了。告訴我真相吧，栩桑姐妹。」

「我已經告訴過您了。」

「我這就走了；等我回來的時候，您可就後悔莫及了……我現在坐下來，再給您片刻的時間下決心。您的那些紙，如果還在……」

「我一張也不剩了。」

「那麼就發誓，說那些紙只用來寫了告解。」

「我不會發誓的。」

她一言不發，待了片刻，然後出去。回來時，她身邊跟著四個修女，都是她的心腹。她們一個個看起來像發了瘋的兇神惡煞。我跪在她們的腳邊，懇求她們憐憫[82]。而她們一齊大叫：

82　法文為miséricorde。「一般的用語把仁慈一詞和同情寬恕互相通用，這無疑是教會的拉丁文所確立的。這種通用法雖是可行的，卻掩蔽了以色列因其親身的經驗，含蘊於這種詞彙內的具體、豐富的意義。為以色列，仁慈一詞應位於「同情」與「忠信」匯流之處。
第一個希伯來詞（rahamim）表示兩個存在之間本能的親愛。（……）第二個希伯來詞（hèsèd），通常被譯為希臘文之eleos，也有仁慈之意，而實

「夫人，別發慈悲心，休得讓她叫您軟了心腸。要嘛就把紙交出來，不然就關禁閉。」我一會兒抱這個修女的膝蓋，一會兒抱另一個的腿；我呼喚著她們的名字說：「聖-荅聶絲姐妹、聖-毓麗姐妹，我做過什麼對不起你們的事嗎？你們何必要在院長前面火上加油對付我？我有這樣對待過你們嗎？我替你們求過多少次情。難道你們都不記得了？你們那時還犯了錯，而我現在可是清白無辜的呀。」

院長一動不動，她看看我，然後說：「可惡的賤人[83]，把紙交出來，要不，說出內容也行。」

她們說：「夫人，不用問下去了。您心太慈了；她的面目您還沒看透，她心胸頑冥不化，不使出絕招，她哪肯就範。是她自己逼您下手，她活該。」

「親愛的嬤嬤，我向您發誓，我作的事，上不愧主下不愧人。」

「這可不是我要的誓言。」

「她很可能寫了狀文給主教代理和大主教，告您，告我們大家。只有天主才知道她把我們院內的情況描得有多黑。讒言

指虔誠，虔誠是兩個存在互相結合的關係，含有「忠信」之意。這便為仁慈奠定了堅固的基礎。（……）
上述二希伯來詞及希臘詞的法文譯文，介乎仁慈與愛之間，其間有柔情、憐憫、同情、寬厚、善心，甚至恩寵(希伯來文hèn)，恩寵一詞的涵意卻廣泛得多。譯法雖然繁多，但從中窺見仁慈一詞的聖經意義並非不可能。天主自始至終向人的困苦表示柔情；人也應當仿效造物主，向近人表示仁慈。」(雷翁・杜富，p. 200)

83　院長在此突然改用第二人稱所有格(tes)和栩桑說話，表達了她的輕蔑和權威，故用「賤人」表之。

是很容易就聽進去的。夫人，要是您不想叫這賤貨收拾了的話，那就要先下手收拾她。」

院長加了一句：「栩桑姐妹，您看……」

我霍地站起來對她說：「夫人，我看得一清二楚。我知道我完了。早一刻晚一刻都是一樣，又何苦多思量。您愛怎麼收拾我就怎麼辦。瞧她們那怒火中燒的樣子，您乾脆就聽她們的，冤枉人就冤枉到底吧。」

我立刻將手腕伸出去，她那一干跟班一把抓住我，扯去我的頭紗，毫不顧廉恥地剝下我的衣裳。她們在我的胸前發現了前院長的小肖像，就奪了去。我苦苦哀求，希望她們能允許我再親吻它一下，但她們拒絕了。她們丟給我一件內衣，脫去我的襪子，讓我穿上一件粗布衣，然後就押著我披頭跣足穿廡越廊。我尖聲高叫，大喊救命，可是她們卻敲起鐘，警告所有人，不得出現。我賴在地上，呼天搶地，但她們橫拖倒拽拉我走。我到了樓梯腳時，雙腳已血跡斑斑，小腿也遍佈鱗傷了。我當時的情況是連鐵石心腸的人也會動容的。當下，她們用一串又粗又大的鑰匙，打開一間斗大的陰暗地下室，把我扔在一張潮溼得半腐的蓆子上。我看到裡邊兒有一塊粗糲的麵包、一壺水和幾件簡陋的必需器皿。蓆子的一端捲起來，權作枕頭。一塊大石頭上擱著一個骷髏頭，還有一個木十字架。我的第一個反應是自我了斷。我用手掐自己的喉嚨，用牙齒把衣服撕裂，發出可怕的尖叫，像隻猛獸般哀嚎。又以頭去撞牆，把自己搞得渾身是血。我試著要自我了斷，須臾之後即精疲力竭，只得罷手。我只道這一輩子就陷在這裡了，卻只待了三天就出來了。

每天早上，把我抓到這裡的人中間的一個進來對我說：

「聽院長的話吧！那您就可以出去了。」

「我甚麼沒幹，也不知道你們要甚麼。啊！聖 - 格萊芒德姐妹，頭上三尺可是有天主在啊……」

第三天晚上九點鐘左右，門打開了，門前站著那三個把我押到這裡的修女。在讚揚過院長如何如何慈悲後，她們告訴我說，院長已經寬恕了我，還我自由了。我告訴她們說：「太晚了，讓我待在這裡吧，我想死在這裡。」

可是她們把我拉起來，硬拖著我走，把我帶回到房間去，只見院長已候在那裡。

「我向天主請示過如何處置您了。祂感動了我：祂要我可憐您，我遵從了。跪下來請求祂的寬恕吧！」

我跪下來，然後說：「天主啊！我祈求您原諒我所犯下的過錯，就像您當初在十字架上為我祈求那樣。」[84]

她們厲聲說：「簡直狂妄！她竟把自己比成耶穌基督，把我們說成是把祂釘在十字架上的那些猶太人。」

我告訴她們：「別議論我了，你們倒是該自省自省，再下斷語吧。」

院長對我說：「還沒完呢！以神聖的服從之名，向我發誓，以後絕不把這次發生的事告訴別人。」

「這麼說來，您也明白自己的行為惡劣罷，不然也不會強求我發誓保持緘默了。我向您保證，此事絕不會有人知道的，

84　栩桑自比耶穌基督，狄德侯是要將她的受難更明確定性在「代罪的羔羊」的位置上。（Edmiston 1978, p. 73.）

只是瞞不過您的良心。」

「您發誓？」

「是的，我向您發誓。」

發完誓，她們剝掉我身上先前給我的衣服，讓我換上了自己的。

我受了陰寒，身體虛弱不堪，遍體鱗傷。好幾天來，我只喝了幾口水，啃了一點麵包。我只道自己活不過這最後一次的踐踏了。這次的打擊雖然很嚴酷，但影響的時間卻並不長，這正顯示出自然的力量在年輕人身上有多麼大了。在很短的時間內，我就恢復了過來。我發覺當我再次出現時，整個隱修院的人都以為我剛病了一場而已。我重拾隱修院中的工作，又回到禮拜堂中的位置。我沒有忘記我寫的文件，也沒有忘記我所託付的那位年輕修女。我相信她不會把文件隨便示人的，只是她一定保管得膽顫心驚。從禁閉室出來後幾天，就在聖壇，同樣是我把文件交給她的時機，也就是說當我們跪下來，彼此躬身，隱沒在禱告席中時，我感覺到有人輕扯我的袍子。我伸出手，有人遞給我一張字條，上面只寫了這幾個字：「您真叫我擔心壞了！您那要命的文件，我該怎麼處理呢？」看完後，我把字條在手中揉成一團，然後咽了下去。那正逢四旬齋封齋期開始的時候[85]。緊接著，巴黎魚龍混雜的各色人等將會受到龍尚隱修院

85　四旬齋亦稱封齋。法文 carême，最初作 quaresme（1119），源自俗拉丁文 quaresima，係由古典拉丁文 quadragesima 演變而來的，意為「第四十日」。基督教指復活節前第四十日，即封齋前之禮拜二（mardi gras）起至復活節止四十六天的守齋戒期。

的吸引而來；他們出於好奇，會來聽我們頌歌。我的聲音優美，嗓子並沒怎麼受損。在隱修院內，就算是最微不足道的長處，她們也都是不會放過的。她們對我總算放寬了些，多給我一點自由。那些跟我學唱歌的姐妹，可以接近我，不至受罰。而其中一個正是收藏我狀文的姐妹。在課間休息的時候，我們來到花園，我把她拉到一邊，讓她唱歌。她一邊唱著，我一邊對她說了下面的一段話：

「您認識的人多而我誰也不認得。我委實不想連累您，我寧可死在此地，也不願人家懷疑您曾幫襯過我。我的朋友，我知道您可能會因而陷入絕境又救不了我。就算您捨身能救得了我，我也絕不要以這個代價來求解脫的。」

「別一味說這些了，您到底有什麼事？」她對我說。

「我想要的是把這份申冤的狀子穩當傳到一位高明的律師手上[86]，並且能得到他的回音，但休得讓他知道是從哪間隱修院傳去的。有了回音，您可在禮拜堂或是別處交給我。」

「對了，我的紙條您收好了嗎？」她對我說。

「放心吧！紙條我吞下去了。」

「您也別擔心，我會把您的事放在心上的。」

先生，您明白了吧。我吟唱時，她就說話；輪到她吟唱時，我回答她，我們把對話一截一截散夾在歌聲中。先生，這位年輕的女子尚在修院內。她為我做的事萬一有一天叫人發現了，她必然會受到各種各樣的折磨，我寧願自己重入牢籠也不想讓

86　「申冤的狀子」原文為consultation。十六世紀開始，此字意為「徵詢某人的意見，看一文件」。此處指文件本身。

她因我而下囚室。她的幸福操在您手中，先生。您對我的遭遇關懷良多，但，您如認爲這些信件和您對我的關懷是兩碼子事，則信內所述毫無保存的價值，就請一焚了之！

上面的話是我前些時候寫下來告訴您的事；可是，唉！現在她不在人間了，拋下我孤單一人[87]。

話說她不久就履行了對我的承諾，用我們的老方式跟我連絡。神聖禮拜週到了[88]，我們的耶穌苦難紀念三日大日經課[89]，來聽吟唱的人很踴躍。我唱得相當好，引來俗世喧嘩的，不堪的掌聲。這是他們在劇院中對演員而發的那種掌聲，本來絕不該在主的殿堂內聽到的；尤其是這莊嚴又悼殤的日子，原是來紀念主的獨生子爲了替世人贖罪而被釘在十字架上的。我年輕的學生個個都準備得很充分，有幾個嗓子亮麗，幾乎每一個都表情豐富而品質高雅。我覺得聽眾聽頌唱聽得很高興，隱修院

87　上一段狄德侯說：「這位年輕女子尚在隱修院內」，但接下去的這一句「（……）可是現在她已不在人間了。」兩句話顯然起了矛盾。從敘述學的觀點來看，表示自述是在院內寫的。但自述的開頭又說：「克瓦瑪禾侯爵如肯回我的信……」以及「（……）可是現在她已不在人間了」，則表示這自述是栩桑逃離修院之後，向侯爵寫救援信後才開始的。這裡，我們還有一個假設，就是她根據自己第一次的狀文加以修改整理而成。這就牽涉到二度書寫的問題。「汪德爾遺贈典藏」的文件中顯示，後面「不在人間」這一句，是作者第三次修改時加上的。狄德侯原意是將小說的這段和後面所描述聖－玉禾緒勒修女之死，栩桑修女感嘆覺獨無依的心情有一個呼應，才加上這一句的。至於「年輕女子尚在隱修院內」則應是第一個寫給律師的訴狀中的文字，而作者沒有注意到其中的矛盾。詳見Catrysse 1970, p. 226。

88　復活節的前一個禮拜。

89　原文爲Office des Ténèbres是在聖禮拜週的禮拜四、五兩天舉行。祈禱自凌晨開始。禱告時將蠟燭逐次熄滅，使禮拜堂沒於黑暗之中。

的人對我調教有成感到滿意。

先生，您是知道的，我們在禮拜四把耶穌聖體從聖龕上移到特設的神座室，聖體就放在那裡，一直放到禮拜五早上。這一段時間內排出了輪班崇拜表[90]，修女連接不停地，一個一個或兩個兩個進神座室崇拜。公告牌上面寫明每個人的崇拜時段。我在上面看到：「聖-栩桑姐妹和聖-玉禾緒勒姐妹：清晨兩點到三點」，高興極了。我在規定的時間到神座室去，我的同伴也到了。我們在祭壇的階梯上並肩站定，相與匍匐在地。我們崇拜了天主半個小時。這段時間過後，我年輕的朋友伸手握住我的手說道：

「我們以後也許再也沒有這種機會能這麼自由自在長聊了。這段時間我們原本應該用來全心全意崇拜天主的。不過祂知道我們生活禁制重重，就算我們借用一點時間，祂也會寬恕我們的。您的狀文我沒有讀，不過寫的是甚麼不難猜想，我馬上就要收到回音了。可是假如回音是同意您申訴解除在神前所發的誓願，您不覺得應該向幾個法律界人士諮詢嗎？」

「那倒是真的。」

「需要有點兒行動的自由吧？」

「不錯。」

「只要您應付得當，能趁現在的優勢獲得些微自由吧？」

「我想到這點了。」

「那麼您要付諸行動囉？」

90　「崇拜」原文adoration，譯文從雷翁-杜富，p. 299。

「還得看情形而定。」

「還有一件事：您的案子一發動，您就成了這個團體的眾矢之的了。對接下去紛至沓來的橫逆，您心中有所準備嗎？」

「我是吃過苦頭的，將來的苦頭再兇也不過如此吧。」

「那可難說呢。」

「容我告訴您。第一，她們不敢再限制我的自由了。」

「為什麼呢？」

「因為到那時候，我會受到法律的保護。凡事必須我出面，其時我有那麼一點兒像置身在外面的世界和隱修院之間，沒有人能封住我的嘴，我有申冤的權利了；我會請你們全體作證；沒有人敢對我輕舉妄動，以免給我投訴的口實。她們絕不願把事情搞砸了。她們如果敢虐待我，正中我下懷。不過她們不會這麼做。您放心，她們的所作所為必然恰恰相反，會懇求我，對我說明我這麼做既害己又不利隱修院。您等著瞧吧，只有明白懷柔手段和甜言蜜語都沒奏效的時候，她們才會使出恐嚇手段；至於暴力，她們是不敢妄用的。」

「修院生活的要求，您輕輕鬆鬆就做到了，而又一絲不苟，對修道生活竟這般憎惡，真令人難以置信。」

「這種憎惡是我切身所感，與生俱來的，終其一生不會消失。與其有一天終於變成一個壞修女，不如現在就防範於未然。」

「可是萬一您不幸敗訴了呢？」

「如果敗訴了，我會要求換隱修院。要不，就死在這裡。」

「死之前，得受很長的罪。唉！我的朋友，您這樣幹真叫我感到四肢發冷：想到您誓願真能解除，我就會心驚肉跳；要

是解除不了，我也會四肢發抖。誓願要是解除了，您會有什麼結局呢？在外面這世界，您能做什麼呢？您長得漂亮，既聰明又能幹。這一切優點到一有德之人的身上就無用武之地了，大家都那麼說的。而我知道，您不是個把道德視如敝履的人。」

「說我是個崇德的人，您說的是公道話，但您低估了德行的力量。德行是我生命唯一之所寄。德行在世人身上越稀罕，就越應該受到尊重。」

「德行嘛，人人交口稱讚，可就沒有人肯出半分力氣以彰其道。」

「我在這個腹案中得到的鼓勵與支持，靠的都是道德的力量。不管別人如何反對我，他們都會尊重我的品行的。在他們口中，大多數修女都是因為生出思凡戀情不可收拾而放棄修道生活的，他們至少不會這樣來說我。我什麼人也沒見，什麼人也不認識。我只求自由，因為犧牲自由並非出於自願。您讀了我的訴狀嗎？」

「沒有。我打開您給我的文件，上面沒寫收件人姓名，我還以為是給我的。但讀了幾行，我就知道錯了，沒看下去。幸虧您靈機一動把文件交給了我！再晚一步，她們可能就會從您身上搜出來了……我們留在這兒禱告的時段快要完了，讓我們匍匐吧，好讓下一個時段來接班的人看到我們崇拜時該有的姿勢。向天主祈求指點迷津，指引您一條明路罷。您不是孤獨一人祈禱和哀歎，我也為您祈禱，為您哀歎。」

我的心情稍稍紓解。我的同伴屈膝祈禱，我則匍匐在地，

前額靠在祭壇最低的台階上，雙臂張開放在上一級的台階上[91]。
我敢說，這次面向天主我感到的慰藉與熾熱是前所未有過的。
我的心強烈悸動，有一瞬間完全渾然忘我。我不知道這個境界
持續了多久，也不知道還要持續多久。對我的同伴和後來悄然
踏進祭壇的兩位修女而言，我當時的景象一定好生感人。我站
起來時，只道堂內僅我一個人。我錯了；她們三人全站在我身
後，熱淚奔流。她們眼看我奮昂激動，情感奔流，不敢打斷我
的祈禱，等著我自己從這狀態中甦醒過來。從她們的反應及下
面這一段話判斷，我轉向她們時，臉上想必流露出凜然的氣宇。
她們說，我那時臉上的神色活像那位前任院長安慰我們時的表
情，而且她們看到我時所感到的震慄，和當年看到院長時一模
一樣。如果我生性有那麼點假仁假義或狂熱妄想，而且存心在
院中出人頭地，我必然會成功的。我的心靈很容易就會熾熱[92]，
飛揚亢昂激動起來。而那位好院長不知多少次一邊吻我面頰一
邊說，沒有人像我這般存心愛天主。她說我的心是肉做的，而
旁人的心卻是石頭做的。可以確定的是，我極容易感染到她祈
禱時的癡迷狂喜。當她高聲禱告，我有時會接上她的話，循著
她的思路，像是受到了靈感的牽引，會說出一部分她本來要說

91　崇拜的標準姿勢是「匍匐在地」，雙臂伸開，兩手作奉獻懇求或致敬
　　的姿態；「屈膝」則是較「匍匐在地」為簡單的儀式。（雷翁-杜富，
　　pp. 299-300.）

92　原文為mon âme s'allume facilement，直譯應為「我的靈魂很容易燃起
　　來」。按，法文âme一字承襲自拉丁，最早的意義具宗教性指「人的
　　非物質，不滅的組成部分，相對於身體（corps）。」此處正是這個意
　　義。

的話。其他的人只是不出聲聽她說，或是跟著她。我則會插話，
在她之先或和她同時將話說出。與她談話後，我身上會長久留
下餘波。反過來，我一定也在她身上留下點影響。因為其他修
女和院長談過話，事後可以從她們的神色中看出來，而院長如
和我談過話，也可以從院長神色中看得出來，可見我也有一點
影響了她。但是我既已無心向道，這又有什麼意義呢？……我
們的祈禱已自結束，該把位置讓給後來的人，我和我的年輕同
伴親切擁抱吻頰才分手。

　　我在神座室的那一幕傳遍了隱修院，再加上我們在禮拜五
耶穌受難日晨禱的成功：那天，我唱了頌歌，彈奏了管風琴，
獲得滿堂喝采。噢！這些修女真是瘋了！我幾乎不費吹灰之
力，全隱修院的姐妹都和我和好如初了。隱修院院長帶頭來向
我致意。有幾個頗有地位的人存心要結識我。這於我脫離此地
的算計利莫大焉，實難拒絕。我於是見到了許多人，其中首席
法官、德蘇畢茲夫人*、不少正派人士、僧侶、神父、軍界人士、
行政官員、虔誠的婦女和上流社會的仕女等等。還包括那些輕
率冒失的，一般稱之為裙屐公子的人物[93]。我儘快就打發他們
走。只有那些人家沒閒話可說的人，我才去結識，剩下的人我
就推給隱修院其餘的修女，因為她們不那麼挑剔。

　　我忘記告訴您，隱修院對我表示的第一個仁厚之舉，便是

────────────

*　　Mme de Soubise有可能指Pompadour夫人的親信Maréchal de Soubise的
　　三個女人之一。

93　原文talons rouges原指十七世紀穿紅高跟鞋的男性貴族，後轉指風姿雅
　　麗衣著講究的年青男子。魏晉有所謂「裙屐少年」，類之。見注51。

讓我回到自己的房間。我鼓起勇氣向她們要回前院長小肖像，
她們不敢拒絕。這肖像便又掛回到我的胸口，貼著心，只要我
活著一天就不會取下來的。每天早上，我的第一件事就是把我
的靈魂奉獻給天主，第二件事是親吻肖像。每當我感到心靈空
虛或者想要禱告的時候，我就把肖像從我的脖子上取下，放在
我的面前，定睛看它，讓它啟發我的靈感。可惜我們未能親炙
那些聖人，我們只能崇拜他們的肖像。如果他們活生生的，一
定會給我們另一種印象，不會讓我們在他們的腳下或面前時，
跟他們一樣冷冰冰的。

　　我的訴狀有了回音，來自一個名叫馬努赫依的先生。他對
訴狀倒未置可否，只是有相當多的疑點，要求我先釐清，才能
對此表示意見。然而這種事不見面是很難說清楚的，我於是向
他表明了身分並且請他到龍尚來見面。這干些律師先生是很難
請得動的，但他還是來了。我們談了很久並且商量出一種聯繫
辦法，他可以藉此把他的要求安全傳達給我，我則可以把我的
答覆告訴他。在我這方面，我盡量利用他承擔本案的這段期間，
爭取外界的同情，使他們關心我的前途，得到更多的保護。我
挺身而出，公開了我在第一個隱修院時的態度、我在家中所受
的苦、在隱修院時所遭到的折磨、我在聖 - 瑪莉隱修院的抗議以
及居住在龍尚隱修院時期的種種：我的著袍入院修道儀式、我
如何發願出家，還加上自從我對天主許下誓後所受到的殘酷待
遇。有人同情我，有人向我提供援助。這些人向我表示的好意，
我只暫時心領保留，到需要幫襯時，自會向他們求助，卻也不
向他們多作解釋。在隱修院內我沒有漏出半點兒口風。我已經

獲得羅馬方面的允許讓我提出翻悔誓願；立即要提起訴訟了，而院內的人還處於太平無事的狀態之中。且說那天，一份代表一位名叫瑪利 - 栩桑·斯奕蒙南修女的通知書到達了隱修院長的手中，聲稱她要對自己的誓願提出嚴正否認，並且要求卸除宗教裝束，離開隱修院以她自認為最合宜的方式安排自己，您是可以想像得到，她大吃了一驚。

我清清楚楚預料到，不同的阻力來自下面幾個方面，就是：法律方面、修院以及我那些大驚小怪的姐夫和姐姐。家族的財產悉數歸他們所有，怕我一旦獲得自由，很可能從他們那兒索回可觀的一份。我寫信給我的姐姐，請求她們，對於我離開修院不要表示任何的反對意見。我訴諸她們的良知，同情我是在微乎其微的自由意志下發的願；我表明願意立下經過公証的甘結，自動放棄對父母遺產的一切繼承權利。我盡其所能想要她們相信，我進行訴訟，既非為利，也不是出於激情脫羈。她們對我的請求無動於衷，因為我身為修女時所立的文件在還俗後就會失去法律效力的；而當我一旦恢復自由身，是否還肯確認這些文件，對她們而言是太不可靠了。何況接受我的建議對她們而言，說得過去嗎？教她們丟下一個親妹妹上無瓦片、身無分文？她們能安心享用妹妹的錢財嗎？外頭，別人會怎麼說呢？一個親妹妹向我們要麵包果腹，我們拒絕得出口嗎？萬一她興起了結婚的念頭，誰知道她嫁的是哪種人？而且要是她有了小孩呢？……她這存心還俗的念頭，危險著哪，一定要全力阻撓。這就是當時我的姐姐心中轉的念頭，而且也付諸行動了。

隱修院院長一收到我要求還俗的法院傳票，就立刻奔來我

的房裡找我。

　　她問我：「怎麼了，聖 - 栩桑姐妹，您打算離開我們嗎？」

　　「是的，夫人。」

　　「那麼您是要翻悔誓願囉？」

　　「是的，夫人。」

　　「您不是自願發的誓嗎？」

　　「不是，夫人。」

　　「什麼人強迫了您呢？」

　　「所有的人。」

　　「您的父親呢？」

　　「我的父親強迫我。」

　　「您的母親呢？」

　　「她也一樣。」

　　「當時在祭壇，為何不抗議呢？」

　　「我當時心神不屬，甚至不記得經歷了祭壇的儀典。」

　　「您能這樣說話嗎？」

　　「我說的是實情。」

　　「什麼！您沒聽到神父詢問您：『聖栩桑 - 斯奕蒙南修女，您向天主許願服從、守貞和清貧的三誓言嗎？』」

　　「我不記得這回事了。」

　　「您沒回答『我許願』？」

　　「我不記得了。」

　　「您以為人家會相信您嗎？」

　　「相信也好，不相信也好，事實就是事實。」

「親愛的孩子，像您這樣的說辭如果都能採信，試想豈不會引得眾人信口雌黃！您這一個行動很輕率毛躁啊，莫非是對我的懲罰心懷不忿，您只任性存心報復，但是，是您自己弄得我非懲罰您不可的呀。妄想憑這些說辭就足以讓您解除誓願，那就錯了。不論對人、對天，都是行不通的。要知道背誓是萬惡之首，您在心中動了這個妄念已是罪了，您還要付諸行動。」

「我根本就沒有發過誓，說不上背誓。」

「就算有人虐待了您，不也已經彌補過來了嗎？」

「不是因為誰虐待了我，我才決定這麼做的。」

「那又是什麼原因呢？」

「因為發誓當時，我既沒有向道之心又失去自由意志。」

「如果您沒有受到天主的感召，也不是出於自願，那麼當時您為何不說出來呢？」

「我說出來有用嗎？」

「您為何沒有表現出堅定的態度，如同在聖-瑪利隱修院所表現的那樣呢？」

「難道，說堅定就堅定得起來的嗎？我第一次堅定，第二次就呆呆的了。」

「您為何不請律師？您為何不提出抗議？您有二十四小時的期限，可以翻悔。」

「對這些規定我有所悉嗎？就算我知情，我當時辦得到嗎？喲！夫人，您難道沒有察覺到我當時精神恍惚嗎？如果我請您替我作證，您會發誓說我當時心智清明嗎？」

「我會發誓的。」

「好！夫人，那麼作僞證的是您，不是我。」

「孩子，您要大鬧一場，是一無好處的。別再糊塗下去了，我求您好吧，爲您自個兒好，也爲了隱修院好。這種事免不了引起外人蜚短流長。」

「錯不在我。」

「俗世上人心險惡；人家對您的思想、心意以及品德，必定往最惡劣處尋思去。他們會以爲……」

「別人愛怎麼樣想就怎麼樣想吧。」

「那您就坦白告訴我吧，是不是私底下有什麼不滿，不論什麼，總有辦法解決的。」

「過去和現在，我一直對自己過的修道生活不滿意，我一輩子都不會滿意的。」

「蠱惑我們的妖魔魑魅無時無刻不在四周窺守，存心要害我們失足。會不會是我們最近對您太放鬆了，魑魅妖魔趁虛而入，煽起您心中的邪火？」

「不，夫人，我不是個輕易發誓的人，您是知道的。我這向天主發誓，我心無邪念，絕無不可告人的情感存在。」

「真不可思議。」

「其實沒有什麼，夫人，沒什麼比這還容易理解的了。各人有各人的生性，我也有自己的性格。您喜歡修院的生活，可是我討厭；您修道是得到天主的恩寵，而我完全沒有[94]；您在世

---

94 在這裡，狄德侯借冉森派的「宿命論」（predestination）把人分為得救的和不得救的兩類。按，狄德侯在耶穌會和冉森派的鬥爭中是同情受迫害的冉森派的。有關狄德侯和冉森派的關係，下面是Cohen的看法

俗的世界會沉淪,而在這裡您必然可以得救;我在這裡卻反會沉淪,我希望到世間去能得救。我現在是個壞修女,將來也一定是。」

「這又何苦呢?您克盡職守,沒有人比您做得更好。」

「但我做得既痛苦又勉強。」

「那麼就更值得讚佩。」

「我配得上什麼樣的評價,自己最清楚。我騙不了自己,正因為我凡事一味順從接受,所以談不上我做了什麼可獎掖的事。這口是心非的日子,我膩透了。別人做這些事可以得救,我做起來只感到自己可鄙可恥。總之,夫人,我所認識的修女中,只有那些嚮往退隱生活而來到這裡的,才是真正的修女。她們四周就算沒有柵欄也沒有圍牆攔住她們,卻依然會留下不走的。我不屬於這般人:這兒留住我的軀體,但沒留住我的心;我的心在外面。真要我在死亡和終生囚禁間作一個選擇,我會毫不猶豫選擇死亡。這就是我的心意。」

「什麼!您戴上這頭紗,穿上這服裝,已自獻身給耶穌基督了,現在要脫掉,您毫不悔恨嗎?」

「對,夫人,因為我是未經深思,而且是身不由主穿上去的。」

(Cohen 1982, pp. 77-78.):狄德侯於1732-1736年曾在以反對耶穌會為人所知的巴黎大學修讀神學博士。(Hanna 1978, pp. 19-35.) 1759年12月,耶穌會的反對派擬定了一舉摧毀耶穌會的計畫,接下去的兩個月內討伐耶穌會的文章傾巢而出。(Kley 1975, pp. 62-89.)根據以上的種種加上《修女》的寫作時間,說狄德侯在小說中顯露出親冉森派的傾向是可信的。

　　我這是盡量婉轉回答她，我的內心卻不是叫我這樣說話的。我心中嚷的是：「喔！我恨不得馬上把衣服撕得粉碎，扔到九霄雲外去！……」

　　然而我的回答已使她變了色。她臉色煞白，還想開口，然而雙唇顫抖不已，不太知道再對我說些什麼話了。我在房內大步走過來走過去。她高聲嚷道：

　　「哦，天啊！院內的姐妹會怎麼說？哦，耶穌，垂顧她一眼，可憐可憐她吧！聖-栩桑姐妹！」

　　「夫人？」

　　「您這是打定主意了？您存心叫我們名譽掃地，讓我們淪為大眾的笑柄，又毀了您自己！」

　　「我要走出這個大門。」

　　「但是如果只是對我們這所隱修院不滿意……」

　　「對這隱修院，對我的修道生活，對這個宗教，都不滿意！困在這兒，困在別處，我都不幹。」

　　「孩子，您已教惡魔附了身，鬧得您忡怔難安，口吐胡言，讓您意亂神迷。絕錯不了：看看您自己像個什麼樣子！」

　　我反顧自身。可不是嗎，我發現自己身上道袍凌亂不堪，頭巾扯得幾乎前後顛倒，頭紗也拖在肩膀上。這位惡毒的院長對我細聲細氣說這一番假情假義的話，教我厭躁。我就憤慨對她說：

　　「不，夫人，不要，我不想再穿這套衣服，我不想再要……」

　　我一邊說著，卻試著整理頭紗。只是雙手搖顫個不停，我越整理，反而越亂。一氣之下，索性猛地一把抓住，扯起，扔

到地上。我額前圍著帶，頭髮凌亂，面對著院長。她呢，不知
該離去還是留下是好，走過來，走過去，一邊說：

「哦，耶穌！她魔鬼附了身，絕錯不了，她魔鬼附身了……」
這假慈悲的院長舉起她念珠上的十字架畫著十字。

我很快就回過神來，感覺到自己的樣子委實不雅，而且說
話也太欠考慮，便盡量恢復常態，拾起頭紗戴好。然後轉身面
對她說：

「夫人，我既沒發瘋也沒有魔鬼附身；我方才態度放肆，
自己也難為情，您包涵了。不過，您也正好藉此判斷，我多不
合適隱修院的生活了，藉此看清楚，我盡一己的能力尋求脫離
這種生活，是多麼合理。」

她連聽也不聽，只顧連連說道：「人家會怎麼說？院內的姐
妹又會怎麼說？」

「夫人，」我對她說，「您想避免事情鬧得滿城風雨嗎？倒
是有一個辦法。我並不要求追回進修院時所繳的入院金，我要
的只不過是自由。只要您今天、明天或者往後的日子裡，能有
一天休得把大門看緊——我並不是說要您替我打開門，然後，
盡您所能，我逃離之後越晚發現越好……」

「壞東西！膽敢向我提出這種要求？」

「凡是明智的好院長跟那些身在修院感到如陷監獄的修
女，都應該採納我這建議。對我而言，這所修院比起囚禁罪犯
的監獄還恐怖千倍；我非離開不可，否則就會死在裡頭……夫
人，」我眼神堅決，鄭重其事對她說，「聽我說：我訴諸法律，
如果不能如願以償，那種走投無路的滋味我已嘗夠了。只要一

念想不開……你們這兒有一口井……修院有窗戶……四處都有牆……衣服可以撕成布條……還有雙手也派得上用場……」

「住口，壞東西！您說得我心驚肉跳的。什麼！您幹得出……」

「要是實在毫無辦法快刀斬亂麻結束生命的痛苦，我還可以絕食。人啊，要吃要喝能自主，不吃不喝也一樣能自主……在您聽了我這一番話之後，萬一我有勇氣做出了……——您知道，勇氣我是有的，也知道有時活下去比死還需要更大的勇氣——，設想您面對天主的審判，告訴我，您認為天主會判哪一個人的罪重些，夫人您呢還是修女我？……夫人，不僅僅是現在，以後我也不會向隱修院提出任何要求。避免我走上犯罪的路吧[95]；免得您自己內疚難消。讓我們一道來商量商量好不好……」

「您開什麼玩笑，聖-栩桑姐妹？要我有虧最基本的職守，要我成人之罪，參與褻瀆聖明的行為！」

「夫人，對自己這一身神聖袍服，我無日不嫉視鄙夷；這，才是真正褻瀆聖明的行為。把袍服從我身上取下來吧，我不配穿；打發人到村莊找最貧窮的農婦所穿的破衣給我；讓門禁半掩半開，好吧。」

「您去哪裡會比這裡好？」

「我也不知道要去哪兒。但凡是處身在天主不需要的地方，我們只會痛苦；而在這裡，天主不要我。」

95　根據天主教，自殺是一種罪行。

「您可身無長物啊。」

「這倒是實話。但我最怕的不是窮困。」

「人窮志短啊,您不怕自己會墮落?」

「我的為人如何,可以鑒往知來。若當初我不在乎犯不犯罪,我早就自由了。總之,我的確是想離開這隱修院,不過不是經過您的允許,就是藉由法律的裁決。您可以選擇。」

談話持續了很久。後來回頭思量起來,我真為當時自己的若干輕率可笑的言行而臉紅,但也後悔莫及了。院長仍在嚷著:「外邊的人會怎麼說!院內的姐妹又會怎麼說?」這時日經課鐘聲響起,我們該離開了。她臨走時說:

「聖-栩桑姐妹,您這去禮拜堂,懇求天主感動您的心,讓您恢復修女的本性。您且去以口問心,聽從良知的意見。您是不可能絲毫不受到良心的譴責的。我准許您不必去唱經了。」

我們差不多同時下去。日經課結束了:日經課接近尾聲時,全體的姐妹正要離開,她在日課經書上拍了一下,把大家叫住。

「姐妹們,」她對她們說,「我請你們跪倒祭壇下,懇求天主憐憫一位修女姐妹,她已為天主所棄,已失去向道之心和向道精神,她眼看要做出一樁會為天主視作褻瀆聖明,在世人眼中覺得可恥的行止。」

我不知道如何向您描繪大家的驚訝。剎那間,每個人雖沒有轉側身體,卻一眼掃過同伴的臉,思量要從臉上的窘態揭穿罪人的面目。所有的人拜倒在地默禱起來。一段相當長的時間

後，院長低聲唱起「造物主降世」[96]；姐妹們也接口低吟「造物主降世」。接著，再度靜下來之後，院長敲一下桌子，大家就出去了。

　　修院中流傳的竊竊私語，您可想而知：「是誰？不會是那一個吧？她做出什麼事來了？她打算做什麼？」不待這些臆測持續很長的時間，我請求還俗的事不久開始在外面引起騷動。我的訪客絡繹不絕，有的怪罪我，有的指點我該怎麼做，有的贊同，有的責罵。要對大家証明自己理直氣壯，我別無他途，只能告訴他們我雙親的行止。您可以想見，在這點上，我說起話來唯恐有傷。還誠懇地站在我這邊的，只剩下幾個人，當然還有馬努赫伊先生，他一肩擔當起我的官司，我對他也可以毫無保留。其時，我感到山雨欲來，折磨又要臨頭，心悸膽寒。想像中，那一度折磨過我的囚室便來到眼前，其恐怖之狀歷歷在目。修女狂怒之下使出的手段，我是領教過的；我於是對馬努赫伊先生說出了我的畏懼。他對我說「折磨總是有的，不可能讓您絲毫不受其害。人家一定會折磨您的，您心中該早已有數了吧；您務必放下耐心撐住。只要想到折磨終將過去，心中抱著希望，撐下去。至於那囚室，包在我身上，您不會再進去了。這就交給我了……」的確，幾天以後，他交給院長一份指令，要她准我隨時能接見他，不限次數。

96　原文為拉丁文：*Veni Creator*。是為頌歌之一，一般用於「聖靈降臨節」（復活節後第七個禮拜天）。開首第一句為 *"Veni Creator Spiritus, Mentes tuorum visita, imple superna gratia quae tu creasti pectora"*（造物聖靈，請降臨來探親歸於您的靈魂，使您創造的人們的心中充滿您的天主聖恩。）見 *Paroissien Romain*（《彌撒祈禱文手冊》），p. 395.

翌日,日經課後,又指定我為全體公開祈禱的對象。大家
默默祈禱,低聲念著和昨日一般的聖歌。第三天,依然同樣的
儀式,不同的是命令我去站到聖壇中央,大家朗誦那些臨終的
經文,讚美聖人的連禱文[97],朗誦一段落就念一句「為她祈禱」
[98]。第四天,進行了一個滑稽可笑的儀式,完全顯示了院長古怪
的性格。在日經課快結束的時候,她們叫我躺在聖壇中間的一
具棺木裡,在我的兩側燃起了蠟燭臺,放了一缸聖水;她們用
一塊裹屍布蓋住我,並且朗誦為死者祈禱的經文。之後,每一
位修女出去時在我身上灑上聖水,並且說:「安息吧。」[99]只有
完全明白隱修院語言的人,才明白最後那幾個字所包含的威脅
意義。兩位修女取走裹屍布,滅了那些細長的蠟燭[100],拋下我
一人,全身溼透,浸在她們不懷好意淋在我身上的水裡。我沒
換洗的衣服,身上就靠體溫烘乾了。另一個凌辱接踵而至。全
院修女聚在一道開會。大家把我看作是一個遭到天主遺棄的
人,把我的行為說成是違背教義,並且禁止全體修女和我說話、
周全我、接近我,甚至不准碰我所用過的東西。違背者以違反
命令處分。凡此種種命令,執行嚴格異常。院內的走廊很窄,
有些地方,僅容兩人側身而過。我走到那裡,萬一有一個修女
朝我走來,她不是往回走,就是緊貼著牆,攏緊頭紗和衣服以

97　「連禱文」法文為litanie,由希臘文*litaneia*經拉丁文*litania*而來。原意
　　「祈禱」。十二世紀初成為宗教用語,主要用於讚頌童貞瑪麗亞之祈
　　禱。

98　原文為拉丁文:*ora pro ea*

99　原文為拉丁文:*Requiescat in pace.*

100　「福拉楠黑雍」版無此句。

免碰到我。有人向我要什麼，我就把東西放在地上，然後她才隔著一層布去拿。有東西要給我，就丟在地上給我。倘若有人不幸碰到我，她就認為自己被沾污了，便跑去告解，並且到院長那裡祈求寬恕。據說，奉承是極卑劣下作的行為，然而，發明許多作踐人的方法來討別人的歡心，那就更是殘忍又狡黠的一種奉承的方式了。多少次我尋思起了天使般的德‧莫尼院長的話：「您所看到的我的周圍的人，個個都如此的恭順，如此純潔，如此溫良，我的孩子，老實告訴您吧，她們之中，幾乎沒有一個人，沒有，幾乎沒有一個，我不能把她變成一頭兇狠的猛獸的；越是那些年紀輕輕就住進隱修院斗室裡，對群體生活所知越少的人，發生這種詭異化身的傾向也就越大。這番話您聽了感到驚詫吧。但願天主保護您不至親身體會到這話的真理。栩桑姐妹，只有那些犯下大錯，來隱修院贖罪的修女才是真真實實的好修女。」[101]

　　她們解除了我所有的職務。在禮拜堂內，我坐的禱告席四周都空出一個位子。在飯堂，我單獨坐一張桌子。沒有人分菜肴給我，我必須到廚房要自己的那一份。第一次去，廚房的修女對我吼著說：「不要進來，走遠點……」我照著她說的做。

　　「要什麼？」

　　「飯。」

　　「吃飯！你配活下去嗎？」

---

101 德‧莫尼院長的這一段話，是作者於第三次修改時加上的，說明了狄德侯對隱修院的憎惡，在1780-81這段時期有了進一步的發展。(Parrish 1962, p. 376.)

　　有時候我空手而回，沒進半口東西度過一天。有時候我堅持不走，她們就把一些連給貓狗吃都會覺得過意不去的食物放在門口給我；我一邊哭一邊撿，然後走開。有時候我是最後一個到聖壇門口的，發覺門關上了；我跪在那裡，跪到日經課結束。如果她們在花園，我就回房去。然而，由於吃不飽，所吃的食物又不營養，而且必須忍受反覆非人待遇的痛苦，我的體力日益衰退。我覺得這般生活，我若一聲不吭，繼續下去，就絕對活不到訴訟定奪的那一天。所以我決定跟院長攤牌。我害怕得半死，還是輕輕敲她的門。她打開了門，拿眼瞅著我，向後退了數步對我喊著說：「叛教的，走遠點！」我退遠點。「再退遠點……」我又退了幾步。

　　「要什麼？」

　　「既然天主和世人都沒有判我死刑，夫人，我要您下命令叫大家讓我活下去。」

　　「想活！」她對我說，「配嗎？」這可跟廚房姐妹說的話如出一轍。

　　「配不配只有天主知道；但是我話說在前頭，如果再拒絕給我食物，我不得不向那些個答應保護我的人控告您。在我的判決和身分有分曉之前，我只是暫時寄寓在這裡的。」

　　她對我說：「走開，休得讓你的眼睛沾污了我，要吃，我會給你的。」

　　我離開後，她狠狠關上門。看來，她下了命令了，但是我的待遇並沒有改善多少，大家以不服從她向她邀功。她們丟給我極其粗糲的食物不算，又以灰燼和各種髒東西使之敗壞。

　　結案之前我所過的就是這種日子。她們沒有完全禁止我去接待室，她們沒有辦法剝奪我跟法官見面和律師談話的自由。事實上，我的律師還得數度威脅院方才見得著我。每次會面必有位姐妹陪著我。只要我說話小點聲音，她就會不滿；我待得太久，她就不耐煩，打斷我的話，糾正我，反駁我；她向院長報告我說了什麼，還故意扭曲原意，在我原來的話中加上惡言惡語，甚至捏造出我不曾說過的話。如此這般……，不勝枚舉，最後甚至來偷。她們取走我的東西，拿走我的椅子、被子和床墊。她們不再給我乾淨的衣物及起居所需的巾帛；我的衣服無緣無故破了，我幾乎沒有長襪和鞋子穿，連喝口水也有困難。有幾次我不得不自己打水上來喝，就是我跟您提過的那口井。我的水壺瓶罐也叫人打破了：當時我給整得只能到井邊打水喝，無法把水裝回去。經過窗下，非得疾奔而過不可，要不然就會被房間摔出來的髒東西打到。有些姐妹把痰吐在我的臉上。我變成一個非常骯髒醜陋的人。她們擔心我會向神師告狀，就禁止我去做告解。

　　有一天是個大節日，我記得好像是耶穌升天節，有人卡住了我的門鎖，我出不去望彌撒。倘非馬努赫伊律師來訪，我怕連其它的日經課也參加不了[102]。她們先是對他說不知道我怎麼樣了，她們見不到我了，而且說我一點基督徒的功課也不做了。等我大費周章終於撬開了鎖，去到聖壇門口，我發覺門關上了。

102　此與下文矛盾，見下注117。

每逢我到的時候不是最前幾個，門經常是關起來的。我躺在地上，頭和背靠在一面牆上，雙臂交抱在胸前。我這樣躺著，背以下的部分擋住了過道。日經課結束後，修女們來到了門口，準備離開。第一位修女突然打住腳，其他的修女跟著到達。院長猜想到是怎麼回事，於是說：「踩過去，只是一具屍體罷了。」

有些修女遵照著做，踩著我的身上過去；也有的修女做得比較人道一點，但是就沒有人敢伸出手拉我起來。她們趁我不在，把我居室裡祈禱用的跪凳搬走，拿走創院人的畫像，以及其他的聖像和十字架，十字架就只留下我身上念珠上的那一個，不久也拿走了。所以我生活在一個四壁蕭然的房間裡，門形同虛設，也沒有椅子。我有時站著，有時坐臥在草墊上。甚至也沒給我留下必需的壺罐。需要淨手時，我不得不在晚上出去。於是翌日白天時，她們就指責我像瘋子一樣晚上四處亂走動，擾亂寢室的安息時間。由於我的居室關不上，她們在晚上進來，亂哄哄大吵大叫，拉我的床，打碎我的窗戶，無所不用其極來嚇我。噪音有時驚動樓上，有時吵到樓下，而那些沒有參與陰謀的人就說我的房間發生了什麼怪事。她們聽到叫喊聲、一陣陣陰惻惻的聲音、一連串的清脆撞擊聲，就說我與幽靈和鬼魂通聲息。她們說我一定是和魔鬼有勾當，並且要大家趕快遠遠避開我房前的走廊。

隱修院這種團體內不乏頭腦簡單的人，這種人甚至還占大多數，是人家說什麼都信的。她們不敢打我門前走，她們受到讒言干擾後，在心中，把我想像成青面獠牙的樣子吧。每遇到我，她們就在胸前劃十字，逃竄驚呼：「魔鬼，退去！主啊！快

來救救我！……」一次，走廊那一頭有個修女，屬於年紀最輕的中的一個[103]，我朝她的方向走去，她避不開了，害怕得不得了。她先是將臉轉向牆壁，聲音顫抖，喃喃地念道：「主啊！主啊！耶穌基督！聖母瑪利亞！……」且說，我繼續前進。當她發覺我快靠近她時，因為怕看到我，就用手把臉蒙起來，向我身旁衝過去，卻一頭栽進我懷中，叫了起來：「救救我！救救我！大慈大悲！我完了！聖-栩桑姐妹，饒了我吧；聖-栩桑姐妹，可憐可憐我……」說這話的同時，她往後一躺，倒在磚地上，氣若游絲。大家聽到她的叫聲，趕快跑來，把她抬走了。我真不知道怎麼向您描述這意外事件被扭曲成什麼樣了。那些修女把這事說成我萬惡不赦的大罪行：有人說，我讓淫魔邪怪附上了體，信口說我具有某種意圖，編派我有了甚麼勾當，我說都說不出口的；還說小修女驚魂失色有目共睹，全由於我對她起了怪異邪念所致。事實上，我又不是男人，真不知道她們怎能想像一個女人和另一個女人，甚至一個女人獨處時，能做出什麼事來？況且我的床沒有帳子，別人隨時可進來。先生，我還能說什麼呢？外表上，她們雖是斂容矜肅，一副目不邪視[104]，談吐正經的模樣，這些女人的心思不用說是很齷齪的了：要不然她們怎麼知道，一人獨處時可以做出不道德的事，而我卻不懂得呢[105]？我一直無法了解她們詬責我的究竟是甚麼，而且她

---

103 對於年輕修女沒有足夠的能力做到「明是非」，狄德侯有痛切的認識。見下注132。

104 原文為modestie，老法文相當於pudeur，不作「謙遜」解。

105 這強調自己對性的無知，要突顯的是栩桑的「天真無邪」，但和後文相矛盾。因為栩桑在聖－德沱普修院，目睹、耳聞並親身經歷院長的

們言詞極其閃爍曖昧，以至於我從不知道如何回答。

真想要一一敘述這種種迫害的細節，恐怕會沒完沒了的。啊！先生，您如有子女[106]，倘他們並沒有顯露出極為強烈的，至為堅定的奉獻精神，而您允許他們出家修道，請以我的遭遇為殷鑑，想想您為他們安排下怎樣的命運吧[107]！這世間是多麼沒公理啊！我們不允許一個小孩支配一文錢，說他年紀太小，卻准他處置自己的自由。寧可殺了女兒也別違背她的心願把她關進隱修院內；對，殺了她吧。多少次啊，我情願母親在生下我時，當場就悶死我！她那樣做，還比較有仁心些。院裡的修女拿走我的日課經書，也不准我向天主禱告，說了您都難以相信吧？您一定明白，我是不會屈服的。唉！禱告可是我唯一的慰藉了。我高舉雙手向上天呼喚，指望天主能聽見，我所受的苦難只有祂一個看得清清楚楚。她們總在我門口偷聽。一天，我心情沮喪又向天主傾吐，請求祂幫助我時，有人對我說：

「別白費精神呼天求主了，祂不會再理的。無可救藥眼睜睜去死吧，下地獄吧……」

又有人說：「這正是叛教之徒的下場[108]！她罪該應得！」

然而，後面還發生一樁前所未有的更令人納罕的事呢，且說給您聽聽吧！我不明白到底是她們存心害我，還是幻由心

行為，其實心中已經很清楚了。見下注。

106　此〈自述〉一開始，栩桑就知道克瓦瑪禾侯爵有子女三人，此地卻又提出這一假設，顯然又是狄德侯的疏失。（Varloot 1978, p. 261）

107　狄德侯堅決反對把自己的女兒送進隱修院，此又是一明証。

108　原文為": *Amen* sur l'apostate ! *Amen* sur elle !" *Amen* 希伯來文，意為「但願如此」。此處如照原意硬譯未免費解。

生，院內修女竟商議起是否要替我驅魔，而我可並沒有做出什麼事足以顯示我精神錯亂，更別說什麼邪魔附身了。大多數的人認為我早將領堅貞聖油、聖洗的事置諸腦後了[109]，魔鬼已附上體，害得我怠忽了功課。一個修女說，在進行某些祈禱時，我會把牙咬得嘎吱嘎吱響，在聖堂內搖戰，舉揚聖體時，我絞起雙臂。另一個說我踐踏了耶穌苦像，也不戴念珠了（其實是被人偷走的），說我大聲說些褻瀆神明的話（這些話我都不敢啟口在此向您複述）。她們全體一致認為，發生在我身上的事非比平常，應該報到主教代理那兒去。於是，她們便付諸行動了。

主教代理欽貝爾先生是位年紀已高而識見練達的人，雖然態度略嫌莽直，卻公正不阿且明辨是非。既然有人把修院內的亂象一條一條報上來，他確信情況頗為嚴重，不過，他也相信，即便亂源因我而生，我也必然是無辜的。您可以想像得到，院方在寄給主教代理的告發狀文中，決不會漏列半條的，諸如：我半夜亂跑，不去聖壇；我居室傳出亂哄哄的怪聲；有姐妹看到，也有姐妹聽見的種種：我厭絕聖物、出言褻瀆神明；此外，還有別人加罪於我的所謂猥褻的行止。關於那小修女風波，她們借題發揮愛說什麼就信口開河去。對我的指控罪名真是多如牛毛又重不可逭，以至於欽貝爾先生雖具察情之識，也難免疑信參半，而且還認為所言之事大都可信。這件事情他看來相當

109　「堅貞聖油」原文為chrême，此字源自拉丁文chrisma，指「油、脂、香油」後指聖油（huiles saintes），根據《新約》，「基督」Christ，意為chrismé，即在受洗時接受了先知敷油（onction prophétique）的人。根據羅馬時期的使徒傳統，主教為人施洗時，敷以香油驅邪，稱為「聽教者敷油」（huile des catéchumènes）（Lacoste 1998, pp. 543-544）。

嚴重，才前來親鞫案情，於是命人通告其造訪日期。他果然如期來到，還帶了兩位年輕的親隨教士。他們是上面派給他使喚，好爲他的苦差事分勞減憂的。

　　早此幾天的一個夜裡，我聽見有人輕手輕腳進了我房間，我沒答腔，等此人開口跟我說話。她以顫抖的聲音輕喚我：「聖－栩桑姐妹，您睡了嗎？」

　　「沒有，我沒睡，哪位啊？」

　　「是我。」

　　「您？誰？」

　　「您的朋友，我快怕死了。擔著天大的險來提醒您一件事，這話不一定有什麼用處。聽著，就算不是明天，至遲也過不了幾天，主教代理會來，您是被告，好生準備爲自己申辯，再見，要撐著點兒。願天主與您同在。」

　　說完，她像影子一樣輕手躡腳走了。您瞧，任何地方，即使在隱修院內，也不失有同情心的人，是怎麼也不會給鍛鍊得狠心無情的。

　　其時，我的訴訟案件正進行著得如火如荼，我的官司勝敗引得眾人紛紛關懷，他們階層不同、性別身分各異，我雖不認識，他們卻替我說話。您也是其中一位。也許對於我的訴訟案件，您比我還清楚，因爲到最後，我已無法跟馬努赫依先生討論此事了。院裡跟他說我病了，他懷疑是騙他的，擔心我關入了禁閉室了。他去找總主教府幫忙，可是府裡不屑理睬，因爲已有人告訴他們，說我瘋了，甚至說得更嚴重。他回頭找俗世

審判官，要求堅持徹底執行傳告給院長的命令，要院長一收到
勒令，非得將我交出來不可，不論是死是活。審判官於是和教
會方面的審判官交涉。後者察覺，這件事他們如不先發制人的
話，會有嚴重後果。似乎就是這一點促成主教代理造訪本修院
的。因為這幾位先生對隱修院內層出不窮的麻煩已感到厭煩，
大都並不急於管事。鑒往知來，他們明白自己的權威必受規避，
且遭損害。

我聽從好友的勸告，向天主求助，使我能安心準備申辯。
不論審問或答辯，我只求老天讓我有幸能受到不偏不倚的待
遇，總算如願以償。不過，我說下去，您就知道了，我付出了
多麼大的代價！我倘若在審判官面前顯得清白無辜而且知情達
理，會於我有利；反之，對院長而言，最好使我看起來面目邪
惡，彷彿魔鬼附身，狀似罪人瘋子。因此，我這邊，如癡如狂，
加倍祈禱，她們的惡毒手段也變本加厲：給我的食物，僅夠活
命，對我精神和肉體所施的折磨，到了不堪忍受的地步，在我
周圍不斷多方製造恐怖，完全剝奪了我夜間的睡眠。凡能耗人
體力，擾亂神智的手段，她們都無所不用其極，其殘忍嚴酷而
又細針密縷，您是絕對想像不到的。僅看下面這個事例，您自
可以想見一斑了。

一天，我自居室出來，要到禮拜堂還是什麼地方去。我看
到走廊過道的地面上橫著一把小鐵鉗；我彎腰拾起，尋思把它
放在一邊，以便失主容易找到。因為過道甚為明亮，我沒看出
來小鐵鉗幾乎是熾紅的。我拿了起來，饒我立刻鬆了手，掌心
已教燙去了一層皮。她們在我晚上必經的地方，或在我的腳下，

或在上方，我頭部的高度，設下了種種障礙，害我受傷，不知
道多少次。真思量不透我怎麼沒讓她們整死。我沒有什麼可供
照明之具，伸出手探路，走得膽顫心驚。她們就在我的腳下撒
玻璃碎片。我決心把這些事全說出來，我也大致都說了。我發
現廁所的門打不開，就必須走下好幾層樓，然後跑向花園深處。
花園的門要是開著還好；萬一門關著的呢……？啊！先生，這
些離群幽居女人的心腸是何等的狠毒[110]，院長恨我，她們就理
所當然一般助桀為虐，以為逼得人家走投無路就是服侍天主！
主教代理怎麼還不來，我的訴訟怎麼沒完沒了啊！

　　等主教代理來訪是我此生所經歷的最恐怖的時刻，因為，
先生您試想，在這位神職人士的眼中我究竟給描繪成怎樣的面
目，我可毫無所知。他真是心懷好奇來一見邪魔附身的女子，
或者，要看的只是個佯狂假中魔的人？修院內那夥人認為，只
有讓我嚇得魂不附體，才會使我看來有邪魔附體的樣子。請看
她們是怎麼樣來收拾我，好把我弄成那副模樣的。

　　主教代理來訪的那天，一大清早，院長來到我的房間，她
帶著三個姐妹，一個捧著聖水盆，一個手持耶穌像的十字架，

110　啟蒙時代，哲學家除了少數的例外，主要的觀點之一是：「人生而社
　　會群居。」（L'homme est né pour la société）狄德侯在其《私生子》內
　　說，「只有惡毒的人是孤獨的。」也就是說，孤獨會導致人惡毒。
　　（Lewinter 1976, p. 70）。這裡，有必要說明一下。「人生而社會群居」
　　與狄德侯對「自然人」的讚美並不矛盾。他認為活在社會中的人是個
　　「可悲的怪物」，時刻受到折磨、壓迫。（Parker, 1986, p. 89.）「離群
　　幽居」在此應視為社會的折磨之一。

一個挽著一捆繩子。院長調帶威脅，厲聲對我說：

「起床……跪下，把您的靈魂交給天主吧。」

我對她說：「夫人，遵從您的吩咐之前，請問，我會有什麼下場，您決定要怎麼樣發落我，還有，我該向天主祈求什麼呢？」

我冒出一身冷汗，搖顫個不停，感到雙膝軟下來，只覺魂飛魄散，看著那三個陪著她來要我命的修女。但見她們三人一字排開，臉色陰沈，嘴唇緊閉，耷拉著兩隻眼皮。我害怕得連發問說話都斷斷續續的。她們只是一言不發。我以為她們沒聽到我說的話。我又沒有力氣從頭重複，只好把問題的後面幾個字又說了一遍，我的聲音微弱，而且越來越小：

「我要向天主祈求什麼恩典？」

她們說：「祈求祂寬恕您這一輩子的罪，就當您馬上要去見祂那樣對祂說話。」

聽了這話，我以為她們已自商議好，決定把我除去了。我聽說在某些修士的隱修院中有過私行偵審、判決和用刑至死的先例。我不相信有女隱修院幹過這種傷天害理的私刑；但世上有那麼多的事是我沒逆料到，卻又確實存在著的。一思量到命在須臾我就想大叫，但我張開嘴卻發不出一點聲音。我向院長伸出雙臂祈求，但我身子虛弱反而向後翻仰，跌倒在地。還好跌得不算厲害。就在這個魂不附體的當兒，力氣不知不覺消失，四肢發軟，可以說癱成一團了。我的軀體本能無法支撐下去，似乎要自行軟軟地虛脫了。我失去了意識和知覺，只感到有聲音，在我四周圍嗡嗡作響，模糊而遙遠：也許是她們在說話，也許是我自己耳鳴嘶嘶，除了這嘶嘶聲一直不停之外，我聽不

清別的聲音了[111]。我不知道我在這種情況下拖了多久時間，只霍然感到一陣涼爽，讓我清醒了過來，使我輕微痙攣了一下，發出一聲深深的呻吟。我全身溼透了，水順著衣服流到地上。原來她們把大聖水盆中的水傾倒在我的身上了。我側臥著，全身淹在水中。頭靠在牆壁上，嘴巴半開，半死不活地閉著雙眼。我思量睜開眼睛張望，只覺得自己彷彿給裹在重重氤氳之中，透過霧氣，僅隱約看見飄浮的衣裾，我想抓，卻抓不到。我一隻手臂使力撐，總撐不起身體，想舉起來，卻覺得有千鈞之重。我的體力逐漸恢復，終於掙起了身子，把背靠牆而坐。我雙手泡在水中，頭垂在胸前，發出含糊不清的呻吟，時斷時續，痛苦不堪。這幾個女人瞅著我，一臉一不做二不休，非下手不可的樣子，我連討饒的勇氣也沒了。院長說：

「拉她起來。」

她們架著我的手臂拉我起來。院長又說：

「既然她不求天主垂憐，算她倒霉。下一步怎麼作你們都知道的，了結就是了……」。

我只道她們帶來的繩子是用來勒死我的。我看著繩子，眼中淚水盈盈。我要求吻耶穌苦像，她們拒絕了。我要求吻繩子，她們拿給我。我彎下腰，抓著院長的法衣吻它，我說：「主啊，可憐我！主啊，可憐我！親愛的姐妹，請盡量休得使我受苦。」

---

111 狄德侯一直對醫學十分有興趣。此段自「一思量到命在須臾」起直到「我聽不清別的聲音了」為止，幾乎是臨床報告那麼詳細和準確。有關狄德侯對醫學的用心，可參考Bigot, A. "Diderot et la médicine", *Cahiers Haut-Marnais,* 1e triméstre 1951, cité in May 1954, p. 99.

然後我就引頸待斃。當時嚇成怎樣了，或是她們怎麼擺佈我，我都說不上來：我敢確定那些給拉去處死的人是在行刑之前就死過去了的，而我當時是以為她們要置我於死她的。她們那時將我置於當作臥具的草墊子上，把手給綁在背後坐著，膝蓋上放著一個鐵製的大大的耶穌苦像……

……侯爵先生，寫到此，一定觸動您的傷痛，我這廂簡直如見如聞；期待您略表同情的固然是我，不過，要知道我這個人是否值得您同情的，是您自己。

我當下體會到，基督教實超越世界上所有其它宗教；有目無珠的哲學家們斥責「十字架迷信」，我卻在其中見出了大智慧[112]。身處我當時之境，一個喜洋洋而又充滿榮耀的耶穌像對我會有什麼幫助呢？而我看到的是那個無辜者，肋部刺穿，額覆荊冠，兩手兩腳打上鐵釘，即將在痛苦中死去。我告訴自己：「看看我的主，我怎敢埋怨什麼！……」抱持這個想法，我從心底重生安慰。我了解到生命的虛幻，死亡於我是大快樂，免得活著有時間增加自己的罪孽[113]。然而，我算了算自己的年紀，發現還不到十九歲，我嘆了一口氣。我是太虛弱，太沮喪了，以至於我的精神不能克服死亡的恐懼；在健康的情況下，我相信自己應該可以從容赴死的。

此時，院長和她的親信回來了，發現我神智有點清醒了，

112 不少學者認為《修女》也可從基督教的角度來讀，這段話是他們所喜歡引以為證的。（Macary 1977, p.196.）
113 狄德侯顯然說的是反諷的話。他說過：「有一些信徒並不認為〔……〕要虔信宗教就必須在絕望中過活：他們的虔信是愉快的，」（《狄德侯哲學選集》，〈哲學思想錄〉第十一，p. 5.）。

超過了預期，頗不合她們的原意。她們拉我站了起來，在我臉上繫上頸紗；兩個人架著我的手臂，另一人在背後推，院長則命令我向前走。我就舉步向前，看不到去處，只以為要去行刑。我便說：「主啊，可憐我！主啊，不要拋棄我！主啊，如果我冒犯了您，原諒我吧！」

我到達禮拜堂，主教代理已在那兒做完了彌撒。全院的人都齊聚在此。我忘了告訴您，當我走到門口時，這三個押著我的修女緊夾著我，又猛力推擠我，在我旁邊作出手忙腳亂的樣子。而且，有的拉住我的手臂向前，有的卻從後拖住我，好像我在掙扎，心中厭惡，不肯進入禮拜堂似的。然而事實上完全是無中生有。她們帶我靠近祭壇的台階，我連站都幾乎站不住了。她們拉曳著我下跪，好像我掙扎不願；她們抓緊我不放，做出我企圖逃走的樣子。大家唱起《造物主降世歌》，供起聖體，降福領恩。當下，大家虔敬低頭垂眉。那幾個抓著我手臂的人做出使力硬按我彎下腰的樣子，另外幾個則用手緊緊撐住我的肩膀。我感覺得到她們在拉拉扯扯相持相抵，但是猜不出存心何在。直到最後，一切才真相大白。

降福畢，主教代理脫下了祭披[114]，只穿著白麻布長袍，披著聖帶，走向祭壇，我就跪在那兒。他站在兩個教士之間，背向著祭壇，在祭壇上正展示著聖體，他的臉面向著我。他靠近我，對我說：

「栩桑姐妹，起來吧。」

114　法文chasuble，為司祭教士的無袖大披風，穿在聖帶（étole）和白麻布長袍（aube）之外。

　　那些抓著我的修女們猛一下把我拉起來；其他的人圍著我並抱住我的腰部，她們好像害怕我會逃跑。主教代理又說：

　　「鬆綁。」

　　她們並沒有遵從他的話，做出如果讓我自由，怕會帶生事故甚或危險的樣子。但是我告訴過您，他是很莽直的人。他又以一種堅定而嚴厲的口氣說：

　　「鬆她的綁。」

　　她們遵從了。

　　我雙手才一鬆開，便發出一聲椎心的尖叫，使得他臉都煞白了。那些裝神弄鬼的修女原本向我攏來，好像大吃一驚，倏地一下散開。主教代理定了定神。那些修女回攏來，一副哆哆嗦嗦的模樣。我身體沒動。他問我說：「怎麼回事？」

　　我沒有作答，只把雙臂舉給他看：綁住手臂的繩子幾乎完全陷進肉中，兩臂因血液淤積而發青而且有出血現象。他明白我的呻吟是由於血液循環恢復正常所突然激起的疼痛。他說：

　　「把她的頭紗掀開。」

　　她們方才趁我沒有注意的時候，把頭紗好幾個處縫了起來，這會她們又手忙亂猛拉猛扯一陣；掀頭紗原是輕而易舉的，是因為她們在上面做了手腳，才非得如此狠扯狠拉不可。她們莫非是要這個主教代理把我看成著了魔，邪魔附體，或者根本瘋了。這時，拉扯幾下之後，縫線有幾處繃開了，頭紗，甚至修袍上有幾處也給扯破了，我的臉就露了出來。我的容貌吸引人，劇痛使得我的臉扭曲，但絲毫沒有稍減它原來的特色。我的聲音也是動人的，我的表情不含虛假他們都感覺到。以上諸

多特質全都使主教代理身邊的兩位年輕修士產生了強烈的憐憫。但主教代理其人心中是不知憐憫為何物的。他為人公正，但心如鐵石；他是屬於那些不幸的人，生下來就是要實踐道德而未體會道德美好；他們之所以行善，是出於崇尚秩序的精神，一如他們使用理智來思考問題。他拿起了聖帶的末端放在我頭上，他對我說：「栩桑姐妹，您相信天主、天主之父和聖主嗎？」

我回答：「我相信。」

「你相信我們的聖教會之母嗎？」

「我相信。」

「您願棄絕撒旦及其惡業嗎？」

我沒有回答，身子卻向前急傾並發出一聲尖叫，聖帶的末端從我頭上滑了下來。他顯得有點動容，他那兩個隨行也臉色發白；而那幾個修女，有的跑開了，原是在禱告席上的，也抽身遠離，弄出了很大的一陣嘈雜聲。主教代理示意，要她們安靜下來。這時，他定睛看著我，以為會發生什麼離奇的事。我對他說話，請他安心：

「主教，沒什麼事；只是有位修女拿了個尖尖的東西狠狠刺了我一下。」我舉目向天，兩手高舉，淚如泉湧，哭道：

「您詢問我是否棄絕撒旦及其惡業，當下有人刺痛了我。她們為何這樣做，我心裡有數。」

她們紛紛向院長出言抗議，說她們根本連邊兒都沒碰到我。主教代理重新把帶末端放在我頭上，那幾個修女又靠過來。他示意要她們走遠一點，然後他又問我是否願棄絕撒旦及其惡業。我堅定地回答：「我願棄絕，我願棄絕。」

他叫人拿來一個耶穌苦像，舉像讓我親吻，我親吻了苦像的腳、手以及脅下的傷口。他命令我要高聲崇敬耶穌，我把苦像放在地上，跪著說：

「我的天主，我的救世主，您爲了我以及全人類的罪孽而死在十字架上。我崇敬您。您所受的酷刑，就是功德。賜給我酷刑來讓我贖罪吧，您所流的血，賜一滴在我身上吧；好洗滌我的罪惡。原諒我，天主，就如同我原諒我所有的敵人……」

接著，他對我說：

「發一個信德的願……」我發了一個信德的願。

「發一個愛德的願……」我發了一個愛德的願。

「發一個望德的願……」我發了一個望德的願。

「發一個仁德的願……」我發了一個仁德的願。[115]

我已記不起當時是用什麼詞句來發願的；但很明顯，所發

115　以上四願法文爲acte de foi, acte d'amour, acte d'espérance, acte de charité；乃天主教日常祈禱文，屬於晨禱文，載於《彌撒祈禱文手册》（*Paroissien Romain*）之內。其中「愛德」一項後來（可能在十九世紀初）被删除，因與「仁德」（acte de charité）有重複。按charité在基督教義內指對天主的愛。三項祈禱文如下：
ACTE DE FOI：Mon Dieu, je crois fermement tout ce que croit et enseigne vortre sainte Église catholique, parce que c'est vous qui le lui avez révélé; et que vous ne pouvez ni vous tromper ni nous tromper. ACTE D'ESPÉRANCE：J'espère, mon Dieu, que vous me donnerez la vie éternelle et les grâces pour y arriver, par Notre-Seigneur Jesus-Christ; parce que vous l'avez promis, et que vous êtes infiniment bon, et fidele à tenir vos promesses. ACTE DE CHARITE：Oui, mon Dieu, je vous aime de tout mon coeur, de toute mon âme, de tout mon esprit, de toutes mes forces; je vous promets d'aimer mon prochain comme moi-même pour l'amour de vous. 見*Paroissien Romain* p. 6。

的願想必都很令人感動，因為好幾個修女聽得嗚咽暗泣起來，那兩個年輕教士也流下眼淚。主教代理不勝錯愕，問我方才所誦的祈禱文引自何處[116]。

我告訴他：

「發自我的內心深處，是我的思想，我的感受。我請天主作証，祂無處察聽不到我們，祂就在祭壇上。我是基督徒，我是清白的。如果我犯了錯，只有天主知道，也只有祂有權利責備我，處罰我……」

聽了這番話，他狠狠地看了隱修院院長一眼。

舉行這個儀式，真是汙辱了天主的尊嚴，褻瀆了最神聖的事，教會的使者也受到了愚弄；接著儀式終於結束了。修女都離開了，只剩下隱修院院長、我和那兩個年輕的教士。主教代理坐了下來，拿出她們舉發我的狀文，他大聲誦讀，並就狀內所臚列的罪狀詰問我。

「您為何不告解呢？」他問我。

「人家不讓我作。」

「您為何不領受聖事呢？」

「人家不讓我領受。」

「您為何不參加彌撒也不作功課呢？」

「是她們不讓我參加的。」

院長想說話，但是他毫不客氣地對她說：

116　這四願原都明文載於《彌撒祈禱文手冊》之內，只需背熟就可以朗朗上口的。此處，由於梱桑是發自內心的祈禱，並非現成的句子，引起了主教代理的驚訝。

「夫人，別說話……您爲何在晚上溜出房間呢？」

「因爲人家不給我水、水罐以及方便淨手的必需器皿。」

「爲何晚上有人聽見從您住的房舍和您室內傳出喧嘩聲呢？」

「是人家存心進來吵我，不讓我安眠。」

院長又想說話。他再次對她說：

「夫人，我已經告訴過您，不要說話；等我問您的時候，您再回答……她們從您手中搶走一個修女，她們發現她倒在走廊上，怎麼回事呢？」

「這是她們讓她對我心生恐怖，才導致這樣的後果。」

「她是您的朋友嗎？」

「不是的，先生。」

「您從來沒去過她居室嗎？」

「從來沒有。」

「您從來沒對她或是其他人有過猥褻的舉止嗎？」

「從來沒有。」

「她們爲何要把您綁起來呢？」

「我不知道。」

「您的房門爲何關不上呢？」

「這是因爲我敲壞了鎖。」[117]

「您爲何要敲壞鎖？」

「爲了打開門去參加耶穌昇天的功課。」

117　上文梄桑曾說耶穌昇天節那天，她們卡住了她的門鎖，幸而馬努赫依先生來才讓她出得了門，故與此相矛盾。見上注102。

「那麼，那天您去了聖禮拜堂囉？」

「對，先生。」

院長說：

「她胡言亂語，不是這樣的，全院的修女……」

我立刻打斷她的話。

「……都可作証！聖壇的門已自關上。她們都看到了我匍伏在門口[118]，而且您還命令她們從我身上踩過去。有些人也真的從我身上踩過去了。但我不記恨她們，夫人，也原諒您下這一道命令。我到這裡來只是思量替自己辯護，不是訟告他人。」

「你為何沒有念珠，也沒有十字架呢？」

「都給拿走了。」

「您的日課經書呢？」

「給拿走了。」

「那麼您如何做禱告呢？」

「儘管有人禁止我做禱告，我依然還是誠心誠意祈禱。」

「是誰禁止您做禱告的？」

「是夫人。」

院長又想開口。

於是他對院長說「夫人，是您禁止她做禱告的嗎？真有其事嗎？說，有，還是沒有？」

「我相信，而且我有理由相……」

「我不是問您這個。我是問您有沒有禁止她做禱告；有，

---

118 上文說她原是頸和背靠牆而臥。此處栩桑稱自己是匍伏在地，顯然與上文所說有出入。

還是沒有？」

「有是有，不過……」

她還要繼續講下去。但是主教代理又接著問：「不過，栩桑修女您為何光著腳？」

「因為沒人給我襪子、鞋子。」

「而您襯衣、外袍又為何破破爛爛的而且還這麼髒？」

「因為她們已經有三個多月不給我內衣，我只好和衣而睡。」

「您為何要和衣而睡呢？」

「因為我沒有簾幔、沒有床墊、被子、床單，也沒有睡衣。」

「您怎麼這些東西都沒有呢？」

「因為都給拿走了。」

「你有的吃嗎？」

「要求她們，才有的吃。」

「就是說，沒有給您東西吃？」

我沒說話；接著他又問：

「她們如此嚴厲對待您，您要是沒有犯下罪有應得的錯誤，那就令人費解了。」

「我犯下的錯誤就是沒有受到修道生活的感召，還有翻悔自己的誓願，然而當初我發誓並非是出於自願的。」

「案子自有法律裁決。不管法律如何宣判，在結案前，您仍然該盡您修女的職責。」

「這個沒有人能夠比我做得更一絲不苟的了。」

「您也得像其他姐妹一樣，享有生活的一切待遇。」

「我所要求的，如此而已。」

「那麼現在有誰對您不好，想要向我申訴的？」

「沒有，先生，我剛才已經跟您說過了，我到這裡來並不為訟告他人，只存心替自己辯護。」

「走吧。」

「我該去哪裡呢，先生？」

「您回房去吧。」

走了幾步之後，我又折了回來，然後拜倒在院長和主教代理面前。他問我說：「怎麼了，有什麼事嗎？」

我的頭部傷痕累累，雙腳血跡斑斑，雙臂枯瘦無色澤，衣服又髒又破，我一一指給他看，說：

「請看！」[119]

聽了我上面的敘述之後，伯爵先生您以及大部分讀到這份自述的人一定會說[120]：「這種慘不忍睹的事竟如此層出不窮，如

---

[119] 栩桑被擺弄得不成人形，出現在主教代理之前，卻成功地展示了自己的身體，誘導了主教代理的觀點，使之有利自己。這一場景由上文「我的臉就露出來了」開始，至「請看！」結束。根據Lewinter的看法，主教代理兼具了栩桑父和母的「雙重身分」（parent combiné）。他一方面代表真正的母親，其行為重複斯奕蒙南夫人的模式（她為使栩桑遠離其追求者，送她入隱修院），命令栩桑遠離馬努赫依；同時，他又代表理想的父親。栩桑以身體誘使她的「父親」（即主教代理欸貝爾）救了她。（Lewinter 1976, p. 83.）

[120] 最初的稿本內，栩桑只向主教代理說話，後來，作者加上了侯爵，最後，擴大到「以及大部分讀到這份自述的人」。這說明了作者同時擴大的讀者對象。（Ellrich 1961, pp. 134-135）Lizé從而推論說，《修女》不能算是純粹的「書信體小說」，因為信之所以為信，必要的條件是寫給特定的個人。」（Lizé 1972, pp. 152-153.）

此花樣多端又如此連綿不斷！敬神信教的心靈會精心毒計生出一連串的暴行！簡直不可思議！」您這樣說，他們這樣說，我是同意你們的看法的。但以上所述種種卻是千真萬確，而且我可以發誓，所言若有半點醜詆中傷不實虛謬，天昭其上，絕無寬貸，令我永淪萬劫不復的烈火中！我早就已經體驗到，身為院長之人若厭惡某人，她的厭惡之情就猶如烈焰，會激起人性中邪惡的一端，尤其是當邪惡儼然成為一種可嘉許的行為，其罪惡的行徑受到喝采，引以為榮。饒是這樣，我並不因而對此心生怨恨而不明是非。對這個問題，我越尋思就越相信我所受的痛苦是前所未有，後無來者。在我之前，在我之後，隱修院中落入悲慘之境者不計其數；天命之道我們是無法捉摸的，這次天命有意將分攤在他們眾人身上的千鈞荼毒就一次（但願這是第一次，也是最後一次）一舉加諸一個落難女子之身，天命之懿旨，深不可測啊[121]。我雖身受萬端荼毒，但比起那些迫害我的人來說，我覺得，而且此觀點我一貫未改，自己比她們幸運多了，她們的命運其實比我更為悲慘。如果非要我和那些人易地而處，不論過去和現在，我倒寧願一死。因為如果您能慷慨伸出援手的話，我的痛苦有時而盡，但是她們那些個人，害過人，是一生也忘不了的，那羞恥和內疚悔恨會緊跟她們一輩子，死而後已。請不要懷疑，她們已經自責，她們終其一生都得在

121　狄德侯對小說人物栩桑的說服力不甚滿意，怕她一個人承受如此接二連三的荼毒，不易得到讀者的共鳴。此一段作者第二次修改時，加上「天命之懿旨，深不可測」，搶先堵住讀者的質疑。（Parrish 1962, pp. 374-375.）

自責中度過；而且，饒她們死了，葬入墳穴，這一腔恐怖也要跟進去的。儘管如此，侯爵先生，我目前的情況委實不堪已極，生命於我而言簡直苦若重負。我是個女人，我也像其他女人一樣，精神是很脆弱的。天主有可能拋棄我。我已經感到精疲力竭，過去承受下來的，現在已無餘勇再承受下去了。侯爵先生，您可得要提防，那致命的一刻很可能會來臨。到時，您即便為我的命運感到悲傷，為我一灑同情之淚，即使您因悔恨而感到痛苦，都是空悲切了；那無底的深淵，我若一步掉進去，是不可能再出來的了，要永永遠遠把我這生不如死的人埋在裡面了。

「去吧」，主教代理對我說。

其中一個教士伸出手把我扶了起來。主教代理接著又說：

「我已經問過您了，再來就要去問問院長，非要把這裡上下整頓得清清楚楚，才會離開。」

我於是就回了房。我發覺院內其他的人都異常惶恐不安，全體修女都站在各自居室的門口，整條走廊響著她們談話之聲。我一出現她們就退回屋裡，傳來大門逐一狠狠關上的聲音，久久不停。回房間之後，我就面向牆壁跪下去，祈求天主見我剛才對主教代理說話時持重明理，能夠讓主教代理看清我是無辜的，並分清事情的皂白。

主教代理和他兩個隨後以及院長出現在我房門口時，我正在祈禱。剛才我跟您說過了，居室內壁無掛毯，沒有椅子、祈禱跪凳，也無簾幔、床墊、被子、床單，沒有半隻盆罐，一無所有。門關不上，窗子上的玻璃也幾乎沒有一片是完整無損的。

我站了起來，主教代理突然打住腳，憤怒地看著院長，說：

「看到了罷！夫人？」

她回答：

「我不知道是這樣子的！」

「您會不知道？您胡說！您哪天沒到這裡來！方才您不就是從這裡下樓的嗎！……栩桑修女，您說，院長今天沒來過這裡？」

我沒回答，他也沒有再緊問不捨。那兩位年輕的教士，雙臂頹然下垂，低著頭，兩眼盯在地上，看得出他們何其難過，多麼驚訝！最後他們都出去了，我聽到主教代理在走廊上對院長說：

「您實在是有虧職守；您不配做這個院長，應該撤職。我會把這一切都大主教呈報。這裡沒有恢復到原來的樣子，我是不會走的。」

他沒有停步，搖著頭接下去說[122]：「實在是慘不忍睹！虧你們還是基督徒！是修女呢！就算不是，總是個人嘛！簡直太可怕了！」

聽到這兒，下面就聲不可聞了。而我接著就有了內衣和其他衣服可穿了；還有簾幔、床單、被子、罈罐、日課經書、聖經，念珠、十字架，窗子玻璃也都配上了。總之，凡是修女日常生活中該有的我都有了。我又可以享有會客的自由，但只限於與我的訴訟案有關的人才行。

122　根據上文，栩桑在室內僅聽得到主教代理的話，是不應該看到他的表情的。

官司進行得對我很不利。馬努赫依先生公布了第一份訴狀，這份訴狀並沒有引起太大的注意。它機智有餘，感人不足，而且幾乎提不出什麼論據。但不能全怪這位高明的律師，而是因爲我絕對不願意他損及我父母親的清譽。我要他對修持問題，尤其是對我所在的隱修院要保持分寸[123]；我也不願意他把我的姐姐和姐夫他們描繪得過於卑劣。對我有利的，只有我第一次提出的抗議，抗議雖然義正詞嚴，奈何那是我在前一個修院的事，後來再也沒有重申過。我們替自己的辯護設下了重重顧忌，而對手卻肆無忌憚放手攻擊我們。他們罔顧公正，無視不義，他們無論憑空臆測或爲自己抵賴，都能做到同樣的厚顏無恥；他們故入人罪，捕風捉影，誹謗中傷而面不改色。因此，我們很難勝訴；尤其是在大小法庭上，訴訟案件都是例行公事，枯燥無聊，連那些最重要的大案，幾乎都難能以臨深履薄的態度來審理，再加上政界人士對我這種申訴案子往往持著不以爲然的態度。一個修女要求翻悔誓願而竟能得逞，他們擔心，會引得大群修女起而效尤，沒完沒了。他們心中暗暗體會到，如果他們容許這重重監獄打開層層門戶，放條生路給一個苦女子，別的就會蜂擁而至，並尋思法子破門衝出。他們一心一意鎩我們的羽毛，讓我們全都感到命已註定，無可改變，絕望之下，只有聽天由命。然而，我認爲在一個政治清明的國度內，情況應該是相反的[124]：想出家修道難，要入世還俗易。世上有

---

123 這裡，狄德侯又自相矛盾。栩桑要律師對「修持問題」(l'état religieux)「保持分寸」，但緊接著卻又對隱修院制度展開罕見的劇烈攻訐。

124 Ellrich認爲栩桑根本就是自己的辯護士。(Ellrich 1961, p.138.)

好些事情，那怕處處妥善，只要手續上有那麼一個小小瑕疵，整個程序就全盤推翻。進隱修院這樁事，為何不也照這般事來辦呢[125]？「組成一個國家，隱修院難道有那麼重要嗎？這修士和修女的制度，是耶穌基督手訂的嗎？教會絕對少不了修士和修女嗎？那有一個丈夫需要這麼多癡狂的處女為妻的[126]？那有人類竟需要這麼多的人為此捨身受難的？這些吞食我們子子孫孫的深壑火坑，難道我們從不覺得有必要設一點遮攔嗎？這裡每天的例行祈禱比得上那出於憐憫之心施捨給窮人的一文錢嗎？天主創造人類為群居的動物，祂會贊同人類自我囚居嗎？天主將人類造成如此反覆難常，如此意志薄弱的動物，祂能允許我們發這種輕狂放肆的誓願嗎？這些誓願是違反普遍的天性傾向的，只有那些個慾情的根苗已枯萎了的，身心失調的人才能夠遵守無虞吧？我們根據一個人的外在形貌，可以稱他為妖怪，如果我們有足夠的智慧，能同樣輕易也纖毫不差洞察人的內在形貌，我們不是有權將這種人也歸入妖怪一夥嗎？把一個男人或女人的一生祭給了修道生活，將他們推向悲慘的命運

---

125 在此句之後，應該是馬努赫依律師的訴狀文了。但原文無引號，引號為譯者所加。下同。這一段對修道制度罕見的劇烈攻訐有兩點應特別指出。一是與上文栯桑要求其律師對「修道問題」要「保持分寸」是矛盾的；二是，這一段話在初稿中全是栯桑一人的自己發揮。下文「馬努赫依先生在他的訴狀中接下去說」是狄德侯後來修改時加上的。Parrrish稱，這段在初稿內由栯桑自己說出，但鑒於此段文字哲學性過強且太為雄辯，不合栯桑的人物，遂改借馬努赫依之口道出；以此，這一段文字和上下文的焊縫猶在。（Parrish 1962, p. 317.）。

126 修女發願出家意味著嫁給了耶穌基督，所以舉行儀式時是身穿白衣，頭披白紗的。

時，他們在立誓著袍入院修道和見習期滿發願時所遵行的那一套悲惻淒慘的儀式，凍結得了他們天性中的動物功能嗎[127]？正相反，這些動物功能在諱莫如深和重重的約束下，在無所事事的環境中，難道不會甦醒過來？而且其力道之暴烈，豈是放浪於繽紛聲色犬馬的俗世人所能體驗到的？在哪種地方，我們會遇到那種人，他一腦子擺脫不了淫邪魑魅，如影隨形，撩撥得他們蠢蠢欲動？在哪種地方我們見到的人窮極無聊，他們面如土色，瘦骨窮骸，在在顯露出人類自然本能逐漸萎縮，日益耗盡的徵候？在哪種地方，夜晚充斥著呻吟之聲，白天則在無來由的傷感之後，莫名的淚水盈盈而下？在哪種地方，那原本不應受壓抑的自然本能終於桀驁不馴，衝過了層層防堵，演變得如癡如狂，使得人身的動物功能的運作條理陷進了不可收拾的錯亂？在哪種地方，人際間良好的關係教悲傷和惡劣的情緒破壞無遺？哪種地方是無父、無兄弟姐妹，沒有一個親人也沒有半個朋友的？在哪種地方，把自己的生命直看作瞬息蜉蝣，對於世上最甜美的關係毫不眷戀，猶如過客看待他逆旅中所逢的事物？在哪種地方，度日則切齒腐心，如處腥穢，五內若焚？在哪裡，一地截成兩半，一方為魚肉，一方為刀俎？在哪兒，恨積難消？在哪種地方，慾情暗中孳繁，伺機而動？在哪種地方，冷酷無情成為常態，並且專喜刺探淫穢猥褻之事[128]。」？

127　「動物功能」原文為fonction animale。

128　在狄德侯文中，包括其信件在內，都有弗洛伊特式的看法。一如弗洛伊特，他深信人的侵略性和情色能動力一旦困在一個複雜的社會裡，便會內斂化而導致了社會的暗鬥和個人內心的掙扎。(Fellows 1972, p. 240)譯按，馬努赫依律師的訴狀應到此告一段落。引號係譯者所合。

我這樣躺著，背以下的部分擋住了過道。當日經課結束後，修女們來到了門口，準備離開。第一位修女突然打住腳，其他的修女跟著到達。院長猜想到是怎麼回事，於是說：「踩過去，只是一具屍體罷了。」

穿苦衣，每兩天守齋絕食一天，以及每個禮拜五在晚課
之後自我苦刑鞭打。我跪在地上，頭紗拉下，聆聽她們
宣讀判決。

　　馬努赫依先生在他的訴狀中接下去說，世人並不知曉上述這些地方的內情，他在另外一節這樣說道[129]：「發願清貧，其實就是藉誓言確保自己能懶惰度日或是靠竊佔過活；發願守貞，等於是預告天主，自己要不斷違背天主天律中最明智，最重要的一條法則；發願服從，就是自行放棄了天主給人類不德可剝奪的殊遇：自由[130]。遵守了這些誓願，我們便是罪人；如不遵守，則又成了棄義背信之徒。只有信仰癡迷或陽奉陰違的人才能過隱修院的生活[131]。」

　　曾有一個年輕女子請求父母允許她入我們隱修院成為修女[132]。她父親對她說，他可以答應她，但他要給這女子三年的時

129　下面這段話和上面德・莫尼院長的話一樣，都是作者第三次修改時所加的。（Parrish 1962, p. 376.）

130　「自由」這個概念，在十八世紀的法國是盧梭在他的《社會契約說》內著量提出來的。他的名言是：「人生而自由，但卻無往不在枷鎖之中。」（盧梭，《社會契約論》，第一卷第一章，頁8）這「人生而自由」，主要是針對費爾瑪「人是生而不自由」的概念而發的。在同卷第四章內，盧梭有了進一步的發揮：「放棄自己的自由，就是放棄自己做人的資格，就是放棄人類的權利，甚至就是放棄自己的義務。對於一個放棄了一切的人，是無法加以任何補償的。這樣一種棄權是不合人性的；而且取消了自己意志的一切自由，也就取消了自己行為的一切道德性。最後，規定一方是絕對的權威，另一方是無限的服從，這本身就是一項無效的而且自相矛盾的約定。」（同上，頁16）

131　請參考下面這一段話：「什麼樣的聲音！什麼樣的叫喊！什麼樣的呻吟嘆息啊！是誰把這些痛哭流涕的死屍都關在這些牢獄中的呢？這些不幸的人都犯了什麼罪呢？有的用石塊捶打自己的胸部；另外一些人用鐵爪撕裂自己的胸部；大家的眼睛裡都有著悔恨，痛苦和死亡的神情。是誰罰他們受這些苦的呢？……是他們觸犯了天主……那麼這天主是什麼樣的呢？」（見〈狄德羅哲學思想錄〉in：《哲學選集》，江天驥等譯，頁3。）

132　狄德侯在此表達了他對年輕女子辨別是非的能力的懷疑。他和他的妹

間考慮。因爲這年輕人對宗教滿懷熱誠[133]，這道命令對她來說確是嚴苛，然而必須服從。她矢志不移，然後回到父親面前，對他說，三年已經過去了。她父親回答說：「很好，孩子，我給了你三年的時間來考驗你，我希望你也同樣願意給我三年的時間來作決定……」[134]這番話聽來更加苛刻，這女子淚流滿面。但作父親是個性格堅決的人，他說一不二。六年之後她進了隱修院，並在天主前發了誓願。她是個好修女，她單純、樸實、虔誠、克盡厥職[135]。但是有時那些神師會欺其坦率，在懺悔室

妹昂吉利克有特別的情誼，他還是她的教父。昂吉利克不顧家庭的反對入玉禾緒琳會隱修院，終於工作過度發瘋而死。這一事故影響狄德侯至鉅。是他排斥天主教隱修院制度的原因之一。類似的事例在他的小說《修女》中也一再出現。（Wilson 1985, p. 13.）

汪德爾夫人於1816年給麥伊斯特的一封信內說：「家父的一個妹妹，不顧雙親的期望、疼愛和意願，一定要出家。她個性溫順對自己所選的修道生涯克盡厥職，在修院裡大家不守分寸地榨取她的勞力，使得她的心智受損，頭腦素亂，瘋狂而死時才十七、八歲。」（cité in Lewinter 1976, p. 73.）

在初稿版本中，栩桑明確指出此女子要入的是玉禾緒琳女隱修院，並自稱為目擊證人。作者顯然發現，栩桑無由認識此女，故修改為「入我們隱修院」（即龍尚隱修院）。（「Parrish 1962, pp. 376-377.）

此外，在小說《宿命論者霞克及其主人》內有相似的故事。不過，入院修道的是一個十七歲的年輕男子，即阿哈西侯爵的秘書赫依霞禾，不同的是，在入院以前父子考慮的時間各一年。他如願了普賴蒙特萊的修會。一個道德敗壞的色鬼隱修院院長因他受上級命令來調查案情，便設計陷害。赫依霞禾最後還俗了事。（Diderot, Œuvres, p. 623 sq）

133　狄德侯說過：「所有的年輕女子和男子，都會有一段時間跌入憂鬱之中……尋找孤獨；哭泣。隱修院的寧寂會令他們感動。」（同上p. 622.）
134　此處父親對女兒的稱呼法文用vous，譯為「你」，見注45。
135　這裡所說的「一個善良的修女」所指的仍然是狄德侯念念不忘的妹妹

中查問修院中發生的事。前後幾任院長猜到了這一點，便將她關了起來，禁止她參加任何宗教活動，她因而瘋了。五十個人從早到晚專心致志作踐你一個人[136]，誰的心智能經得住這樣的迫害呢？且看先前她們曾經給這年輕女子的母親設下的圈套，這些隱修院貪得無饜之面目，便昭然若揭了。她們設法引得這位母親動心，要來看一看隱修院並去居室中探望她的女兒。她向數位主教代理陳情，他們答應了她的請求。她進入隱修院，急忙走向她孩子的房間，但當她見到房中四壁蕭然，空無一物，何等驚訝！原來她們已自將房間搬移一空。她們早就心中有數，這位母親疼女兒，又是個軟心腸，是不忍見到女兒在此景況中度日的。果然，她替女兒的居室重新添置家具、衣服和毛巾被單之類的物件，並且悻悻然地對修女們說，這一次她動了心讓她花了太多的錢，以後不會再動好奇心了。每年像這樣的來探望三四回會弄得她女兒的兄弟姐妹將來一無所有。爲了滿足野心，過奢華的生活，只求換取部分家人的日子過得更爲優裕，往往不惜犧牲其他家人，隱修院收的就是這些人。隱修院成了坑谷，供人丟棄社會殘渣。有多少爲母之人像我的母親那樣，爲了替自己不可告人的罪孽贖罪，不惜製造出另一項罪行來！

　　馬努赫依先生發表了第二份狀子。這次影響略大。他懇切

昂吉利克。

136　這裡是第二次說「五十個人」聯手去作踐一個修女了，見上注78。我們似乎可以推測，應與狄德侯的妹妹昂吉利克的玉禾緒琳隱修院的情況相似。

要我出點力。我於是再次向我的兩個姐姐表示，願將父母親遺
產的繼承權全部讓給她們，絕不反覆。有那麼一刻，我的官司
取得優勢，其時我只道自由在望，然而空想破滅之後，更為慘
痛。我的案子開庭辯論，結果卻遭敗訴，傳遍了整個修院，只
有我給矇在鼓裡。院裡掀起一股騷動，一陣喧嘩，她們喜溢眉
梢，私底下交頭接耳，紛紛去找院長，進進出出，並且彼此之
間串門走戶。我渾身搖顫，在房中實在待不下去，卻又不好出
去；沒有半個朋友可以讓我在她懷中一洩悲聲。審判這場重大
官司的那個上午是多麼的難熬啊！我想要祈禱，但是卻做不
到。我跪在地上，靜心默想，我開始禱告，但轉瞬間，我的魂
魄便不由自主地飛到法官席上去。我簡直見到他們，耳旁傳來
諸位律師的聲音，我向他們陳情。我打斷了我律師的話，覺得
他的辯護沒切中要害。席上法官我一個也沒見過，然而腦中卻
映出形形色色的臉孔，有的向著我，有的陰森險惡，還有幾個
則是漠不關心。我只覺煩躁不安，心慌意亂，真是不可思議。
院中嘈雜的聲音過去，接著而來的是極度的安靜，修女她們不
再彼此交談了。我感覺得出來，她們在唱詠時，聲音似乎比平
常更為嘹亮，起碼那些在詠詩班中唱出聲的確是如此；其餘的
沒唱。日經課結束，她們便默不作聲地離開。我敢說這段時間
內，情況懸疑，她們和我一樣焦急不安。但到了下午，聲音和
騷動突然再度四起，開門和關門聲不絕於耳。修女們進進出出，
有的交頭接耳竊竊私語。我把耳朵貼在門鎖孔上聽，但她們似
乎經過我房門時便緘口不言，還踮著腳尖走過去。我預感到，
自己敗訴了。對此我已絲毫不抱希望。我只顧一言不發地在房

中打轉，只覺欲哭無淚，真是快憋死了。我雙臂抱頭，把額頭頂著一面牆靠了一會兒，又頂著另一面牆一會兒，我思量在床上休息，但胸中激烈跳動教我無法安枕：我確實聽到心在跳動，心跳還微微振動我的衣服。有人來告訴我說我有訪客，其時，我正處於這樣的情況之中。我下去，趑趄不前。來傳話的人那麼喜氣洋洋，我於是相信傳給我的必是噩耗，然而，我還是走去。到了接待室門口，我一下打住腳，撲到兩面牆間那個隱蔽的角落去，我支撐不住了。我還是走進了接待室。沒有人，我等著。修女們不讓來找我的人在我來到之前出現。她們心中有數，來找我的人是我律師的專差，她們想知道我們談些什麼，所以就聚在一起竊聽。當他出現時，我頭斜歪在一隻手臂上倚柵欄鐵條而坐[137]。

「是馬努赫依先生差我來的。」他告訴我。

「您是來告訴我敗訴了吧！」我回答他說。

「夫人，這個，我倒是一無所知，這兒有他一封信。他當時面色沉痛，託我把信轉交給您，我便兼程送信來。」[138]

「給我吧……」

他把信遞給我，我接了過來，沒有動一下，也沒看那人一眼。我把信放在膝上，原來的坐姿一動沒動。當下這位先生問我說：「您沒有回話嗎？」

「沒有。」我回答他說「請便吧！」。

他走了，我留在原位上，既動彈不得也下不了決心出去。

137　隱修院的接待室中有柵欄將修女和訪客隔離開來。

138　見注147。

在隱修院內，沒有院長的許可，是不得發信和收信的。凡收到信或寫了信都得先讓她過目。因此，我必須把信交給她。我於是舉步前去把信拿給她，只覺得簡直一輩子也走不到她那兒去。一個受刑人離開他的囚房去聆聽自己的判決，也不會比我更趑趄不前，更沮喪了。卻說我終於來到了她的房門口。院內的修女們遠遠地盯著我細看，親眼見我痛苦，受侮辱的這一幕，她們是絕不願錯過的。我敲了敲門，門開了。院長身邊有幾位修女，我只見到她們的衣裙的下襬，知道她們在場，因為我絕不敢抬起眼睛。我的手搖顫，把信呈給她，她接了過去，看完信，把信還我。我回到房間，撲倒在床上。信擱在身邊，我躺在床上，不去念信也沒起來去吃中飯，直到下午課的鐘響起，一動也不動。三點半的鐘聲提醒了我，得下去了，有幾位修女已經先到了。院長在聖壇的入口處，她攔住我，命令我跪在外頭地上。等院中其餘的人都進去，關上了門。下課之後，她們全都出來，我讓她們過去後起來跟最後的一位的後頭。從那時起，我開始勉強自己做所有她們想要我做的事：她們既禁止我去禮拜堂，我便連食堂也不去，也不去休憩室。我從各方面思量自己的境況，我只有兩條生路，一是她們還需要我的才藝；第二，我必須俯首貼耳。在這幾天內，她們暫時「忘記」了我，我已謝天謝地了。我有好幾個人來探望，而唯有馬努赫依先生的來訪，准我接見。

他進了接待室，我當下看到了他。那時我的頭正倚在靠著

鐵條的雙臂上，一如會見他專差時的姿勢[139]。我認出是他，卻沒開口對他說甚麼。他既不敢看我，也不敢和我講話。

他終於開了口：「夫人，我沒親自來，不過給您寫了信，您看了嗎？」他跟我說話時，身體一動沒動。

「信收到了，但我沒念。」

「那麼您不知道……」

「知道，先生，全都知道了，我結局如何已可想而知了，只有認命了吧。」

「她們怎麼樣對待您？」

「她們還沒想到我。但只消看看過去的經歷，我便知道來日遭遇如何了。過去，痛苦我承受下來了，因爲心懷希望，但現在失去了希望，就再也承受不了那樣的罪了，只有一死；算是我唯一的安慰吧。我所犯下的錯，已非宗教可以原諒的。如天主的意願，是把我交到她們手上，任憑發落，我沒有祈求天主讓那些修女軟下心腸，我只要求賜給我承受的力量，不陷我於絕望，求祂趕快召喚我。」

「夫人，我已盡了最大的力量了，即使您是我的親姐妹也不過如此……」他流著淚對我說。

他是個富有同情心的人。

「夫人，如果我能幫上您一點忙的話，儘管吩咐，我要去見首席法官，他還算尊重我。我還要見主教代理他們和大主教。」他又說。

139　在這裡，狄德侯略顯得不夠精確。上文他說修女「頭歪在一隻手臂上」而這次卻是靠在「雙臂」上。

「先生，誰也不必找了，已是山窮水盡了。」

「但是，如果我們可以幫您換隱修院呢？」

「障礙重重喔！」

「究竟有哪些障礙呢？」

「很難得到批准，要不是再交一筆入院金呢，就得把上次的入院金從這個院手中要回來。再者，換一個隱修院我又能如何？我的心不變，天下的院長一般狠呀，修女也不見得好過這裡的，同樣的工作，一樣的痛苦。我最好還是在這裡過完餘生；在此，餘生不會很長的。」

「可是，夫人，頗有些正人君子關心您呢，他們大部分都很富有。而您要離開這裡，不帶走任何東西，這兒的修女是不會強留您下來的。」

「這，我相信。」

「走了一個修女，死了一個修女只會增加院內其餘修女的福利。」

「但是，這些正人君子、這些有錢人已經不再想到我了，真向他們為我募入院金，您到時就會發覺，他們可冷淡得很呢。您憑什麼認為要俗世上的人把一位不受感召的修女從隱修院弄出來比較容易，而要虔誠的人把一位受神召的送進隱修院當修女比較困難？為受神召的人募入院金都不見得容易呢。啊！先生，大家都抽身而去了，自從我敗訴以來，再也沒有見到任何人。」

「夫人，這件事只消交給我來辦就好，我樂於為您驅馳。」

「我再也別無所求，別無指望，再也不反抗什麼了；我殘

存的最後一分勇氣也破碎了。可惜不能指望天主來改變我，讓修道生活的種種優點在我心靈中取代了要離開隱修院的希望，這個我失去了的希望……但那是不可能實現的，這件衣服緊黏在我的皮膚上，浸骨入髓，它只能使我更加不堪。啊！命啊！一輩子作修女，知道自己將永遠只是個壞修女，畢其一生以頭去撞自己牢房的鐵欄！」

　　說到這裡，我嘶喊起來，我想把叫聲壓下去，但是力不從心。馬努赫依先生對這我情緒的反應感到驚訝，對我說：

　　「夫人，我能冒昧問您一句話嗎？」

　　「請問吧！先生。」

　　「您的痛苦這樣強烈，難道沒有不足爲外人言的原因嗎？」

　　「沒有，先生。我只是憎恨幽居生活，我感覺得到自己從心底憎恨，感覺到會憎恨一輩子。生活於幽禁中的女人，從早到晚包圍在充斥的愁雲慘霧之中，綿綿不絕的，只是荒唐幼稚，令我鄙夷。叫我俯首貼耳活下去，絕辦不到。要是我能做得到委屈求全，我早就做到了。我試過千萬次，勉強自己，不惜粉身碎骨，但沒成功。我身旁左右的修女懵懵懂懂倒也幸福，我看了覺得羨慕，向天主要求也賜給我這個，我從未如願，天主永不肯恩賜的。事，我沒一樣作好；話，我句句都說擰了。我所作所爲，無不流露出缺乏當修女的志向，有目共睹。我這無時無刻不是對隱修院生活的污蔑。我不適合這種生活，她們卻稱之爲驕傲，便專心致志羞辱我。過失不斷，懲罰紛生杳來，綿綿無絕期，於是我長日打量高牆，以度歲月。」

　　「夫人，牆我是沒辦法推倒的了。不過我會尋思別的辦法。」

「先生，不用枉費心機了。」

「必須換個隱修院，這事，我來辦。我會再來看您的。希望她們不要把您幽禁起來；您很快就會有我的消息的。放心，只要您同意，我會救您出來。倘若她們對您太過嚴酷，不要讓我一無所悉。」

馬努赫依先生離開時，天色已晚。我回到房內。晚課的鐘聲準時響起。我是前幾個到的，我還是讓別的修女先進去，我認為我得待在門外，理所當然，院長果然把我關在門外。晚上，吃晚餐時，她進來並擺了手勢讓我到食堂中央席地進餐，我照著她的意思去做，而她們僅給我麵包和水，我和著灑在上面的淚水，吃下去一點。

翌日，她們召集了隱修院全體的人，舉行會議，對我進行公決。給我的處罰是：不准參加課間活動；一個月之內在聖壇外聽課，在食堂中央席地進餐；連續行三天行當眾認罪求恕禮[140]；重行我的著袍入院修道儀式及重新宣誓；穿苦衣，每兩天守齋絕食一天，以及每個禮拜五在晚課之後自我苦刑鞭打。我跪在地上，頭紗拉下，聆聽她們宣讀判決。

隔天一早，院長帶著一個修女來到我房裡，那修女臂上挽著一件苦衣和那件粗布長袍，是我給關禁閉室時她們曾要我穿的。我明白她們的意思，就脫掉衣服，毋寧是，她們扯下我的頭紗，剝去我的衣裳。我於是穿上那件長袍。我禿頭跣腳，長髮披肩，全身只剩下她們給我的這件苦衣、一件質料粗糙的襯

140　Amende honorable是一種加辱於人的刑，罪犯必須當眾認罪求饒。

衫和這件從脖子套到腳的長袍。我白天就這樣穿著，參加所有的宗教功課。

晚上，我回房閉門，聽見她們唱著連禱文向我居室走來。全院修女排成兩列。有人進來之後，我迎了上去。她們把繩索套在我脖子上；我一手拿著她們交給我一支點燃的火把，另一手持苦鞭。一個修女執著繩索的一端，把我拉到那兩列隊伍的中間，隊伍便向祭祀聖・瑪利的小小祈禱室前進。她們以低沈的聲音唱著歌而來，然後不出一聲離去。我來到那小小祈禱堂，只見裡面燃著兩盞燈，她們命令我向主和修院全體修女為我所造成的風波負荊請罪。牽著繩索的修女低聲告訴我每一句該複誦的話，我一字一字照著說。在這之後，她們把繩子解下，將我的衣服褪至腰部，攏起我散亂在肩上的頭髮，撥到脖子的一邊。她們把我拿在左手的苦鞭移至我右手，並且開始吟唱《舊約》第五十篇〈讚美詩〉。我明白她們期待我做什麼，於是我也照著去做。〈讚美詩〉一結束，院長對我做一番簡短的告誡。燈火熄滅，修女一一離開，我才把衣服穿上。

我走進房裡，感到腳底劇痛，一看之下，發現她們故意在我經過的途中放置玻璃碎片，把我的腳給割得傷痕累累，血跡斑斑。

接下來的兩天，我又同樣行當眾認罪求恕禮，只是在最後一天，她們在〈讚美詩〉中加了一首聖歌。

第四天，她們舉行了一個宗教儀式把修袍還給了我，其莊嚴隆重幾乎和有公眾觀禮的授袍式不相上下。

第五天，我重申誓願，並且在一個月內做完她們強制我做

的餘下的贖罪苦行。完成之後，一切大都恢復正常：我重新回到聖壇及食堂我原來的位置並像其他的人一樣輪值做隱修院內各式各樣的工作了。當我一眼看到那對我的噩運時刻縈懷的年輕女子時，我大吃一驚！她的變化幾乎和我一樣大；她形銷骨立，嚇煞人，臉孔慘無人色。嘴唇煞白，雙眼暗淡無神。

我低聲問她：「玉禾緒勒修女，您怎麼了？」

她回答我說：「我怎麼了，我是如此愛您，您卻問我這樣的問題！您受的折磨是該結束了，不然我眼見您這樣下去，我也活不了了。」

幸虧她留心暗中清除走廊，把碎玻璃片掃到左右兩邊去，最後兩天的當眾認罪求恕禮中，我的雙腳才沒有受傷。我被罰守齋，只能以麵包和水度日的那幾天，她將自己份內食物省下一部分不吃，包在白布裡扔到我房中。她們以抽籤方式決定由哪個修女來執繩牽我，她抽中了。她去找院長，態度堅決，說明她寧願死，也不願擔任這可恥的，殘忍的工作。幸好這年輕女子望族出身，擁有一份可觀的膳宿年金並都聽從院長的意思支配運用。以幾斤糖和咖啡為代價，她找了一位修女替代她。這個代她執繩的修女後來精神錯亂了，並且被關了起來。天主的千鈞之手會落在這個卑微女子的身上？我不敢這樣想。而院長呢，卻不但還活著，控制一切，作踐著別人，而且，非常健康。

這多方折磨，又長又狠毒，我的身體實在經受不起，終於病倒了。就在我病倒這段時間，玉禾緒勒修女對我的友誼，展現無遺；她真是我的救命恩人。她自己也對我說過，她保住我

這條命，未必是件好事。話雖如此，在輪到她看護的那幾日裡，她照拂得我無微不至。其餘日子，她也沒有忽略我，都虧她為我張羅，估量我所受到照顧的多少，拿了一點好處，分送給那些照料我的修女，表示一點意思。她要求能在夜間照拂我，而院長以她身子太虛，不能負荷這種勞累為藉口，拒絕了她的請求，真使她感到難過。但她盡心盡力的照顧仍挽回不了病情危篤；我已自病入膏肓並接受了終傅聖事。在領終傅前的片刻，我要求全院修女齊聚一堂，讓我一見，她們接受了我的請求。修女成群圍在我床邊，院長佇立在中間，我那年輕的朋友，守在我床頭，握著我的一隻手，她淚下如雨，傾灑在我手上。她們猜想我或許有話要說，於是把我扶起來，拿兩個枕頭墊起我的背，讓我坐住。我望著院長說，請求她為我祈福，並且忘卻我犯下的過錯，我也為自己曾給修院招來轟動聽聞的事端，請求全院修女原諒。我請人把我的一大堆什物全拿過來放在身邊，有的是用來裝飾我房間的，有的是我個人的用具。我請求院長准許我來處置，她答允了。我就全分給了她關我禁閉室時那幾個押我去的打手。那個行當眾認罪求恕禮時執繩牽我的修女，我請她靠近我，我擁抱她，並把我的念珠及耶穌苦像給了她，跟她說：「親愛的修女，您祈禱時不要把我漏掉。請相信，我不會在天主前忘記您……」。天主為何不在這時候把我召去呢？我會安心隨祂去的。這麼大的幸福，誰敢指望人一生中會碰上兩次呢？誰敢說我日後臨終時刻會怎麼樣呢？而我終必一死。天主要我再多受點罪我也認了，只求他到那時刻會再一次賜給我這樣的幸福！我只見無垠的蒼穹中天國洞開，應該的確

是洞開著的吧;因為那一刻的意誠是錯不了的,我意識到,永恆的極樂就在前頭。

　　領過終傅聖事,我陷入彷彿昏睡狀態之中。這一整個晚上,那些修女都認為我沒有救了,她們不時來把我的脈搏,我感覺到有人用手在我臉上撫摸,還聽到一些紛雜的聲音似乎有人在遠處說著話:「脈搏又恢復過來了……鼻子好冰……支撐不到明天了……這串念珠和耶穌苦像我給了您吧,您留著好了……」另外一個憤慨的聲音抗議著說:「走遠一點!你們都走吧!讓她平安過去吧,難道你們作踐她還嫌不夠嗎?」我度過了危險期,再度睜開眼睛,才知道自己躺在我朋友的臂彎中,這一刻對我來說是很幸福的。原來她一刻也沒離開我,整個晚上都在幫我脫險。她反來復去念著臨終經文,一邊還讓我親吻耶穌苦像,然後把耶穌苦像從我的嘴唇移開,貼到她自己的唇上。她見我睜大眼睛,深深地嘆了一口氣時,只道那是我迴光返照的一口氣了。她叫了起來,她口口聲聲喊我「朋友」,並說:「天主啊!請您憐憫她和我吧!天主啊!請接引她的靈魂吧!親愛的朋友,到天主面前時,別忘記玉禾緒勒姐妹啊!……」我一邊抓著她的手看著她,悲傷地微笑著,一邊落下淚來。

　　這時卜瓦赫先生進來了[*],他是本修院特約醫生,聽說此人醫術高明,但是個性剛愎專橫,傲慢而且寡情。他猛一把推開

---

[*]　　名醫。譯按,該醫生確為龍尚隱修院特約醫師,以個性高傲稱著。狄德侯曾數度將其姓劃去,代以「卜某某」醫師(B***),有的版本照此排印。但作者給《文學通訊》的原稿則保持不變。參見Parrish 1962, p. 376 et note 26.

我的朋友，把了把我的脈搏，按了按我的皮膚。院長和她的心腹也陪著醫生相與而來；醫生簡短問了幾句話，弄明白前一陣的情況，回答說[141]：「她有救了。」這句話只聽得院長悻悻然。醫生看著院長便說：「不錯，夫人，她有救了，皮膚色澤和彈性都很好，燒也退了，眼神已初萌生機。」

這話一個一個字聽下去，我朋友跟著喜逐顏開；同時，院長和她那一夥人的臉上，卻顯露著一種不得不掩飾卻又掩飾不住的，我也說不上來的悻悻然之色[142]。

我對醫生說：「先生，我不想活。」

他回答我道：「那也由不得您的！」然後開了個方，就離開了。聽說，我在昏睡的這段時間內，好幾次說著：「親愛的嬤嬤[143]，我終於要和您相見了，我有一肚子話要跟您說。」顯然這是我對過世的隱修院院長說的，準沒錯。我沒有將她的肖像送人，我想帶它一起入土的。

卜瓦赫先生的診斷很靈驗：高溫下去了，出了一身大汗之後，燒完全退了，大家都認為痊癒是毫無疑問的了。我果然痊癒了，但是過了好長一段時間體力才恢復過來。我該受的罪註

141　狄德侯於此跳過院長探問病情的問話，逕敘醫生的答話。

142　形容院長的臉上的神色，原文用名詞chagrin，按，此字源自動詞chagriner。動詞係由古法文grigner（十二世紀末）轉來，原意為「咬牙切齒，面有不豫之色」等意思。出於字源的本意，chagrin在十七世一直具「憂傷和憤怒」狀之意。此處院長和手下一夥的表情自不宜以此字十九世紀以來最通行的意思「憂傷」來描述，故譯為「悻悻然之色」。

143　原文為mère，指的雖是故院長，不是她母親，但暗合了栩桑與母親合而為一的願望。

定要在這隱修院內都得受盡。我的病有傳染性，而玉禾緒勒修女幾乎沒有離開我半步。我開始恢復體力，當下她的體力卻消泛下去了；她的消化出了毛病，每到下午，她不時感到陣陣虛弱，暈厥了過去，有時暈厥的時間長達一刻時辰。她在昏迷狀態時，就像死去一般，眼神無光，冷汗溢額，凝聚成豆大的一滴滴，流經兩腮掛了下來；她的手臂一動也不動，垂落在身體兩側；我們只能替她寬鬆衣帶來減輕她的痛楚。她恢復知覺時，第一個念頭就是探尋我是否在身邊，而她每次都能找到我的。甚至有時候，當她神智稍清，略具知覺時，沒睜開眼睛，一手伸向周圍摸索著。這個動作的意思是再明顯不過了，幾個修女靠過去，讓她摸索的手抓到。但她一分辨得出來，那不是她要的人，手又頹然落下，不動了。於是，她們對我說：「栩桑姐妹，她要的是您啊，靠近她吧……」我趴在她的膝蓋上，拉起她的手放在我的額上，手就放在那裡，直到她恢復知覺。她醒來時對我說：「瞧，栩桑姐妹，要走的是我，而您留下來；我要早您一步去見故院長了。您的一切，我會告訴她的，她一定會聽得垂淚。眼淚固然有的痛苦，但也有的甜美，如果在天上人人都彼此相愛怎麼會不流淚呢？」那時，她的頭傾斜一邊，靠在我的脖子上，淚如泉湧，說：「永別了，栩桑姐妹，別了，好友。我走了以後，還有誰能分擔您的痛苦呢？究竟誰能啊？啊！親愛的朋友，我是多麼捨不得您啊！我要走了，我心中明白，我該走了。如果您真能快樂，我哪兒甘願死啊！」

　　見她的身體狀況如此，我驚慌極了，告訴院長，希望把她送進保健室去，同時免除她的功課及院內其它粗重的工作，並

請個醫生來。但是她們總是回答我說，沒什麼大不了，這種暈厥的毛病自己會過去的，而且，親愛的玉禾緒勒姐妹最大的希望就是盡她應盡的義務，參與集體生活。有一天，她在參加完晨禱之後就沒有再出現，我思量，她的病情相當嚴重了。早課結束之後，我飛奔赴她房裡。我發現她和衣躺在床上，她對我說：「您來了，親愛的朋友？我料到您很快就會來，我正等著您。聽我說，我多麼盼望您來！我這回發的暈厥真厲害，而且時間這麼長，只道再也醒不過來了，再也見不著您了。拿著，這是我祈禱室的鑰匙，您打開裡面的立櫥，下面抽屜有隔層，您掀起小隔板，木板的後面有一包文件；保存時，我雖然冒著很大的風險，讀的時候，我又感到何等悲傷，但是我捨不得銷毀；唉！上面的字幾乎教我的淚水浸得難以辨認了。我一死，您就一把火燒了它吧！」

　　她虛弱不堪而且喘不過氣來，這段話她幾乎一字一頓，無力一口氣說完。最後，她說話的聲音細如遊絲，饒我把耳朵幾乎貼著她的嘴，還是很難聽清。我拿了鑰匙，指了指那祈禱室，她對我點頭稱是。這時，我心生不祥之感，我就要留不住她了。我確信無疑，她之所以病倒，不是受到我的傳染，就是因她悲傷，或者因照拂我太甚所致，我哭了起來，只覺萬箭攢心。我親吻她的額頭、眼睛、臉頰及手，請求她的原諒。但是她似乎心不在焉，聽不見我跟她說話。她的一隻手落在我的臉頰上，輕撫著；我思量，她看不到我了，甚至以為我已經出去了，因為她喊著我：

　　「栩桑姐妹？」

我回答她：「我在呢。」

「幾點了？」

「十一點半。」

「十一點半了！您吃飯去吧，去啊！吃完了馬上回來。」

午飯鐘響了，我非離開不可。我走到門口時，她又叫住我；我轉回去。她費力地抬起臉頰湊過來，我親吻了她；她拉著我的手，握得很緊；似乎她捨不得，也不能與我分手，她說：「可是，非分手不可，」她鬆開了我的手，「這是天主的意願。永別了，栩桑姐妹，把我的十字架拿給我。」我把十字架放在她兩手中，就出去了。

大家吃完飯正要離桌時，我當著所有修女的面，轉向院長對她說，玉禾緒勒修女的病危篤了並且催促她親自去看看就知道了。她說：「好吧，我們得去看看她。」她走上樓，身邊跟著幾個修女。我也跟在她們後面。她們進了她的居室，可憐的修女已自去世了。她衣著整整齊齊，挺臥床上，頭歪敲在枕頭一邊，閉著眼睛，嘴巴微微張開，雙手握著耶穌苦像。院長冷冷地看著她說：「死了，這麼快就去了呢，真沒想到？這樣一個優秀的女子。我們去爲她敲鐘並將她埋葬了吧。」

我一人留在她枕邊。真不知道如何向您描述我的痛苦，我真羨慕她的福氣。我靠近她，淚水灑落在她身上，一再親吻了她，最後拉起被單蒙住她開始走樣的容顏。然後我打算履行她所託付我的事情。爲了進行時沒有旁人耳目，等所有的人都去作日經課時，我才打開祈禱室，撥開那塊木板，發現了一卷文件，相當厚。在接近傍晚時，我把它燒了。這個年輕女子一向

鬱鬱寡歡的，除了在她生病時的那一次，我不記得曾經見她笑過。

於是，在隱修院中，在世上，我成了孤苦伶仃一個人了。[144] 我這樣說是因為再無一人會關心我，連那位馬努赫依律師也音信杳然。我猜想他可能是知難而退了，要不然就是訟案繁忙或有什麼賞心樂事讓他分神，忘了自己曾答應過為我出力的事吧。但我不會因此對他心生不滿。我生性寬宏；除非做出不公不義，負恩忘本及滅絕人性的事情，沒有人是我所不能夠寬恕的。所以我盡可能諒解馬努赫依律師以及外頭那一干人，他們對我的官司一度顯得熱腸仗義而現在把我忘得一乾二淨，侯爵先生[145]，您也是的；這些人心中，包括您在內，彷彿這世上已不再有我這個人了。此時上級神職人員來到我們隱修院視察。

他們來到院內，遍訪各個房間，盤問每一個修女，要瞭解本修院俗世方面與靈修方面的經管情形。他們根據自己對本職認為應分當行者處置，有時整飭了院中的風氣，有時反而治絲益棼。我於是又見到那位正直而嚴厲的欽貝爾先生以及他的兩位富有同情心的年輕修士。想必是思量起我過去受盤問時，在

---

144 綜觀栩桑的一生是無休止的尋找自己之所屬，卻無休止地由一處漂流到另一處，終於是一個「空缺」（manquante）。(Saint-Amand 1989,p.27.)

145 〈自述〉在撰寫過程中，作者的意向有相當大的變化。開始時，狄德侯視之為一封長信，用以打動克瓦瑪禾侯爵之心，所以直至玉禾緒勒修女之死和栩桑換隱修院，栩桑每每親切喊「先生」（共三十五次），而自此起，栩桑改以「侯爵先生」相稱（十七次）。在聖‧德沱普院，這個向侯爵呼喚的情況幾乎絕無僅有（兩次），也就是說，由此開始，狄德侯已有意將此〈自述〉寫成獨立的小說，不再以戲弄侯爵為念了。(Parrish 1962, pp. 379-380.)

他們眼前那悲慘的模樣，他們眼眶溼潤了起來。我在他們的臉上看到了悲憫與喜悅。且說欵貝爾先生坐定，讓我在他對面坐下，那兩位隨從就站在他座椅後方，他們定睛看著我。欵貝爾先生對我說：

「嗯！栩桑，現在她們對您怎樣樣？」

我回答他說：「先生！大家算忘了有我這個人！」

「那再好不過了！」

「我所願也不過如此，可是我有一個不情之請，非常重要，求您恩准，就是求您把院長也請來。」

「爲什麼呢？」

「因爲萬一有人跟您申冤，說她什麼，她不免會責怪到我頭上來。」

「這我明白，不過您知道什麼，還是跟我說吧。」

「先生，我懇求您喚她來吧！您問什麼，我怎麼回，她可以親耳聽見。」

「直說無妨！」

「先生，您這樣會害了我！」

「不會的，沒什麼好怕的了。從今天起，你不再受她管了。在本週末之前，您就會轉到阿哈巴戎附近的聖-德沱普隱修院去了[146]。您有個好朋友呢。」

146　原文Sainte-Eutrope，狄德侯誤。應爲陽性Saint-Eutrope。這個隱修院也是眞正存在的，並非狄德侯的發明。該修院大約成立於十八世紀初，位於巴黎南方約三十公里處。但他顯然對該修院所知有限，連名字也弄錯了。（May 1954, pp. 78-80.）
　　狄德侯先後通過三個不同的隱修院，對這一個宗教體制的本質表達了

「好朋友！先生，我並沒有什麼朋友呀！」

「就是您的律師嘛！」

「馬努赫依先生？」

「就是他。」

「我不敢相信他還把我記在心裡。」

「他去見了您的兩位姐姐，也見了總主教、首席法官以及所有以禮神敬主而遠近知名的人。剛才我跟您提過的那所隱修院，他已經為您籌到了一筆入院金，您不消多久時間就可離開此地了。因此，如果您知道本隱修院有什麼弊端，逕可告訴我知道，不至於連累您的，我以神聖的服從之名命令您說出來。」

「我不知道什麼弊端。」

「什麼？從您訴訟失敗後，她們對您還是手下有點分寸嗎？」

自己的看法。第一個「聖－瑪利隱修院」，寫出了隱修院為的是利。院方千方百計騙得栩桑先答應下來做習修女，最後悍然不顧當事人的意願，要逼栩桑發願出家。這些修女一手將無辜少女推入火坑，「為的是有個幾千塊錢落入隱修院的銀庫裡」。第二個「龍尚隱修院」，狄德侯要突出信仰的問題。修院中第一任院長德·莫尼孃孃代表了受到「靈召」者的宗教面目，屬於聖者一類的人物。她不但沒有窒息而是完成人道本性。狄德侯通過了「容忍」的德性，來呈現一個比較可以合乎人生活的隱修院。但繼任院長聖－凱麗斯汀則正好相反，代表了失聰失明的宗教面目。宗教以其狂熱偏執的激情，可以藉信仰之名無惡不作。而從栩桑的對抗行動中，也反襯出另一方面的偏執。他還一再談到冉森派和耶穌會的莫尼派之間的鬥爭。通過第三個隱修院「聖－德沱普隱修院」，小說家著重提出人的肉體的問題。處理的是在違背人性的禁慾生活下，在人的心理與生理上所引起的困擾。（Lewinter 1976, pp. 69-70.）

「她們相信,想必她們相信,我翻悔誓願是犯下一個過失,她們要我為此向天主請求寬恕。」

「但是我想瞭解的是求恕的經過情形。」

他一邊說一邊又搖頭又蹙眉。我明白,院長指使之下抽在我身上的鞭子,要不要還她幾鞭,全仗我現在一句話了。不過,我無此存心。眼看從我這裡問不出所以然來,主教代理就囑咐我說,剛才告訴我,將我轉阿哈巴戎的聖-德沱普的事,我要守口如瓶,然後舉步出去。

正當這位長者欸貝爾先生獨自走在簷廊中時,他的兩位隨行修士回過頭來,用極有情極溫柔的態度向我致意。我雖然不認識他們,但願天主讓他們長存溫柔與慈悲的心腸。這種品質,在身居他們這類職掌的人身上真是微如涓埃啊。他們,一方面長日傾聽人類意志薄弱的種種表現,另一方面向天主尋求慈悲,所以這品質,尤其是不可或缺的。我原只道欸貝爾先生正忙著在安撫、盤問或是斥責某一位修女,卻見他一腳又跨進了我的房間,問我說:

「您是何以認得馬努赫依先生的?」

「因為我這場訴訟認識的。」

「是誰介紹的?」

「某首席法官夫人。」

「在訴訟期間,您必然經常與他商量吧?」

「不,先生!我很少見到他。」

「您有話要告訴他怎麼辦呢?」

「全靠我寫的訴狀。」

「訴狀您留下副本嗎？」

「沒有，先生！」

「訴狀是由誰交給他的？」

「首席法官夫人。」

「那麼您是從那裡認識她的？」

「是我的好朋友玉禾緒勒修女穿針引線才認識的，她和夫人有親戚關係。」

「敗訴後您見過馬努赫依先生嗎？」

「見過一次。」

「確實很少。他寫過信給您嗎？」

「沒有，先生！」[147]

「您沒有寫信給他嗎？」

「沒有，先生。」

「他必然會來告訴您為您奔走的一切。不要去接待室見他，這是我的命令。他有信來，也不要拆閱，把信直接給我或請人轉交來。聽明白了嗎？不要拆閱！」

「明白了，先生！我一定會遵照您的吩咐做的。」

不論欽貝爾先生的懷疑是衝著我，或是對著我的恩人而發的，都讓我甚感侮辱。

當天晚上馬努赫依先生來到龍尙，我嚴守對主教代理的承諾，推卻了馬努赫依先生，沒和他說話。翌日，他差人捎來他的信。我收下信，沒有拆閱，原封轉給了欽貝爾先生。那天是

---

147 有寫過，此處栩桑沒說實話。參見注138。

個禮拜二，我想我沒記錯。我一直望眼欲穿等候主教代理的允諾實現，等著馬努赫依先生奔走的結果。禮拜三、禮拜四、禮拜五過去了，依然毫無動靜。這幾日對我來說簡直是度日如年呀！我一想起會不會有個節外生枝，突然起什麼變掛，就心驚膽戰起來。就算我無法恢復自由之身，不過換個囚牢也算不錯了。頭一件好事會使我們萌生希望，盼著有第二件好事來臨，這或許就是那句諺語的由來吧！叫做：「雙喜臨門」。

對此地的修女的肺腑心腸我一清一楚，離開她們去和別的女囚過日子，我情況會好些，是毋庸置疑的。無論她們是怎麼樣的人，絕不可能更壞，存心也不至於更黑。禮拜六早上接近九點鐘的時候，隱修院裡起了一陣騷動，反正有個風吹草動就足以引得修女她們大驚小怪的。這個走過去，那個走過來，壓著嗓子說話，房舍的門開了又關，此起彼落……您有機會見識過也說不一定，這便是隱修院內山雨欲來的信號了。我一直獨守在小房間裡，心頭小鹿撞個不住。有時倚門傾聽，有時從窗口外望，我忡急躁，不知道自己在做什麼。歡喜得打顫，我喃喃自語：「他們是找我來的！再過一會兒，我就要遠走高飛了……」我沒有弄錯。

只見進門出現了兩張生臉孔，原來是阿哈巴戎的一位修女隨著一位外勤修女登門來了；她們不消一言半語，就說明了來意。我七顛八倒收拾一下自己那一點搶救回來的物件，胡亂塞進外勤修女的圍裙中，她一包包裹好。我沒有要求見院長。玉禾緒勒修女已經死了，此地沒有一個人值得我留戀的。我步下樓梯，他們檢查過我要帶走的東西後為我開門放行。我登上一

輛四輪馬車，這就投奔他方而去了[148]。

　　主教代理、兩位年輕教士、首席法官夫人與馬努赫依先生都已自到齊，在院長那裡了。我離修院出發，自有人給他們報信。途中，那位修女告訴了我她們隱修院的情形。修女每爲自己修院說一句好話，外勤修女必如響斯應，補上一句：「千真萬確！」。對於院方選中她來接我，她感到很榮幸。她也頻頻向我示好，因此告訴我一些不足爲外人道的事並向我進言如何待人接物。但所言顯然是她一己的處世之道，未必合我之用。不知道您是否見過阿哈巴戎這間隱修院：建築方方正正，一面朝大路，另一面則臨田野和花園。我只見在正面的每一扇窗口上，都站著一兩個甚至三個修女。那兩位來接我的修女從頭到尾的話也抵不上眼前這光景說得明白：我馬上就看清，這間隱修院經管得如何了。看樣子，他們認出了我們所乘的車子，因爲，那些個戴著頭紗的面孔霎時統統隱去了。當下我到達了新監獄的大門。隱修院院長走過來迎接我，她張開雙臂，擁抱我，然後攜手挈領我逕赴隱修院大廳。到了大廳，只見已經有幾個修女先我而到，後面還有三三兩兩絡繹奔來。

　　這位隱修院院長我且稱之爲某夫人吧。在進一步往下寫之

148　從現在開始，栩桑修女就要進入第三個修院。這一段經歷，是《修女》
　　中重要的一個環節。狄德侯要在這裡以他一貫的科學客觀的態度來處
　　理女性同性戀的問題。「在這一個問題上，他似乎是第一個作家利用
　　女子同性戀（saphisme）這個主題作為〔小說中〕一個大環節的心理學
　　軸線。〔……〕我們知道，這一個路線，他有不少有名的後繼者，但
　　卻找不到一個先行者。」（May1954, p. 125.）May還說，狄德侯在這個
　　問題上最有創見的便是「不以人體器官結構異常來解釋女性同性
　　戀」。（p. 114.）

前，我實在忍不住要將她給您描述描述[149]。她小小個子，圓滾
身材，但舉止迅速佻脫；肩上一顆頭搖來晃去，始終動個不停，
穿的衣服老是有點兒不對頭似的。她容貌還算不錯。左眼小，
右眼大，吊得也較高，目光炯炯有神，只是有點心不在焉。她
走起路來，手臂會前後擺動。她想說話不是？思路還沒理好，
就已經先張口，說起話來於是有點兒結結巴巴的。她坐著吧，
老是在椅子上磨來擦去，好像教什麼東西妨著她不舒服似的。
她絲毫不顧儀態：頭皮癢了，就把頭巾揭下來抓。坐著時翹起
二郎腿。她問你話，你回答，卻並不聽你的。她這對你說話來
著，說著說著，茫然起來，然後突然住口，不知道自己說到哪
兒了。要是你不替她接上話頭[150]，她便發脾氣，說你是大笨蛋、
大傻瓜、白癡。有時，她會忘了上下有別，親密到以「你」相
稱[151]，有時卻蠻橫傲慢，甚至輕蔑不屑。她舉止難得有片刻端
莊；時而腸熱心軟，時而冷面無情。她的五官錯落，其思路不
連貫，性格無常，正如其面。從此可知道隱修院裡的情形，時
而井然有序，時而雜亂無章。有時，裡邊的人全部都會混淆雜
處，分不清是寄宿生還是見習修女，是見習修女還是修女。有
些時日，她們從這個房間到那個房間彼此串門，奔來跑去；有

149　十八世紀馬黑沃和克黑畢雍所經營的，達到完美程度的小說，主要是
　　通過抽象的精神活動的描寫，以冀使人理解「心」，進而懂得如何控
　　制心，以達到教化的目的。狄德侯則反其道而行之，總是通過肉體的
　　描述來表達心靈的活動。阿哈巴戎隱修院院長的描寫突出地說明了狄
　　德侯的這個手法。（Lewinter 1976, p.71.）
150　原文為"si vous ne la remettez pas sur la voie"但「福拉樞黑雍」版及「佛
　　里歐」版內沒有"pas"。
151　有關法國第二人稱單數主格代名詞「您」和「你」的問題，見上注45。

些日子裡，聚在一道喝茶飲咖啡、巧克力或啜甜酒之屬。有時，做日經課更是草草結束，不堪之至。不料正鬧哄哄之際，院長會猝然將臉一沉，鐘聲響起，於是，眾人作鳥獸散，歸房閉門。接著，方才的喧譁、叫嚷和哄鬧聲倏然而止，四下鴉雀無聲，深沉無比，簡直讓人以為全院上下霎時陷入死城。這時倘有修女略犯小錯，院長就把她叫到房間裡，對她嚴聲厲色，叫她脫掉衣服，自行以苦鞭抽打二十下。修女遵命行事，脫下衣服取鞭抽打。但她才抽了幾下，院長心又軟了下來，同情起她來，奪下刑具，灑落了淚水。她說自己非得施罰不可，心中其實難受。她親吻修女的前額、眼睛、嘴唇、肩膀，親暱撫摸她，讚道：「瞧她的皮膚多麼白皙，多麼細膩！身材多豐腴啊！多美的粉頸！多美的髮髻！聖-鐸居絲玎修女，有什麼好害臊的，簡直是癡了，別老扯住內衣不放的。我也是個女人嘛，是您的院長呀！啊！美麗的胸脯，多麼堅挺啊！我能忍心讓鞭子尖兒掃傷嗎？不不，萬萬不可……。」她又親吻她，將她扶起，親自幫她穿上衣服，對她說些最溫柔，最動聽的話，還特許她免去做功課，然後讓她回房。像院長這般的女人真是難伺候，你是永遠也參不透她們所喜所惡，什麼是該做的，什麼是該避的。沒有一樁事有章法：院內伙食時而豐盛，時而讓人餓得半死，隱修院的財政老是出問題。他人如有所規諫，她總是憤憤不平，或者乾脆來個相應不理。對於這種個性的院長，我們不是失之太近，就是謬以太遠，是絕對做不到親疏相宜，也找不到一定的分寸尺度的。從失寵到得寵，再自得寵到失寵，沒有人知道其原因何在。姑且拈出一樁小事，很一般的例子，可見她院內

管理之一斑。她一年兩次，總會到全院每個房間巡視一遍，只要發現了甜酒就讓人往窗外扔。但過了三四天，她又親自將甜酒還給大部分的修女。凡在一家隱修院宣過的誓，到另一家隱修院也一樣要遵守的；眼下這樣一位院長就是我宣了誓要服從的人。

　　我同她一道進去，她攬著我的腰，挈領著我。此時端上了點心，有水果、小杏仁餅和蜜餞數事。道貌岸然的主教代理開言讚揚我，說到一半卻被院長打斷，她說：「那些人這樣做，真不應該，真不應該，這我知道⋯⋯」道貌岸然的主教代理想要繼續說下去，但院長又打斷他的話：「那些修女怎麼會不要她呢？她活脫個矜矜自持，性格溫存的女子呢。而且耳聞她多才多藝⋯⋯」一本正經的主教代理想把最後幾句話說完，可是又被院長打斷，她在我耳邊低聲說道：「我真喜歡您，簡直到了如癡如醉的地步。等一會兒，這幾個學究走了之後，我把姐妹們都叫來，您給大夥兒唱支小曲，如何？」我突然想笑。道貌岸然的欸貝爾先生臉面有點掛不住了，他的兩個年輕隨從看到他和我一副尷尬的樣子，也微笑了起來。此時，欸貝爾先生的老脾氣復萌，擺出了一貫的作風，他赫然命令院長坐好，叫她不要出聲。她於是坐定，只是並不自在，如坐針氈，痛苦難熬；她一會兒搔搔頭，一會兒在衣服上，無端整整這、捋捋那還打打呵欠。當下主教代理侃侃而談。他先言我待過的那間隱修院和我所遭遇到的難堪的經歷，再說到我進了這間隱修院，還欠那些為我出了力的人的一番恩情，說得頭頭是道。講到最後這一點，我注視馬努赫依先生，他垂下眼睛。之後，大家談些泛

泛之事，院長鉗口噤聲至此，痛苦終告解除。我走近馬努赫依先生，感謝他周全我。我抖抖索索，說話囁嚅支吾，不知如何表達我一片感激之情。我很是心慌意亂，困窘不堪，一片柔情，這是因爲我衷心感動，喜悅和淚水交集而至，這所有形之於外的表現，都將我應該對他說卻說不出口的謝意表白得再好不過了[152]。他的回答不比我說的話有條理，和我一般慌亂。我不知道他對我都說了什麼，但我聽到他下面這幾句話：如他做的使我少受點罪，已覺得是自己最大的回報了。他說自己做的事，會長留在記憶之中，而且回憶起來，從中得到的快樂，比我得到的更多。礙於工作，他離不開巴黎的高等法院，難以常來阿哈巴戒隱修院，對此，他感到懊惱。倒是他希望主教代理和院長能准許他得以噓寒問暖，讓他知道我身體康寧及起居情況。

　　對此，主教代理似若罔聞，院長卻回答說：「先生，毫無問題，她高興想做什麼就做什麼。她以往吃苦酸心，我們在此盡量好好爲她將息撫慰……」然後，她壓低嗓子對我說：「孩子，你吃盡了苦頭[153]？龍尚那班人怎麼狠得下心作踐你呢？你那個院長我認得，當年我們同是堡 - 華雅爾的寄宿生[154]，這個人那時

152　見上注149。

153　此段話院長突然改以第二人稱tu對朽桑說話。下同，不另說明。

154　堡 - 華雅爾女隱修院創於1204年，位於巴黎東南方之雪弗賀絲河谷，1625～1626年遷至巴黎，改稱巴黎「堡 - 華雅爾」以有別於原來的德鄉「堡 - 華雅爾」。此隱修院於十七世紀初成爲冉森派大本營後才引人注目。原來冉森派和耶穌會的莫理派（見上注73）理論之爭後來在法國演變成帶有政治宗教色彩。冉森的一個同路人威赫吉欵‧德‧歐然擔任聖 - 西杭隱修院院長，宣揚冉森的思想，並使得這個堡 - 華雅爾女修院成了宣揚他改革天主教觀點的重要中心。1708年，堡 - 華雅爾

就是人見人惡的。往後，我們在一起的時間多著，你再一五一
十全告訴我。」說著話，她一邊抓起我的手，用她的手輕拍著。
那兩個年輕隨從也向我致意。此時，天色已晚，馬努赫依先生
向我們告辭。主教代理和他的隨從受到阿哈巴戎領主某某大人
的邀請要到他府上去，留下的於是只剩院長和我兩人。沒多久，
所有的修女，見習和寄宿生亂紛紛地全都跑了來，我霎時就被
百來個人團團圍住了。我不知道該聽誰說話才好，也不知道該
回答誰。只見面前的臉孔，各形各色，聽到的話題林林總總。
我可以感覺到的是，她們不管是對我的回答或是我這個人都算
滿意。

　　這場糾纏唐突的唇舌交鋒[155]，持續了一段時間。亟想知道
的事有了答案後，人散了一些。院長將留下來的人統統支走，
她親自帶我到房間去，對我多方表示禮遇，其方式可獨具一格：
她指著祈禱凳對我說：「這就是我的小寶貝向天主禱告的地方；
我特讓人在跪板上放了個墊子，免得壓壞了她嬌小的膝蓋。聖
水缸裡沒半滴聖水了，這個鐸霍德修女老是忘東忘西的。來試
試這椅子，舒適不……」她一面說著，一面按我坐下來，把我
的頭按到椅背上，還親了我的額頭。接著，她走到窗戶邊，確
定玻璃窗能啓閉自如。再到床邊把床幃拉過來扯過去，看看是

被教宗除名，翌年，院內的修女被逐，散落到外省。Catrysse認為，
栩桑所在的聖-德沱普隱修院院長年齡既在四十歲上下，推算起來她
是不可能曾在堡-華雅爾修院作過住宿生的。（Catrysse 1970, p. 225.）
155　「唇舌交鋒」原文為conférence。此字源自中古拉丁文conferentia譯文
取原始義：confrontation, réunion。

否拉得不露一絲縫。她檢查了被單，說：「很好！」然後，把條枕拿起來拍得鼓鼓的，說：「您可愛的頭枕在這上面會很舒服的。床單不算精美，是院裡的公產嘛，床墊倒還不錯。」之後，她過來擁吻我一下，才邁步離開。看了她這一幕表演，我心裡嘀咕：「喔！真是個瘋瘋癲癲的女人！」將來的日子料來一定是陰晴不卜的。

　　我在房內略事安頓後去參加大家的晚課，一道吃了晚餐，接著，就是課間休息。有幾個修女靠近我，也有幾個避開我。接近我的修女是指望我能在院長面前幫襯她們而避開我的則因見到院長對我偏愛而心生提防。開頭的一段時間是這樣度過的：一上來彼此揄揚一番，有的來對我上一個隱修院的情形問長問短，有的旁敲側擊，揣摩我的個性、喜好、品味、機智等等，不一而足。她們四面八方試探你，簡直是接二連三設下埋伏，以便從中見出對你最正確的評價。例如，她們會突然冒出一句中傷他人的話然後看你的反應，或者說一件事，只起了頭，然後等著瞧你會追問其下文還是不加理會。有時你話中用了一個泛泛的字，她們其實明明知道並不出奇，卻稱我出言精采動人；她們會故意誇誇你或貶貶你；她們會費盡心機揭開你心裡頭最隱密的念頭；會查問你念了些什麼書，還給你幾本宗教的和世俗的書，然後冷眼看你挑哪些；她們會慫恿你稍微違反院規；向你吐露幾句知心話，在你面前冒出一言半語，說院長脾氣怪異什麼的：你的反應，她們會鉅細靡遺記了下來，然後向他人傳開去。她們對你縱而復擒；試探你對道德和虔誠，對世界、宗教和修道生活等等的看法，無所不問。她們反覆試探，

以便找出一個形容詞，可以為你量身裁製，編出個綽號加在你的名字上。結果，她們給我的綽號是：金口慎言聖－栩桑。

當天晚上，院長在我更衣時分來看我。親手替我取下頭紗及頭巾，幫我戴上睡帽，再替我更衣；她對我說了百般溫柔的話；她還對我做出千般體貼萬般疼愛的親暱舉動，那些舉動我看不出什麼特別的意思，她也沒甚麼用意，卻令我感到有點發窘，我也說不出所以然來。甚至，我現在回頭思量，我們當時對此又能有什麼存心呢[156]？然而當我和神師談及此事時，他語氣懍然，嚴禁我再接受這種親暱舉動，而我當時覺得了無邪念，現在看法也沒改變。話說院長繼續親吻我的脖子、肩膀和手臂，還稱讚我的腰身姣好，體態豐腴。接著，她讓我上床，替我拉開被子兩側，親吻我的雙眼，拉上床幃，才舉步離開。我剛才忘了向您提及，院長當時認為我很累，所以，她特許我愛睡到什麼時候起床就睡到什麼時候。

我充分享受了她的特許。我想，這一夜是我隱修生活中唯一睡得香甜的一覺，而隱修生活，我幾乎可以說至今還沒有脫離。翌日，將近九點，我還在床上，聽到門上有剝啄之聲。我應聲後，有人走了進來，是一位修女，她面露不快之色，對我說，時間已經不早了，院長要見我。我起床，急急忙忙穿好衣服就走了。

「早安，孩子！」她對我說，「昨晚睡得好嗎？這咖啡煮好已經等了您一個小時了，我想味道應該不錯，您趕快喝了吧！

156　其實，栩桑在後來偷聽了院長和神師董・莫亥爾的談話應該明白「有何存心」的。

「……別老扯住內衣不放的。我也是個女人嘛,是您的
院長呀!啊!美麗的胸脯,多麼堅挺啊!我能忍心讓鞭
子尖兒掃傷嗎?不不,萬萬不可……。」

她把我拉向自己，讓我坐在她膝上。她用雙手托起我的頭，促我定眸看她。她讚美我的眼睛、嘴巴、臉頰及我紅潤的臉色。而我未答半句話，只是垂下眼簾，像個木頭人般任憑她輕憐蜜意。

喝完我們聊聊⋯⋯」

　　她一面說話，一面在桌面上鋪起一方小餐巾，再把另一條鋪在我身上，然後便倒咖啡，加糖。其他的修女也互相幫對方這麼做。用早餐時，院長跟我談談院中的修女，依照自己的喜惡來加以品評。同時，她向我作出許多友好的表示，還問了無數我父母以及那所我待過的隱修院的事，問起我以往不愉快的種種。而從頭到尾，她都只是隨興之所至加以稱許或指責，從不聽完我的回答。我絲毫不拂逆她。她對我的聰敏、見地及慎言寡問十分滿意。接著走過來一位修女，再接著另一位，又有第三位、第四位、第五位。她們不是談論這個嬤嬤的小鳥就是那個修女的怪癖，以及其他不在場修女的各種小笑話，一片喜氣洋洋。房間的角落裡，有一架斯頻耐琴[157]。我心不在焉，撫弄了幾下。我是初到這個修院來的，根本不知道她們開玩笑的人物是誰，所以聽來絲毫不覺得好笑；其實就算我對那些人所知略深，這類話我也不見得更感興趣。因為，要把笑話說得動聽，得具備高人一等的機智，更何況，誰也難免有缺點。因此，她們在大笑時，我便過去調調琴，漸漸引起大家的注意。院長走過來，輕輕拍拍我的肩膀說：「來吧！栩桑，」她對我說，「讓我們樂一下，先彈幾支曲子，再唱首歌吧！」我遵照她的吩咐，先彈了幾支我很熟悉的曲子，接著便興之所至，唱了幾節蒙東

157　原文為êpinette，一種古老的鍵盤及撥弦樂器，略小於羽管鍵琴。兩者
　　均為後來的鋼琴所取代。此琴英文為spinet，已有從英文而來之中譯，
　　從舊譯。

維爾聖詩*[158]。之後，院長對我說：「您唱得很好，我們禮拜堂裡崇揚聖事，原是沒有止境的。不過，唱幾首輕鬆一點的歌曲給我們聽聽吧！這裡沒有外人，眾修女全是我的朋友，不久也是您的朋友了。」有幾個修女說：「或許她就會這種歌啊！而且她旅途勞累，應該體諒她，一次唱這麼些也就夠了！」

院長說：「不，不，她自彈自唱十分出色，她聲色悅耳，無與倫比（說實在話，我的聲音並不太差，不僅準確，而且音質優美婉轉，只是不夠有力，略欠寬廣），如果她不再為我們唱點別的[159]，我是不會放過她的。」

有幾個修女的話聽得我頗感氣惱。我回答院長說，姐妹們沒什麼興趣再聽了。院長說：「但是我喜歡再聽。」

院長這回話，我倒是料得到的。我於是唱了一首需要有點技巧的小調。大家都鼓了掌，並且還稱讚我，擁抱我，做出親暱的舉動，同時要求我再唱一首。凡此種種小小的虛假諂媚之舉，莫非附和院長剛才的回話；在場的修女中，只要得逞，幾乎沒有一個不是巴不得滅了我的聲音，打斷我的手指的。另外

---

* 蒙東維爾(1715-1773)在有名的丑角論爭中是提倡法國音樂對抗意大利音樂的旗手。他主持「宗教音樂會」(concert spirituel)，任凡爾賽禮拜堂的總監。（譯按：丑角論爭querelle des Bouffons，當時法國稱那些意大利音樂家為Bouffons，指十八世紀中葉巴黎音樂界在音樂美學上的論戰，分皇庭派和后庭派。前者捍衛法國傳統，以菲洪和達郎貝禾為首；後者擁護皇后，崇尚意大利風，成員有格林牧、狄德侯、多爾巴哈和盧梭。）

158 其作品除了歌劇之外，還包括小提琴奏鳴曲、羽管鍵琴樂曲及聲樂等。

159 原文為dire此處作歌唱(chanter)解。

一些可能一輩子都未曾聽過音樂的人，竟敢用既可笑又可厭的字眼來批評我的歌聲。她們這些話，院長可一句也沒聽進去。

院長對她們說：「你們別胡說八道了！她彈琴唱歌美妙絕倫，我要她每天都來這兒。我過去稍微會一點羽管鍵琴，所以我要她能讓我多少拾點回來。」

我對她說：「啊！夫人，如果您從前彈過，現在是不會全忘了的……」

「很願意試試，你讓個位！」

她試彈了一下，然後便奏了幾支顛三倒四的曲子，怪異而且有頭無尾的，就像她的思路一樣。雖然她彈起來破綻百出，我卻看到她的手比我靈巧多了。我就對她直說了。因為我喜歡讚許他人，每逢值得稱讚的機會我也很少錯過，稱讚人每每心懷歡暢。修女一個接著一個溜走了，幾乎只剩我一人留下來和院長談論音樂。她坐著，我站著。她拉起我的雙手，緊緊握住，對我說：「您這雙手啊不僅琴彈得好，那十指修美也是無與倫比，德海絲姐妹，您來瞧瞧……」德海絲修女垂下眼，紅著臉，吞吞吐吐地答應著。奇怪的是無論我手指是否修美，也不論院長的觀察是對是錯，和這位修女有何關係呢？院長攔腰摟著我，她說我腰枝絕美。她把我拉向自己，讓我坐在她膝上。她用雙手托起我的頭，促我定睛看她。她讚美我的眼睛、嘴巴、臉頰及我紅潤的臉色。而我未答半句話，只是垂下眼簾，像個木頭人般任憑她輕憐蜜意。德海絲修女心不在焉，心事重重，踱過來踅過去，無端碰碰這摸摸那。她整個人不知如何處置，只是看窗外，老以為聽到有人敲門。於是院長對她說：「聖－德

海絲，您覺得無聊，可以先走。」

「夫人，我不無聊。」

「是這樣的，我千言萬語要問這孩子。」

「這，我想是的。」

「我要知道她遭遇的本末始終。要是不知道，人家給她吃的苦，怎麼補償呢。我要她一字不漏都告訴我。聽完她的遭遇後，我會腸斷心碎，為之失聲慟哭，那是一定的，難過就難過吧。聖 - 栩桑，什麼時候可以與我縷述詳情呢？」

「院長，我隨時遵命。」

「要是有時間，請你現在說吧。幾點了？」

德海絲修女答道：「院長，已經五點了，馬上就要敲晚禱鐘了。」[160]

「好吧，還是開始吧。」

「夫人，您可是答應過我的，在晚禱前要勻出點時間給我些微慰藉。我有點心事，忐忑不安，很希望能對嬤嬤您表訴。去晚禱前如不說出來，我會祈禱不下去，難以專心的。」

院長說：「不必，不必，你啊，神魂顛倒一腦子胡思亂想；八九不離十，我知道都是些什麼心事。明天再談吧。」

「啊！親愛的嬤嬤，」德海絲修女跪倒在院長的腳下，淚泗狼籍，說道：「就現在談吧！」

這時我離開院長的雙膝站了起來，對院長說：「夫人，答應德海絲姐妹的要求吧！不要讓她痛苦遲遲不能釋懷，我這就告

---

160 這一個場面，是從早餐開始的，居然一下子就到了下午五點，作者顯然未注意到，時間的安排出了差錯。

退了。您對我的事很關切，以後有的是時間逐您的心的。您聽完德海絲姐妹的話，她才放得下心中重負……。」

我轉身向門，方邁步要走出去，院長一把拉住了我。德海絲修女則跪在地上，拉住了院長另外一隻手，親吻著，流下眼淚。院長對她說：

「說老實話，聖-德海絲，您這瞎擔心，真煩人。我已告訴過您了，這樣子會惹我不高興，不自在的。我最不高興人家搞得我不自在。」

「這我明白，只是情不自禁，身不由主嘛。我也想要克制忍悛呀，就辦不到嘛……。」

這時我離開了，留下院長與這位年輕的修女兩人。後來在禮拜堂裡，我忍不住看她一眼，只覺她臉上沮喪猶在，悲容宛然。我們的視線數度交會，但我覺得她很難以承受我的眼光。院長則在神職禱告席上直打盹兒。

日經課一眨眼就草草收場。據我看來，大家並不覺得聖壇是修院中最怡情悅意的地方，從教堂裡走出來時就活像一群從大鳥籠裡逃出來的小鳥，吱吱喳喳蜂湧而出。姐妹們邊走邊跑，嘻嘻哈哈說個不停，這個進那個的房，那個穿這個的戶。院長回到房間裡，德海絲則佇立在自己房門口，窺伺我，好像是一意追究要想知道我接下來有何舉措。我回到自己的房間去，過了一會兒，她才輕手輕腳關上門。我於是想到，這位年輕女孩是在嫉妒我，生怕我奪走院長對她的寵愛，取代她在院長心上的親密地位。接下來好多天，我偷眼旁觀，只見她不時發小怒，孩子般大驚小怪；我還發現她堅持不懈跟蹤我，對我眄睨審度，

有時擠身在我和院長中間，打斷我們的談話，損我的長處，彰揚我的缺點。尤其是，她臉色蒼白，時而痛苦，下淚，健康情況時好時壞，精神也漸趨不甚穩定了；凡此種種，足證我的懷疑之不虛，我於是去找她，對她說：「親愛的朋友，您怎麼了？」

她沒作答。她沒料到我會登門造訪，不知所措，既不知如何應對，也不知如何處治才好。

「您把我想錯了。跟我說真話吧：我頗合院長心意，您怕我得寸進尺，是吧，還怕我奪走她對您的眷愛。您放心，我不是那種生性的人。假如有一天我有那福氣能稍微左右她的想法⋯⋯」

「她將來會對您百依百順的。她愛您。她今天對您所做的一切，與她當初待我的那一套一模一樣。」

「哦！這，您放心好了，她對我的信賴，我只會用來使她更加疼愛您而已。」

「更疼愛我，由得了您嗎？」

「怎麼由不了我呢？」

她沒回答，卻一下子上來摟住我的脖子，嘆口氣對我說：「錯不在您，我心裡明白著，我這是無時無刻不提醒自己的。可是答應我⋯⋯」

「您要我答應什麼呢？」

「答應我⋯⋯」

「把話說完嘛！只要是我作得了主的，都願意做。」

她猶豫了一下，雙手捂住眼睛，聲音低得幾不可聞，說：「您盡可能少見她。」

　　我覺得她求我此事太奇怪了，因此禁不住如此回答她：「我多見或少見一下院長，您那麼在意嗎？而我呢，就算您老見她，我也並不會因而生氣的啊！我老見她您也大可不必生氣嘛！我這給您明明白白說吧，我不會在她面前搬弄是非有損於您的，也不會不利院裡任何一個人的，這樣難道還不夠嗎？」

　　她轉身走開，撲到床上，痛苦萬分地吐出一句話回答道：「我可完了！」

　　「完了？怎麼會呢？說出這話，您一定是把我看成世界上最惡毒的人了！」

　　我們正說到此，院長進來了。她剛才去了我的房間，沒找到我，又幾乎找遍修院上下，也沒找到。她沒想到我會在德海絲修女的房間裡的。她派人去尋找我的下落，一聽說我在德海絲修女房裡，院長就跑了來，臉色眼神略顯不安，不過整個人倒表現出難得一見的聚精會神的模樣！聖－德海絲此時不作一聲，坐在床上，我站著。我對她說：「我親愛的嬤嬤，沒先跟您請示就來了，請原諒。」

　　「確實，」她回答我：「最好事先向我請示。」

　　「但是我十分同情這位親愛的姐妹，我看出來她很痛苦。」

　　「痛苦什麼呀？」

　　「我要不要告訴您呢？其實說也無妨。那是由於她情感細膩，正是她心神標格可佩之處，也正好見出她對院長您眷戀殷切。見您對我仁厚相待，她這一片柔情未免驚慌失措，她怕我在您心中的地位勝過她。她這嫉妒的情感，卻如此坦誠，如此自然，對您而言，親愛的嬤嬤，值得欣慰於心的吧。但這種情

感在我看來，令她煎熬難當，因此我便過來要她安心。」

聽完我的話，院長態度嚴厲而不容辯駁，對她說道：

「德海絲姐妹，我以前愛過您，現在也還愛您。我對您沒什麼不滿的，而日後我也不會做出什麼對不住您的事的。但您那種獨佔的存心，我難以容忍。如果您還在乎我心中對您尚存的心意，不想失去，如果您記得阿嘎特修女的下場……那麼放下這種存心吧！」然後她轉向我，對我說：「阿嘎特就是在聖壇前，您看到面對我的那位個子高高棕髮修女。」（因為我不但才入院不久，還算是個新到的，來往的人又少，沒記住院內所有人的名字。）她補充說道：「德海絲修女剛進隱修院時，我就開始疼愛起她來，那時我也還愛著阿嘎特的。她也表現出類似的忡怔不寧的樣子，也做出同樣顛三倒四的事。為此，我警告了她，她卻不知改過，逼得我只好嚴厲懲罰她，讓她改正。懲罰的時間實在太久，那樣做完全違背了我的個性。全院的修女都會告訴您，我心地很慈悲，除非不得已，是不肯處罰人的。」

然後她對聖-德海絲加上一句說道：「孩子，我已經對您說過，我不高興人家煩我。您又不是不知道我，別逼我做出有違我本性的事來……」接著她把一隻手搭在我肩上，對我說：「來，聖-栩桑，陪我回房。」

我們出來。德海絲修女想要跟過來，但是院長在我肩膀邊漫不經心把頭轉過去，向她專橫地說：「回房，沒有我的允許，不准出來。」她低頭遵命，狠狠地關上房門，口中不提防嘀咕了幾句什麼，只聽得院長氣得發抖，我參不透她為何會氣成這樣，因為我聽起來沒有什麼意義。我看她生氣，對她說：「親愛

的嬤嬤，如果您真疼我，就原諒德海絲修女吧，她有點昏了頭
了，不知道自己胡說什麼，自己做什麼。」

「要我原諒她？我也很願意啊，但是您拿什麼報答我呢？」

「啊！親愛的嬤嬤，我有幸能夠做什麼可以使您歡喜或使
您息怒的麼？」

她垂下眼睛，紅著臉，嘆了一口氣，簡直就像一個情侶一
樣。她慵懶無那地倒向我，如同弱不勝衣，接著對我說：「把您
的額頭靠過來，讓我親親……」我俯身，她親了一下我的額頭。
從這時起，一有姐妹犯了錯，我就代為說情，答應她一些無傷
大雅的要求，我確信能讓她手下留情。她總是親吻我的額頭或
頸子或眼睛或臉頰或嘴或手或胸脯或手臂，但最常吻的是嘴
唇。她告訴我說，我的口氣清香，齒白如編貝，嘴唇鮮豔如塗
朱。她所讚美我的話中，說真的，倘若有那麼微乎其微的一小
部分我當之無愧的話，那麼我長得可一定有十分姿色。她說到
我的額頭，就稱讚其白皙平整，形狀迷人；說到我的眼睛，必
稱讚其明豔照人；我的臉頰媽紅細嫩；我的手小巧飽滿；我的
胸脯如寶石般堅挺且形狀之美令人嘆為觀止；我手臂之勻稱圓
潤，無人能企及；沒有一個姐妹的頸子能長得那樣好，如此優
雅，真是少見的美麗，無人能出其右，等等等等。諸如此類的
讚譽之詞我說也說不完！

她對我的讚美總不至於全部不合實情，我打了不少折扣，
但也並不全盤否認。有時，她從頭到腳打量我，其心滿意足的
神情，我從沒在別的女人身上見到過。她對我說：「說真的，天
主把她召喚來隱修院是天大的好事。叫她落到外面世界上，她

這樣的容貌,天下男人凡經她一照面,都要墮入地獄,她自己也可能跟他們一起永劫不復。天主行事,無不妥帖啊。」

且說,我們朝她的房間走去,我準備別過院長,但她抓住我的手對我說:「太晚了,不好開始講您在聖-瑪利和龍尚的遭遇。不過還是進來吧,教我一下兒羽管鍵琴好了。」

我就跟著她進去。她是個快手快腳的人,轉眼就已打開了羽管鍵琴,準備好樂譜,拉近椅子,我坐了下來。她想到我可能會冷,便從椅子上取下一個坐墊,放在我的前面,彎腰提起我的雙腳放上去,然後她就走到我椅子後面,倚在椅背上。我先調一調音,然後彈了幾支顧普靦、哈莫和斯嘎哈拉第的曲子[161];這時,她揭起我項巾的一角,將一隻手放在我裸露的肩上,指尖款款碰到我的胸脯。她嘆息著,似乎透不過氣來,呼吸困難。放在我肩上的手起初重重地我的肩,後來一點力也不用了,好像脫了力似的,半點生氣也沒有了,頭傾垂在我的頭上。真是的,這個瘋瘋癲癲的女人敏感得令人難以置信,她對音樂愛好到極點。我從來沒見過一個人,音樂在他的身上產生如此匪夷所思的反應。

就這樣,既不費事卻又一片溫馨,我們倆正自得其樂,門突然猛地打了開來;我嚇了一跳,院長也是。原來是那個怪人聖-德海絲。她的衣衫凌亂,眼神不定,用極怪異的專注眼神,來回掃視我們兩人。她的嘴唇發抖,說不出話來。當她回過神

161　顧普靦:(1688-1733)法國著名的羽管鍵琴大師。哈莫:(1683-1764)
　　　法國作曲家,羽管鍵琴、管風琴演奏家。斯嘎哈拉第:(1660-1725)
　　　義大利作曲家。

來，便撲倒在院長腳下，我也跟著她請求，又一次求得了院長的寬貸。但是院長堅決而且明白警告她說，至少這種嚴重的過失，她是最後一次原諒她了，她說完，我們兩個一道出去。

我們回寢室，我一邊走一邊對她說：「親愛的姐妹，小心了，您可要惹我們的嬤嬤不快了。我不會不管您的，但您這樣搞下去，我的面子會賣光，就再也周全不了您和別的姐妹了，到時候我會一籌莫展。您究竟有什麼心事啊？」

沒有回答。

「您怕我什麼嗎？」

沒有回答。

「我們的嬤嬤難道不能不分厚薄，愛我們兩人嗎？」

「不，不，」她凶狠狠地回答我：「不可能。她很快就會厭惡我，我會痛苦死的。哦！您為什麼要來我們這兒呢？您在這裡快樂不了多久的，一定的。而我，可要不幸一輩子。」

「但是，」我對她說，「我知道，失去自己院長的寵愛很不幸，但我知道更不幸的，那就是罪有應得；您可問心無愧[162]？」

「哦！但願如此！」

「倘您心底自承有錯，知錯就應該改，最可靠的辦法就是，有痛楚，放下耐心熬下去。」

「我做不到，我做不到；再說，就憑她，能來處罰我嗎？」

「就憑她，德海絲姐妹，就憑她！怎麼可以這樣講院長？這樣不好，您太沒上沒下了。我敢說您犯的這錯比起任何別的

162　「福拉橋黑雍」版此句為問句，與下文「如果您心底承認自己有過失……」相呼應，較合理。

都要來得嚴重。」

「啊！但願如此！」她又對我說：「但願如此……」我們分手各自回房，她回到自己的寢室裡自怨自艾，我則回到我的寢室，思索起女人腦袋中千奇百怪的念頭。

這就是離群索居的結果。人本應生而群居的[163]，將之隔離，令其孤立，他的思路會失去條理，個性會扭曲變樣；心中會湧現千萬種荒謬的感情，腦子會滋長怪誕的想法*，好比野地裡滋蔓的荊棘。把人放在莽林之中，他會漸趨凶殘。幽居在隱修院裡，不但知道自己別無選擇，還明知是要過奴顏婢膝的生活，那就更糟：困在森林裡，還存希望有一天走出來，關在隱隱修院裡可是逃不出去的；在森林裡仍是自由之身，在隱修院裡則如奴如婢。孤絕而不屈比赤貧而不移或許更需要精神氣魄；赤貧使人輕賤卑劣，離群索居使人幸災樂禍。卑劣苟活總勝如發瘋？我可不敢妄斷。總之二者都應避免。

眼看院長對我的柔情與日俱增。不是我到她房間去，就是她到我的房間來。我身體稍微不適，她就安排我進醫務室，不要我作功課，早早送我上床睡覺，不准我做早禱。在聖壇、食堂、課間休閑，她總有辦法對我表示種種友愛之意。在聖壇，

163　有關「人應生而社會群居」，見注110。

*　此處暗指盧梭。狄德侯認為他的昨日之友離群索居並有被迫害妄想症。譯按：盧梭1758發表了〈有關演出問題致達朗貝禾書〉，內容表達了他政治和道德的立場，因而與狄德侯徹底決裂。盧梭離群索居，感到為所有的人所棄等表白可見諸他的《踽踽獨行者冥思錄》（Les Rêveries du promeneur solitaire, 1782）該書開宗明義第一句是：「好了，我現在孤身一人活在世上，既無兄弟親人也無朋友或交往之人共處。」

如碰到一段經文含有情意或溫情,她就對著我唱,或碰到別人唱這樣的經文時,她就對我脈脈注目。在食堂,給她上的菜,如十分可口,她必讓人給我送一些。課間休息,她攬著我的腰,對我說最溫柔最殷勤的話。凡別人有所贈遺,沒有一樣她不和我分享:巧克力、糖果、咖啡、甜燒酒、菸草、內衣布巾、手帕,不論什麼絕無例外。她把裝飾房間的版畫或用品、家具和無數舒適合用的東西搬來,裝飾我的房間。每逢我離開房間片刻,回來時,幾乎都會發現又多了幾樣禮物。我到她那裡去謝她,看得出她感到一種難以言宣的歡喜。她抱我,愛撫我,讓我坐在她膝上,對我說院裡最秘密的事。她認為只要我愛她,她在此間的生活一定比生活在外頭紅塵世裡還要快樂一千倍。講完這話,她停了下來,含情脈脈看我,對我說:「栩桑姐妹,您愛我嗎?」

「我怎樣會不愛您呢?非要我生成忘恩情負義的心腸才會不愛您。」

「那倒是真的。」

「您對我真好……」

「倒不如說鍾情於您。」

說著,她垂下眼來。原來抱著我的那隻手更加用力,而另一隻按在我膝蓋上的手也壓得更使勁。她把我拉過去,把我的臉緊貼著她的臉。她嘆著氣,仰癱在椅子上,顫抖著。她彷彿像要向我吐露什麼,可是又不敢啟口似的。她簌簌流下眼淚,然後說:「啊!栩桑姐妹,您不愛我。」

「說我不愛您!親愛的嬤嬤。」

「不，您不愛我。」

「告訴我吧，要怎麼做才能表明我愛您的心跡呢？」

「這得您自己揣摩出來才行。」

「我試了，就是揣摩不出來。」

這時她拿掉項巾，並且把我的一隻手放在她的胸脯上。她靜默不語，我也不說話。她似乎酣飲著無邊的歡暢。她示意要我吻她的額頭、臉頰、眼睛和雙唇。我並不認為如此有何不妥，便順著她，照她的意思做。她這時歡暢逐增，我覺得這樣做實在無傷大雅，而又使她益發快活，何樂而不為呢，我於是重頭又吻了她的額頭、臉頰、眼睛和雙唇。她那隻放在我膝蓋上的手在我全身的衣服上遊移；從足尖到腰帶，一會兒按這邊，一會兒捺另一邊。她的聲音走樣了，結結巴巴輕聲促我加倍對她愛撫，我也照做。最後有一剎那時間，不明白是因為歡暢還是痛苦的緣故，她的臉煞白下來，跟死人一般。她雙眼緊閉，整個身體猛地一下撐直，雙唇溼潤得如同抹上一層薄薄的泡沫，先閉起來，然後微張開來。我覺得她好像噓出長長的一口氣，死了過去[164]。我只道她身體不舒服，驀地站了起來，想要跑出去喊人。她有氣無力地將眼睛睜開一條縫，聲若遊絲般說：「不懂人事的閨女！沒什麼大不了的事，您要幹什麼？站住⋯⋯」

164　院長肉體上高潮的滿足在此毫無保留地呈現在讀者的眼前。此與他的《百科全書》所寫的〈性歡愉〉（jouissance）條目完全一樣。根據May，十八世紀法國女性「性反常」（inversion sexuelle）是相當普遍而且不甚掩飾的現象，是有豐富的文件可徵的。這種行為，據稱，在蒙丹尼的《遊歷日記》（Montaigne *Journal de voyage,* pp. 104-111.）內即有記錄。（May 1954, pp. 104-111.）

我瞪著眼睛呆呆地望著她，舉棋不定，不知道該留下，還是該走。她又張開眼，卻再說不出半句話。她示意要我靠近她，坐回她的膝蓋上。我不知道自己怎麼回事了，就是恐懼，篩糠似的抖起來，心跳急速加快，幾乎快透不過氣來了，又慌又亂，感到窒息一般，燥急難安，心中害怕不已；只覺全身好像一點力氣都沒有，整個人就快虛脫了似的。然而，我卻難以確定是不是痛苦的感覺。我上前靠近她，她又以手作勢示意，要我坐回到她的膝上去，我就坐上去了。她像死人一樣，而我也像快死了。我和她在這種奇怪的情況中持續了相當一段時間。這時如有哪個修女冷不防闖進來看見，說真的，她一定會嚇壞了的。她可能會以為我們身體不舒服，或是睡著了。而我覺得這個好院長（因為她是如此的細緻敏感，這樣的人不可能不好）似乎回過神來了，依然癱在椅子上，眼睛一直閉著，但是臉龐上綻放著最美麗的光彩。她拉著我的一隻手親吻。而我，對她說：「啊！親愛的嬤嬤，您嚇著我了……」她沒睜開眼，只柔柔笑著。「您可真沒事兒嗎？」

「沒有呀！」

「我只道您發了什麼病呢！」

「真是個不懂人事的閨女，啊！那麼個純潔女孩，親愛的，真討人喜歡。」

她邊說邊站起來，然後又坐回到椅子上。她攔腰抱住我，並且很使勁地親吻我的臉頰，然後她問我：「您幾歲了？」

「我不到二十歲呢[165]！」

「這簡直難以置信。」

「親愛的嬤嬤，我沒騙您。」

「您過去的身世，我全想知道，您會告訴我的吧！」

「會呀，親愛的嬤嬤。」

「一字不漏？」

「一字不漏。」

「說不定會有人進來，且彈彈羽管鍵琴去，您教我琴。」

我們走了過去。但是我也說不上來什麼緣故，只覺兩手發抖，眼前的琴譜是一團亂七八糟的音符。我是絕彈不成的了。我把情況告訴了她，她就笑了起來，要我讓她坐下來。她更糟，連胳臂都幾乎抬不起來。

她說：「孩子，看樣子，您這情況，沒法給我示範了，我也沒法學。我有點累了，得休息休息。再見。明天，鐵定明天我要知道我這心肝寶貝，她的身心究竟有過什麼遭遇。再見……」

以往，每次我出她房門，她都要送我到門口，望著我走過長長的廊道，一直到我自己的房門口為止，然後兩手送來一個飛吻，等我進了門才回室內。而這一次，她勉強起來，只能走到床邊的臂椅，坐了下來，把頭側倚在枕上，兩手揮給我一個吻，就閉上了眼。我便舉步出去。

我的房間幾乎正對著聖－德海絲的寢室。她的房門開著，正在等我呢。她擋住我，說道：

---

165 「福拉樞黑雍」和「佛里歐」版本作「不到十九歲」。「佛里歐」版的「異文表」內記錄的五個版本，年齡由十九到二十二歲。P. 362.

「啊！聖 - 栩桑，您剛從嬤嬤那兒出來吧？」

「是啊。」我回答說。

「您在那兒待了很久？」

「她要我待多長時間，我就待著。」

「您答應過我的話，沒做到。你們在裡頭幹了什麼，敢告訴我嗎？」

我雖然問心無愧，還是要向您坦白承認，侯爵先生，她這一問，教我有點心虛。她也瞧出來了，就緊抓住不放，我回答她說：「親愛的姐妹，您也許不相信我，不過，您總信得過我們親愛的嬤嬤吧，我會請她親自告訴您的。」

她氣急敗壞地說：「親愛的栩桑姐妹，千萬別這麼做，您不想讓我陷進無邊苦海裡吧，那樣，她就也不會原諒我了。您不知道她這個人，她呀，說體貼入微吧，一翻臉就鐵石心腸，說變就變的。我會有什麼下場，真是凶多吉少。千萬別跟她提，答應我。」

「您不希望我跟她提？」

「我跪下來求您，我已經毫無指望了。我很清楚，得斷了念，我會斷念的。什麼話也別對她說，答應我。」

我將她扶起來，滿口答應她我不會說，她相信了我，她是該相信我的。然後我們各自回房關上了門，她回到她的房，我回到我的房。

回到房間後，只覺得心神恍惚，想要禱告卻做不到，便想找點事做。拿起一個女紅，穿幾針就放下，拿起另一個來，又放下，再拿別一個，雙手卻不知不覺間又停下來，簡直就像沒

了腦袋瓜似的。我向來沒這樣過。我的眼睛不知不覺闔上，雖然我白天從來不睡覺，竟也打了一會兒盹。一醒來便自念，我和院長間到底出了什麼事。我反躬自問，想著想著，似乎可以隱隱約約明白點什麼，但是這些想法，其模糊、瘋狂、可笑一至於此，我只有將之推諸腦後。我前思後想，得到了一個結論，那就是：她可能身患某種疾病，後來我又聯想到這種病可能有傳染性，而聖－德海絲已經感染上了，我大概也會給傳染上的。

次日，作完早課後，院長告訴我說：「聖－栩桑，您經歷過的每件事，我都想知道，今天告訴我吧。跟我來。」

於是我就跟著她走。她讓我坐在她床邊的臂椅上，自己坐在一張略低的椅子上。因為我的身材比較高大，又坐得高些，所以微微地俯視著她。她靠得我十分近，我們的膝蓋夾著膝蓋她把臂肘靠在床上，短短一陣沈默之後，我開口說了：

「我雖然很年紀輕輕，卻吃過不少苦頭。我生到這世界上來快有二十年了，這二十年來我受了不少罪。我不知道是否能對您說得細微不漏，也不知道您是否有心情來聽我講這些往事。在父母家我吃苦，在聖－瑪利隱修院受苦，還有在龍尙隱修院時，人家讓我受種種罪。待過的地方，沒有一處我不受罪吃苦，親愛的嬤嬤，您希望我從哪兒說起？」

「就從開頭吃的苦說起吧！」

我告訴她說：「親愛的嬤嬤，我這事可說來話來，聽起來也挺令人心酸，讓您好一陣子傷心不樂，我實在不願意。」

「你別替我擔心[166]，我落了淚，反而感到舒坦；一個生性多情的人，落淚是一種美妙的心境。你應該也喜歡落淚才是，到時候你為我拭淚，我為你拭淚，在你悲酸的傾訴中，我們或許會嚐到快樂的滋味。柔腸打動之後，我們會達到什麼樣的境界，誰知道呢？……」話說到最後時，她仰頸抬眉，瞅著我，眼睛已經溼潤了。她拉起我的雙手，又將身子更靠近我些，直到彼此觸碰到了。

她說：「孩子，說吧！我等著呢！我感到心情迫不及待，只等你來打動我的柔情。我此時充滿同情和愛心，我想，這一輩子從未有勝過今天的……」

於是，我就開始敘述我的往事，與上面為您所寫的相去不遠。傾聽我的遭遇，她身上所起的反應之大，真不知如何向您描述：陣陣的嘆息、傾灑的淚水，還有我狠心的父母以及聖－瑪利和龍尚隱修院那些駭人聽聞的修女的行止在她心中所引發的憤慨之情。她對這些人所發的毒咒，那怕其中極小部分兌現的話，都會叫我難受的：對最狠毒的敵人，我都不希望她們受毫髮之損。她有時會打斷我的話，起身徘徊，然後又回到坐位上。有時，她雙手舉起，抬眼向天，然後把頭埋在我的兩膝之中。當我跟她談到我關進禁閉室那一幕，別人為我念驅魔咒以及迫我舉行當眾認罪求恕禮的種種場面，她幾乎要叫了起來。故事講完，我沈默不語；有好一陣子，她俯身床上，把臉埋在被子裡，手臂伸直垂放在頭的上方。我呢，就對她說：「親愛的

166　由此開始，院長使用第二人稱單數名詞第二式(tu)，故動詞也符合這一個語法規律。這意味著院長一開始就要和柕桑進入親密境況。

嬤嬤，我惹您心酸，請原諒我，再說，事前我已告訴過您會叫您難受的，可是您自己要我說的……」她便以下面一番話回答我道：

「這些惡毒的傢伙，混帳東西！只有在隱修院中，人性泯滅方能以至於此[167]。這些人心情惡劣本已習以為常，再生出憎恨之心來，天知道有什麼事做不出來！幸虧我性情溫和，本院的修女我個個都喜歡，她們之中多多少少都受到我性情的薰陶，彼此也全都互相友愛。但是，您這身子孱弱，怎能經得住翻來覆去的作踐？您四肢細弱，怎能沒有叫整治壞呢？您這細鏤精雕的身心，怎能沒叫摧毀？淚水竟然沒能澆滅您眼中的光芒！這些狠心的人啊！居然用繩子緊緊綑綁這樣的雙臂……」接著，她拉起我的手臂並吻了吻。「怎麼忍心讓這雙眼淚水盈眶……」然後她親吻了我的雙眼。「居然逼得這張嘴發出怨苦和呻吟……」然後，她親吻了我的唇。「怎麼下得了手，害得這張迷人而安詳的臉龐烏雲不斷，哀傷長居……」之後，她親吻了我的臉。「怎麼忍心讓雙頰上的紅潤消逝……」她伸手撫摸了我的雙頰，然後又親吻了一下。「怎麼忍心讓這顆頭蓬首亂髮！怎麼下得了手扯下她的頭髮！怎麼忍心整治得她眉頭緊蹙……」她又親吻了我的頭、前額及髮。「竟敢用繩子纏繞住她的頸子，以尖銳利器劃破她的雙肩……」她撥開了我的項巾和頭巾，微

---

167 有關狄德侯認為孤獨會導致人走向邪惡見前注104。這裡有意思的是借一個隱修院院長的口中說出。他的用意似乎認為這位院長耽溺於同性戀和自瀆無可厚非。至少在某種條件下，不能取得性的正常滿足時，比起嚴厲的抑制還是比較可取的。

微掀起我的修袍的上端,我於是頭髮散亂,披在裸露的雙肩上,胸部半裸,而她的吻便遍佈我的頸部、裸露的雙肩以及半裸的胸上。

此時,只見她全身顫抖,言語含混,眼亂神迷,雙手亂摸,她的膝蓋緊緊地擠在我的雙膝中,火熱地摟著我,手臂猛烈地抱著我,我明白,她的病很快又要發作了。我說不上來自己怎麼回事,突然感到恐懼、顫慄和昏眩,證實了我先前的懷疑確切無誤:她的病是會傳染的。

我對她說:「親愛的嬤嬤,瞧您把我弄得衣衫不整了,萬一有人進來……」

她出聲艱澀,對我說:「別走,別走,不會有人來的……」

這時,我掙扎著好站起來掙脫她。我對她說:「親愛的嬤嬤,當心,您的病要發作了,請放我走吧……」

我是要離開的,的確存心要離開,就是辦不到,只覺全身無力,兩膝發軟。她坐著,我站著,她拉著我,我擔心會跌倒,壓在她身上,傷了她;便在床沿上坐了下來,對她說:

「親愛的嬤嬤,我不知道我怎麼了,很不舒服。」

她回答我說:「我也是,你只要休息一會兒就會過去,不會有事的。」

果然,院長已恢復平靜了,我也一樣。我們兩個人都軟綿綿的,我的頭趴在她的枕上,她把頭擱在我一個膝蓋上,前額枕著我的一隻手。有好一會兒,我們一直就這樣待著。我不知道她在思量什麼,但我什麼也沒想。我整個人都虛脫了,無法用腦。我們都沒說話,最後還是院長先開口,她對我說:「栩桑,

聽您對我說您的第一任院長[168]，您似乎很鍾愛她。」

「我非常鍾愛她。」

「她並不比我更愛您，而您呢，愛她卻勝過愛我……您怎麼不回答我的話？」

「當時我過的是茹苦吞酸的日子，她減輕了我的痛苦。」

「但是，您怎麼會對修道生活這麼厭惡？栩桑，您還有話沒有全告訴我。」

「夫人，不會的。」

「什麼，像您這麼討人喜歡的人，不可能沒有人告訴過您，您很討人喜歡吧。實在是，我的孩子，您可非常討人喜歡，您不明白自己有多可愛。」

「這，倒有人跟我這麼說過。」

「說這話的，您不會討厭他吧！」

「不會的。」

「那麼，您會受到他的吸引嘍？」

「一點都沒有。」

「什麼，從來沒有人打動您的心嗎？」

「絲毫沒有。」

「什麼！不是出於激情？也許僅僅私下相許，或者不見容於父母，才使得您憎惡隱修院的嗎？您坦白告訴我吧，我是很寬厚的。」

「親愛的嬤嬤，關於這點，我實在無可置答。」

168　院長於此又恢復用「您」對栩桑說話。

「那麼，我再問您一次，您怎麼會這麼厭惡修道生活？從何而起的呢？」

「是從隱修院的這種生活而起的。我憎恨院中的功課、日常的工作、與世隔絕的生活和種種的約束。我覺得我似乎天生適合別樣的生活。」

「對您而言，這生活究竟有什麼感覺？」

「對我來說，這種生活無聊可厭猶如千鈞之重令我粉身碎骨，我感到無比厭煩。」

「即使在我們這裡也一樣嗎？」

「一樣，親愛的嬤嬤，雖然您對我的深仁厚愛沒有話說，但在這裡我一樣感到厭煩無聊。」

「但是，您是否感覺到心中有什麼波動和慾念？」

「完全沒有。」

「這個我相信，您看起來性情嫻靜。」

「相當靜。」

「甚至可以說，有點冷。」

「這就不敢說了。」

「外面的紅塵世間您有過經驗嗎？」

「極少。」

「那麼，這塵世間有什麼吸引您的嗎？」

「這點，沒人跟我說分明過，但應該有點什麼的吧。」

「您念念不忘的是失去了的自由嗎？」

「正是，而且也許還有許多別的什麼吧。」

「還有別的，究竟是什麼呢？我的朋友，敞開心告訴我，

您希望嫁人嗎？」

「與其像我現在這樣，我寧願嫁人，毫無疑問。」

「爲什麼寧願嫁人呢？」

「不知道。」

「您不知道？那麼，告訴我，碰上有個男人在您眼前，心中有什麼感覺？」

「一點感覺也沒有。碰上個機靈而且能言善道的，我很樂意聽他講話；要是他長得一表人材，我會多看他一眼。」

「那麼您的內心一無所動嗎？」

「到目前爲止，我的心從未起過波瀾。」

「有這種事！當那些男人熾熱的眼神目不轉睛著盯您的眼睛看，您也沒有感覺嗎？」

「有時是有點發窘，使得我垂下眼簾。」

「一點也不會心慌意亂？」

「一點也不會。」

「您的感官不起反應嗎？」

「感官的感應是什麼，我毫無所知。」

「可是感官確實會起反應的。」

「或許會吧。」

「您從來沒體會過嗎？」

「一點也沒有。」

「什麼！您……，這滋味是很美妙的，您有意思嚐一嚐嗎？」

「不想，親愛的嬤嬤，我看大概沒有什麼好處吧？」

「可以遣愁解悶。」

「會火上加油也說不定呢。何況,有矢而無的,感官的滋味豈不是紙上談兵?」

「說話,總得對著一個人說的,這樣究竟比自言自語要好些;不過嘛,一個人自言自語倒也並非毫無快樂可言。」

「這,我可就糊塗了。」

「親愛的孩子,只要您願意,我可以說得更明白些。」

「算了,親愛的嬤嬤,不必了。我胸無一物,也寧願一無所知。知道了也許反而會教我落得比眼前的情況更可憐。我心中原清淨無慾,而滿足不了的慾望,我絲毫無意去挑起來。」

「您為何滿足不了呢?」

「我怎麼能呢?」

「像我一樣啊。」

「像您一樣!可是院裡沒有人……」

「有我在啊,我親愛的朋友,院裡還有您啊。」

「可是我對您而言算什麼?您對我又算什麼呢?」

「真是個天真無邪的人哪!」

「哦!的確是的,親愛的嬤嬤,我的確是非常純真的,若是叫我失去純真,我還不如去死了好。」

我不知道最後這幾句話有什麼令她不快之處,但是她聽了之後,陡然間變了臉色;她正經危坐起來,侷促不安。她原先放在我膝蓋上的那隻手,先是不再往下壓,然後縮了回去,眼睛則一直低垂不舉。

我對她說:「親愛的嬤嬤,我犯了什麼錯?是否我不經意說

了什麼話冒犯了您了？請原諒我。您縱慣我，而我就不知好歹起來了。對您說什麼話，我事先竟一點也沒仔細斟酌；再說，即使我自己先在心中考慮過才向您開口，恐怕也會說出同樣的話來的，甚至更糟。我們談的事情，我連想都沒想過！原諒我……」說到這裡，我一邊伸出雙臂摟住她的脖子，把頭靠在她肩上，她也伸出雙臂抱著我，非常溫柔地緊摟著我，我們就這樣待了好一會；稍後，她又恢復了一貫的親切和安詳，對我說：「栩桑，您睡得好嗎？」

「很好，」我告訴她，「尤其是最近這一陣子。」

「您都馬上睡著的嗎？」

「通常是這樣的。」

「但是沒能馬上入睡時，您尋思些什麼？」

「回想自己的過去，思量我往後的日子，有時候我向天主祈禱，有時候我暗彈淚珠，如此這般吧。」

「那麼，早上您早早就醒來了呢？」

「我就起床。」

「一醒就起床？」

「馬上起床。」

「不喜歡胡思亂想嗎？」

「不喜歡。」

「不喜歡賴在枕頭上躺一會兒嗎？」

「不喜歡。」

「不貪熱呼呼的被窩的滋味嗎？」

「不。」

「從沒有過？……」

她說到這裡就頓了一下，她是該住口的；她心中要問我的不是什麼好事，而且或許我把話在此說出來更是大不敬，但是，我決定了對您要毫不隱瞞的。「……您從來就不曾生心起意，顧盼自喜，看看您自己有多美嗎？」

「沒有，親愛的嬤嬤。我不知道我是否真有您說的那麼美，而且，即便我真有這般姿色，那也只供他人欣賞罷了，自己有什麼好看頭的。」

「您從不曾想到用手摩挲自己這美麗的胸脯[169]，這大腿，這腹部，撫摩這又緊又白嫩的身子肉嗎？」

「哦！做這種事。不，做這種事是有罪的。要是我真做出這種事，我不知道在告解時怎麼能夠說得出口。」

我不記得我們還談了些什麼，這時有人來報告，說接待室裡有人求見院長，我覺得她聽到有人來訪似乎又嗔惱又喪氣。我們所談論的事其實絲毫不值得掛懷不捨的，不過看來她比較喜歡和我繼續聊下去。最後，我們還是散了。

自我進來這兒以後，修院裡的氣氛一團歡欣，可謂是空前的。院長似乎不再犯那陰晴莫測的古怪脾氣了。據說，是我讓她定下心來的，她甚至給大家放了幾天假，說是看我份上，讓大家輕鬆輕鬆，大家稱之為節慶。那幾天，我們伙食比平常好些，做功課的時間比較短，而且凡是課間的時間都允許大家自由活動；但是這種快樂時光，對我和對其他的人而言，都是好

169　此版本為 belle gorge，「福拉梢黑雍」、「佛里歐」版無此 belle 字樣。

景不常的。

我上面所描述的那一幕，陸續重演了很多次，我也就不一一細表了。最近一次之後，緊接著，發生了下面的情況。

院長整個人顯得焦慮不安起來。愉悅的神情不見了，人也不若以前豐潤，而且睡眠不好。次日夜裡，所有的人都入睡了，修院內一片寂靜，她當下從床上起來，在走廊上徘徊了片刻，之後，來到了我的房門前。我睡眠很容易驚醒，我聽出來，大概是她。她駐足不動，顯然是把額頭靠在我的門上，弄出的聲響頗大，就算我在睡夢中，也足以把我吵醒。我不則一聲，彷彿聽到了一個幽怨的聲音，有人在嘆嘆。起初我打了一個輕微的寒顫，接著我終於拿定主意開口說聲Ave[170]。那人沒有回答，卻躡腳離去。片刻之後那人回來了，幽怨和嘆嘆之聲再起；我又道了聲Ave，那個人又再離開。我放下心，遂又入睡了。我睡夢之中，有人進來，坐在我的床邊，床幔半開著。那人掌著小蠟燭，燭光照亮了我的臉也照明了持燭的人；想必她以燭照察看睡夢中人，至少，我張開眼睛之後，看到她的姿勢有此推想的。那人非他，就是院長。

我翻身坐了起來。她見我很吃驚，對我說：「栩桑，別怕，是我……」我於是把頭又靠回枕頭上去，問她：「親愛的嬤嬤，這個時辰了，您來這做什麼？有什麼事讓您來我這兒的？您怎

170　原文為拉丁文，是Ave Maria的簡略用法，於十四世紀起在法文中使用。本為向童貞聖女的祈禱，後作為雙方相逢時向對方禮貌問好之辭，相當於一般問候語salut。

麼不睡覺？」

「我實在睡不著，」她回答道，「恐怕要有好一陣子才能入眠。我惡夢連床，寢不安席。眼睛才閉上，您所受過的那些苦就在我的腦中重現，我看見您落在那幫毫無人性的女人手中，我看見您披頭散髮，掛下來遮著臉；我見到您腳上沾滿了鮮血，手握著火把，脖子子上套著繩索，我以為她們就要取您的性命。我又打寒顫，又發抖，出了一身冷汗。我思量去救您，大喊大叫，醒了過來。我想再睡，卻毫無辦法。我就是這樣折騰了一夜。我生怕這是上天給我示警，告訴我，我朋友正有禍事臨頭。我於是起床，走近您的房門，在門上諦聽，您似乎沒有睡著，還說了話，我於是走開。之後，我回來，您又說了話。我再度離開。我這第三趟了，認為您睡著了，才進來，我在您身邊有一會兒了，我怕會把您吵醒。起先我猶豫了一下，要不要去拉床幔，生怕打擾您的睡眠，我是想要走的，但是忍不住，很想要看清楚我親愛的栩桑沒事。我瞅了您呢。您連睡夢中看起來都似月如花呀。」

「親愛的孃孃，您真是太好了！」

「我受了點寒，現在知道我的孩兒好生生的，放下了心，大概就會睡得著了。把手給我。」我把手伸給她。「她的脈搏，多麼的平穩啊！多麼規律！一點都沒起伏。」

「我睡得還算安穩。」

「有福氣啊！」

「親愛的孃孃，再待下去，您會更冷的。」

「您說的對，再見了，我美麗的朋友，再見了，我這就走。」

　　然而她並不走，卻一直定睛看著我，眼中流下兩行眼淚。「親愛的嬤嬤，」我對她說，「您怎麼了？您哭了，我很後悔把我受過的罪說您聽！……」她霎時把門關上，吹滅蠟燭，同時撲在我身上。她抱著我，躺在我被子上，靠在我身邊，臉貼著我的臉，眼淚流了下來，溼了我一臉。她一聲聲嘆息著，還用一種哀怨的聲調抽噎噎地對我說：「親愛的朋友，可憐可憐我吧！」

　　「親愛的嬤嬤，」我對她說，「您怎麼了呢？您覺得不舒服嗎？您要我做什麼？」

　　「我直發抖，打顫，」她說。「從頭到腳，全身殭冷。」

　　「我起來把床讓給您，怎麼樣？」

　　「不必」她說，「我看，您不必起床，只要把被子掀開一點，讓我靠近您取暖，我就沒事了。」

　　「親愛的嬤嬤，」我對她說，「這樣做是犯禁的。萬一讓人知道了，會怎麼說呢？我見過有的修女做下若干遠為輕微的事，都受到處罰。以前在聖-瑪利隱修院有一個修女，晚上到別人的房間去，還是她好朋友呢，人家把這想成種種苟且不端，我說也說不完！神師問過我，有沒有人跟我提出來，要來睡在我的身旁。他嚴正吩咐我不可答應。我還跟他提起，您對我的若干親暱舉動，我覺得是非常純潔無邪的，他呢，可不這樣想；我不知道怎麼搞的忘了他的這些叮嚀，我早就打算跟您談談這事的。」

　　「親愛的朋友，」她說，「我們四下人都已經沉睡了，做什麼，沒有人會知道的。獎懲之權在我手上；一個朋友夜裡醒過來，滿懷不安，不顧這節令的寒氣，來看看好友是否平安。接

納這樣一個朋友在身旁躺一躺，不管神師怎麼說，我看不出有什麼不端之處。栩桑，在您父母的家裡，您從來沒有和姐姐同床睡過嗎？」

「沒有，從來沒有。」

「如果碰上事有必要，得同床而眠，您不是會毫不介意的嗎？碰上您姐姐心驚肉跳，而且凍得身體都僵了，來求您身體挪點地方給她，您會拒而不納嗎？」

「我想我不會。」

「我不是您親愛的嬤嬤嗎？」

「是，您是的，但這種事是犯禁的呀。」

「親愛的朋友，我禁止別人這樣做，但我允許您，還要求您做。我暖和一下身子就走。把手伸過來……」我把手伸給她。「噯，」她對我說，「您摸摸，您看看，我又發抖，又打顫，全身凍得像冰窖子出來……」她說的可是實情。她會凍出病來的，我對她說，「喔！親愛的嬤嬤，等等，讓我挪到床邊上您可以躺到這兒來，暖和點。」我往旁邊挪，掀開被子，她就躺到我的位子上去。喔！她真慘！全身上下籁籁發抖，她思量跟我說話，想靠近我，但說不出話也不能動彈。她低聲說：「栩桑，我的朋友，靠過來一點……」她伸出手臂，而我則轉過身去背對著她，她溫存地抓著我，把我拉過去，將右臂從我身下兜過來，另一隻手攔在我身子上，對我說：「我跟冰人一樣，我冰冷成這樣，害怕碰您，叫您不好受呢。」

「親愛的嬤嬤，不用耽心這個。」

她立刻把一隻手攔在我的胸脯上，而另一隻手挽著我的

腰，又把腳塞進我的腳下，我就使勁壓著，給她暖和暖和。我這位親愛的嬤嬤對我說：「啊！親愛的朋友，看，我的腳很快就暖和起來了，是因爲赤腳貼赤腳中間什麼沒隔的關係呀。」

我對她說，「您要是想這樣子讓全身各處暖和起來，有什麼不方便嗎？」

「那倒沒有，只要您願意。」[171]

我轉過身來，她已敞開內衣，而我也正要解開，突然有人在門上狠狠敲了兩下。我嚇壞了，立刻從床的一邊一跳下了床；院長也從那一邊下床。我們傾耳諦聽，只聽到有人踮著腳回到近旁的房間去。「啊！」我對她說，「是聖－德海絲姐妹。怕是您穿過走廊，進了我的房，她看到了。她可能聽了我們的話，聽到了什麼也說不定。她心裡會怎麼想呢？……」我嚇得半死。院長對我說，口氣惱火：「是，就是她，毫無疑問。我好好教訓她，要她以後久久記得自己大膽放肆的後果。」

「啊！親愛的嬤嬤，」我對她說，「不要爲難她。」

她對我說：「栩桑，再見，晚安，去睡吧，好好睡，我免了您的晨間祈禱。我這就去那冒失鬼的房間了。伸過手來……」

我就在床這邊把手伸過床去，她捋起我的袖子，我手臂就裸露了，她喟嘆一聲然後從我的指尖開始一直親吻到肩膀，吻遍手臂。出去時她口口聲聲說，這不知好歹的妮子來打擾了她，

---

171 聖－德沱普隱修院中的情色描述到此為止。十八世紀以修女為題材的情色小說不少，如《隱修院中的維納斯》Venus dans le cloitre即為名著之一（Cohen 1982, p.76）有關書目參見Jeanne Ponton, *La Religieuse dans la littération française*, Québec：Presse de l'Université Laval, 1969, pp. 374-386.

這時，她揭起我項巾的一角，將一隻手放在我裸露的肩
上，指尖款款碰到我的胸脯。她嘆息著，似乎透不過氣
來，呼吸困難。

P. Emile Becat

我轉過身來，她已敞開內衣，而我也正要解開，突然
有人在門上狠狠敲了兩下。我嚇壞了，立刻從床的一
邊一跳下了床。

P. Emile Becat

非要好好教訓她一番不可，叫她此後不敢再犯。我立刻迅速挪到床靠門的那一邊去，豎起耳朵，聽到她進入德海絲姐妹的房間。我存心，萬一裡面情況愈演愈烈，就起床去爲德海絲和院長排解。但是，我心亂如麻，渾身又不自在到了極點，寧可留在床上不動，只是無法入睡。我尋思，自己這不就要變成這間隱修院裡閒話的話柄了？心想，此事固然並不常見，本身原沒有什麼，是很單純的，但會教人加枝添葉地講開來，說得極端不堪吧。在龍尙隱修院，人家曾把罪名加到我頭上，那時我始終感到名其妙，現在這一下可更糟了。我想，這犯禁的行止萬一傳到上頭耳中，可能會免了我們嬤嬤的職，我們兩人也將會受到嚴懲。這時我豎起耳朵，耐下性子等待我們嬤嬤走出德海絲姐妹的房間。這樁事看來似乎挺棘手，因爲她幾乎在那兒一整晚沒出來。真可憐！她只穿件襯衫，外面什麼也沒披，而且凍僵了，加上一肚子氣。

早上我真想享受她給我的額外恩典，繼續睡覺。不過我心念一轉，認爲最好不要輕舉妄動，便趕快起來穿上衣服，第一個到祭壇，只見院長和聖 - 德海絲都還沒到，心下大慰。第一，有這位姐妹在場，我難免感到尷尬；第二，既然院長准她不用做早課，顯然已經原諒了她。她得到院長的原諒必然接受若干條件，這就足以叫我放心了。我猜對了。

日經課幾乎還沒完，院長就打發人來找我。我去看她，她還在床上，一副無精打采的樣子。她對我說：「我有點不舒服，一夜沒有合眼。聖 - 德海絲簡直瘋了，她要是再幹這種事，我會把她關起來的。」

「啊！親愛的嬤嬤，」我對她說：「千萬別把她關起來。」

「這要看她此後的行止了。她答應我她會改過自新的，我指望她說到做到。您呢，親愛的栩桑，您好嗎？」

「很好，親愛的嬤嬤。」

「您稍微休息了一下嗎？」

「沒怎麼休息。」

「聽說您去過了祭壇，為什麼不安枕多躺一會兒呢？」

「我反正躺著也會不舒心的，我想最好還是別……」

「不，一點關係也沒有。我還有點想睡，我說呀，您也回房睡一下，除非您寧願在我旁邊睡一會兒。」

「親愛的嬤嬤，感激不盡。我自己一個人睡慣了，和別人一床會睡不著的。」

「那麼走吧！我不到樓下食堂吃午餐，飯會送上來給我的。今天我可能不下床了，我已經讓人通知幾個修女來我房間，到時候您也一道來吧。」

「聖-德海絲姐妹也會來嗎？」我問她。

「不！」她回答道。

「不來也好。」

「為什麼呢？」

「我說不上來為什麼，我似乎有點兒害怕見到她吧！」

「您放心，孩子，你相信我吧，她更害怕見到你呢，你用不著怕見到她的。」[172]

172　院長對栩桑的稱呼時而用vous，時而用tu/toi，當然是作者有意的安排。

　　我便別過院長，回去休息。下午我又到院長的房間去，只
見房內已聚了不少修女，全是院中最年輕，最漂亮的。另一些
姐妹來探望她一下便走了。侯爵先生，您是個深諳品鑒圖畫的
人，千真萬確，我眼前就是一幅畫，頗為令人賞心悅目。試想，
在一個畫室裡聚起十到十二來個姑娘，最年輕的才十五來歲，
最大的不到二十三歲；只見一位年近四旬的隱修院院長，皮膚
勝雪、容光煥發、身材豐腴，半臥在榻上，她頦下蓄著一個雙
下巴，相當優雅，兩隻圓滾滾的手臂如同旋雕出來般勻稱，尖
尖的豐腴手指上佈滿淺窩，兩隻大大的黑眼睛十分靈活，脈脈
含情，幾乎從沒有完全睜開過，總半閉半張，似乎那人兒嬌憒
無力欲啟還休。她的朱唇比美玫瑰，牙齒白如編貝，臉頰嬌美
絕倫。宜人的頭顱則深埋於既蓬鬆又柔軟的枕頭之中，手臂平
置於身側，如不勝力，肘下枕著幾個小靠墊。我枯坐在床沿上。
另外一位修女坐在臂椅上，膝上放著刺繡繃子，正在刺繡；幾
個修女傍窗而坐，鉤織花邊。有幾個姐妹就著椅子上取下來的
座墊，席地而坐。她們有的縫紉，有的刺繡，有的拆線[173]，有
的在小紡車上紡織。眾修女中有碧眼金髮，也有棕色頭髮的，
儘管彼此並不相像，個個都貌美如花。她們個性不同，各如其
面。這邊的臉色清朗，那邊則興高采烈。其他數人，有的嚴肅，
有的憂鬱，也有幾個顯得愁容滿面。我上面已經告訴您了，除

173　「拆線」原文為parfiler。根據Ｒobert大字典，此字有兩個幾乎相矛盾
　　的意思。一是所謂的老法文義（指屬古法文範圍內之字，今日原意已
　　不明或難明之字義），此字為「以貴金屬絲線編織」之意。二是過去
　　事物義（指今日尚通用，但所指為過去之事物），則是「由金銀絲織品
　　抽取金屬線」。此處應為第二義較為合理。

了我之外每個人手頭都有女紅，我不難分辨出她們之間哪幾個是敵是友，哪些人彼此落落寡合。是朋友的肩並肩或是面對面而坐，都做著女紅，手上邊做，彼此談著話，切磋或偷偷地眉來眼去；以傳遞針、別針或剪子為口實，捏捏對方的手指頭。院長則不時掃視一遍，呵責這個姐妹不專心那個無所事事，這邊的姐妹冷漠不熱心，那邊的太愁眉苦臉。她並且叫人拿手藝給她看；有些，她稱道，有些，加以針砭。她有時為她們整冠帶：「頭紗太前面了……布把臉遮得太多，別人看不到您的面頰……摺痕不好……」她對每個人，不是加以無傷大雅的指責，就是給予小小的獎掖。

大家正各忙各的，我聽到門上傳來剝啄聲，就起身前去，院長對我說：「聖 - 枏桑，您就會回來的吧？」

「好的，嬤嬤。」

「您一定要回來！我有重要的事告訴您。」

「我會再過來……」

來人是可憐的聖 - 德海絲，她獃在門口，好一會兒沒有開口，我也一樣沒說話；片刻之後，我對她說：「親愛的姐妹，您是不是找我？」

「是啊。」

「有什麼事我能效勞的嗎？」

「我這就跟您說吧。我這是失去親愛的嬤嬤的歡心了。原先以為她已經原諒了我，我那樣想是有點根由的[174]。而現在你

---

174 聖 - 德海絲的這句話是說，院長在她房內過了夜，但現在卻不准她來，
　　顯然對她的「服務」並不滿意。（Byrne 1994, p.232.）

們全聚在她房裡，沒有我的份，她命令我待在房裡。」

「您是不是想進來？」

「想啊。」

「您希望我向嬤嬤求情，允許您進去嗎？」

「可不是。」

「親愛的朋友，等一下，我這就去！」

「您肯爲我說情，真的嗎？」

「那還用說嗎！我爲什麼不答應您呢？既然答應了，爲何又不照做呢？」

德海絲目光溫柔，看著我，說：「啊！我原諒了她。我諒解她鍾愛您，因爲凡是令人傾倒的長處，您樣樣俱全，不但心地如金，體態又如此妙曼，沒人比得上。」

能爲她略盡心意，我非常高興。我回到房裡，只見有位修女趁我不在時，佔了我的位置，坐在院長的床邊，身體傾向嬤嬤，手肘撐在她的兩腿間，並把她做的女紅給院長看。院長的眼睛似閉非閉，幾乎沒有看就下評語。院長並沒有發覺我站在她旁邊。她不一會兒就從這種心不在焉的狀況中回過神來，佔了我位子的那位姐妹把位子還給了我，我便坐回床邊，慢慢向院長俯身過去。她從枕上略略欠身，我默默不語，只是看著她，帶著向她提出什麼份外請求的眼神。

她對我說：「嗯，是不是有什麼事？您想怎樣就說出來吧！對你，我還能不有求必應嗎？」

「聖 - 德海絲姐妹，她……」

「明白了，她惹得我異常不快。聖 - 栩桑，既然有您替她說

情，就原諒了她吧！去告訴她，可以進來了。」

我跑過去，那可憐的小姐妹兒，只在門首伺候。我叫她進來，她抖抖索索往前走，垂下眼睛，手上拿著一段長長的平紋細布，繫在裁剪圖樣上。她才一抬步，圖樣就從手上滑了下來，我拾了起來，抓住她一隻臂膀，把她帶到院長跟前。她撲通跪下在地，抓起院長的一隻手親吻著，同時，發出幾聲嘆息，眼淚簌簌流了下來。她接著抓起我的手，疊在院長的手上，吻了一隻又吻另一隻。院長揮了揮手，示意她起來，找個位子坐下，她立刻遵從。點心端上來了。院長站了起來；她不跟我們一道坐，卻在桌子四周走動。一會兒，一隻手放在一個姐妹的頭上，輕輕地讓她的頭翻仰起來將她的頭向後仰並親吻她的額頭；一會兒，將另一位姐妹的項巾掀起來，手放在她脖子上，人就倚在椅背上；再轉到第三位姐妹那兒，一隻手隨意在她身上放一放，或者在她唇上擱一擱。有姐妹拿點心給她，她沾了沾唇淺嘗一口，便隨手給了左右的修女。她如此這般走動，繞了一會兒後，停住腳步，面對著我，並用那十分含情脈脈的，溫柔的眼神看著我。這時候，別的姐妹都低下眼簾，好像怕礙著院長什麼或分她的心，尤其是聖－德海絲特別明顯。吃完了點心，我彈起羽管鍵琴，並為二位姐妹伴奏；她們唱得雖不得其法，卻挺有味道，很準確，聲音也很好聽。我也一邊唱歌，一邊為自己伴奏。院長坐在琴的腳邊，似乎聽著我唱歌，看著我，沉醉在最愉快的心情之中。別的姐妹，有的放下女紅站著聆聽，有的重拾手頭的工作。這一夜實在太美好了。

結束後，大家要回房了。我和幾個姐妹正要走時，院長叫

住我，並問道：「現在幾點了？」

「快六點了。」

「有幾位院務委員要進來[175]。您告訴了我離開龍尙隱修院的情況，就此，我想了一下。我將我的看法和她們說了，她們也同意，這一椿事我們跟您商量商量。此事一定會成功的，假如我們成功了，對隱修院略有俾益，對您也不失好處。」

到了六點，那幾位院委員嬤嬤進來了，隱修院院務會委員都是些年邁體衰的老嬤嬤。我站起身，她們坐下來了。院長跟我說：「栩桑姐妹，您不是告訴了我，虧得馬努赫依先生的善舉，給您籌了筆入院金進入了我們修院？」

「是這樣的，親愛的嬤嬤。」

「那麼我沒弄錯，您當初入龍尙隱修院所繳的錢還在她們手中？」

「是的，親愛的嬤嬤。」

「她們一子兒也沒還您？」

「沒有。親愛的嬤嬤。」

「她們沒給您半文的膳宿年金？」

「沒有，親愛的嬤嬤。」

「這樣有失公允；我對院務委員也這樣說。她們同我一樣，認爲您有權向她們提出要求，要嘛把錢還出來轉讓給我們修院，不然，付您一筆年金。馬努赫依先生因爲關切你的境遇而籌付的款與龍尙姐妹欠您的完全是兩碼子事；他替您出了入院

175　「院務委員」原文爲discrètes，指隱修院內院務委員會的成員，協助院長處理院務。

金，絕不是說她們就可以坐享您的錢了。」

「我也認為不應如此；但是為求確定，最便捷的方式就是寫信問他。」

「我看也是這樣好；倘若他的答覆正合我們的心意，我們向您建議如下：我們以您的名義對龍尚隱修院提出告訴。馬努赫依先生大有可能不會拒絕接這件案子，訴訟費用由本院負擔，所費不至於很高。如果我們贏了，修院就與您平分這筆款子或年金。您覺得如何？親愛的姐妹？怎地不回答，尋思什麼呀？」

「我在尋思，龍尚的姐妹讓我受了許多罪，要是她們把這想成是向她們報復，我可就百口莫辯了。」

「您這哪說得上是報復，無非是討回別人欠您的。」

「再一次讓人眾目睽睽瞧熱鬧了！」

「難免有這點皮毛小害，往後的事幾乎不用您出面了。再說我們的修院很窮，而龍尚她們卻富得很。這一來您就成了我們的施主，只要您活著一天就是一天的施主。不用有這點存心，我們自然也都誠心留下您，我們全院的人都喜歡您……」然後全體院務委員異口同聲說：「有誰不喜歡她呢？這個十全十美的人兒！」

「我難保哪一天會撒手歸天，換一個院長，對您或許不會像我這般抱著同樣的好感！是的，錯不了，別的院長不會有這樣的感情。人免不了有個小病小痛的，免不了有什麼零星用度，手頭上擱著一筆小數目可以調度，用來為自己舒心解悶或幫助別人，都是相當稱心愉快的事！」

我對她們說：「諸位親愛的嬤嬤，既然你們好心替我著想，你們的想法的確都該顧到；雖然我還有別的顧慮，更切身相關，但是為了你們，什麼難堪我都甘願接受。親愛的嬤嬤，請您恩准我，未當著我的面和馬努赫依先生商議過後，不要有一舉一動，這是我唯一的懇求。」

「這再妥當不過了。您想親自寫信給他嗎？」

「親愛的嬤嬤，聽您的吩咐。」

「給他寫吧。這種事我不喜歡，膩煩死了，現在就寫吧！免得再提。」

她們給了我紙筆和墨水，我當即修書請求馬努赫依先生，說是因為有一樣堪稱重要的事要請教他，並需要他的協助，請他儘早撥冗前來阿哈巴戎，云云。院務委員會讀了信，同意之後就付郵了。

馬努赫依先生數天之後就來了。院長向他陳述此事的原委，他毫不猶豫，贊同了她的意見。我的顧忌，大家視無荒唐無稽。她們決定翌日就對龍尚的修女提出傳訊要求。她們於是接到傳訊了。儘管我一百個不願意，我的名字再次出現於訴狀和事實陳述書上，也在審理庭上提出來，而且層層細節、種種妄測之詞、造謠胡言以及凡是足以使審判官不利於我，引起眾人對我鄙視的等等惡毒中傷的話都與我的姓名牽連在一起。但是，侯爵先生，難道辯護律師可以隨自己高興就誣衊他人的嗎？難道他們可以絲毫不受公道制裁的嗎？我若逆料到這件事會招致這般怨毒，我可以向您信誓旦旦，是絕不會同意提出訴訟的。有人刻意把公開發表的攻擊我的文件資料寄給我們院裡的若干

姐妹[176]。她們不擇晨昏來問我有關這些駭人聽聞事件的細節；其實純屬空穴來風。我愈對之表示不知情，別人愈認為我有罪。因為我沒作任何解釋，我什麼也不承認，我否定一切，大家便相信所言非虛。她們面帶微笑，對我說些拐彎抹角卻十分傷人的話，並不相信我的純潔無辜。我只有傷心落淚。

然而禍不單行，又到了告解的時候。我先前已經招承了院長對我早先所作的親暱舉止，神師還特別明令嚴禁過，不可再接受。但豈由得我拂逆她呢？我事事俯仰由她，身不由己；再說這樣做，可使她快樂莫名，而我又不覺得有何不妥。

在本〈自述〉下文中，這位神師干係重大，我想宜乎讓侯爵您一識其人。

他是方濟會的神父[177]，名勒摩安，年紀至多四十五歲。此人眉目俊秀，世所罕見。他若沒有把自己的神父身分放在心上，那張臉顯得溫柔、安詳而又坦蕩；他笑容可掬，令人如沐春風。而一旦他思量到自己身為神父，便蹙眉皺額，雙目低垂，一派嚴峻凜冽的樣子。其人生就兩張面目，迥然不同一至於此，是我所未見：他在壇上有一張面孔，在接待室有另一個面目，兩者截然相異；而在接待室中，獨處時和有他人在場，他的面孔也判若兩人。其實，凡是修女神父都是這個德性。我自己在經

---

176 上文談到栩桑在龍尚隱修院時，院內修女收到信件要先交給院長，不能拆閱的。根據這個修院院長對栩桑的感情以及她處理院務的作風，院長應不會允許這些文件流到院內修女手中才比較合理。

177 方濟會的神父：cordelier。十三世紀初，這些神父在腰帶上打三個節，故俗稱腰繩教派；今指職位較低的神職人員。

過柵欄時，也有好幾次無意中發現自己突然停步，整理頭紗、頭帶，擺出一張儼然的臉孔；眼、嘴和表情，舉手、動臂以及邁步都刻意莊重並堆起一派謙恭的模樣，矯揉造作一番。這姿態時間或長或短，視我說話的對象而不同。勒摩安神父身材高大，體態雄健而且總是高高興興的。他忘我時，藹然可親。他吐屬清妙，神學修養已有大成，以此享譽於他所屬的教會，外界則對他登壇佈道推崇備至。與人交談，他總是妙語如珠，他還是個博識洽聞的人，對神職之外的事務樣樣通曉。他吐聲妙曼無儔，深諳音樂與歷史，通曉多種語言。他還是索邦的神學大師[178]；饒他年紀還算輕，修會中重要的職務，他都已擔任過。我覺得他不是個喜弄權謀，野心勃勃的人。他也很得會友的愛戴。鑒於欻蕩埠隱修院院長的職務工作清閑，他能心無旁騖，致力於手頭的研究，他於是申請此職而且如願以償。遴選告解神父是隱修院的大事：我們得仗仰一位德高望重的大人物的引領。本院想盡辦法，才得到勒摩安神父首肯，至少他逢重大時節會光臨本修院。

　　凡重大聖節前夕，修院總會派車子去接他，他就會來到。修院因期待他的到來，院內上下人仰馬翻，真是令人瞠目。大家何其興高采烈！修女閉門不出，個個為他的盤問作準備，個個下功夫以便盡可能延長和他共處的時間。

　　卻說聖靈降臨節的前夕，大家都在等他。我很緊張。院長發覺後，就問起我不安的心情。我毫不隱瞞自己擔憂的緣由。

178　見注19。

饒她在我面前極力佯裝鎮定，我覺得她看起來比我還要驚慌。她譏勒摩安神父庸人自擾，並嘲笑我杞人憂天。她問我說，我們兩人彼此的情感純潔無垢，這一點我們問心無愧，難道還不如勒摩安神父清楚？難道我做了什麼捫心難安的事了嗎？我說那倒也沒有。她說：「這不就得了！我是您院長，您理當服從我，我命令您不准跟他說這等蠢話。至於只去跟他說一些芝麻蒜皮的事，那就大可不必去告解。」

　　話說勒摩安神父來了本院，我準備好去告解，卻有人迫不急待，搶先去告解。快輪到我時，院長走過來，把我拉到一旁，對我說：「聖－栩桑，您跟我說的話，我想過了。您回房間去，我不要您今天去告解。」

　　我回問她：「為什麼？親愛的嬤嬤，明天是個大日子，正是全院聖體瞻禮的日子。倘若唯獨我一人不到聖案前去，別人會怎麼想呢？」

　　「有什麼大不了的，別人愛怎麼說讓他們說去，但是您不去告解就是了。」

　　「親愛的嬤嬤，」我說，「如果您真的疼我，不要讓我這樣難堪，我求您開恩。」

　　「不，不，這不行。您萬一跟那個人給我鬧出什麼岔子來，我可不幹！」

　　「不，親愛的嬤嬤，我一點都不會給您惹什麼麻煩的！」

　　「既然這樣，說了話可要算數……。算了，不用告解了。您明早到我房裡來，您可以向我告解；您不論犯任何過錯，我

都能為您獲得和好[179]，赦免您的過失，您就可以和其他人一樣領聖禮。去吧。」

　　我於是退了下去，待在房裡只覺鬱鬱不樂而又忐忑難安，我東思西想，拿不定主意，到底應該不顧院長的反對去找勒摩安神父告解，還是明天接受院長的赦罪就算了；我該去和全院其他修女一道祈禱，還是避開聖事，不管別人會怎麼說。院長回來時，她自己已去告過解了。勒摩安神父問她怎麼沒有看到我，問她我是否病了。我不知道她怎麼回答的，總而言之，話到最後，是他在告解亭等我去。她對我說：「既然非得去不可，就去吧，不過千萬要守口如瓶。」我還有點遲疑，她再三叮嚀我說：「唉！傻子，我們又沒做下壞事，您閉口不提有甚麼不好呢？」

　　「那麼，說了又有什麼不好呢？」我反問她。

　　「一點也沒有，不過會有點不合適。誰知這個人會不會把事看得天大？答應我……」我仍然猶豫不決，但最後，我答應她，只要他不問起，我絕對隻字不提。說完，我便舉步而去。

　　我告了解，沒說甚麼，但神師究問我，我也就毫無隱瞞回答他。他問了我數不勝數的怪異問題，現在回頭思量，仍是全然不明所以。他對我還算寬容，可是品評院長時，所用的字眼，令我毛骨悚然。他說她有虧職守，說她放蕩，是個不端的修女，是個害人精，心靈墮落；他嚴厲明令我絕不可以與她單獨相處，不可以接受她任何親暱的舉止，否則會犯下萬劫不復的大罪。

179　「和好」法文為réconciliation在天主教詞彙中意指「天主不再計較人的罪過了」（雷翁－杜富，頁204）

我說：「可是，神父，她是我院長；只要她高興，就可以到我房裡來，也可以把我叫到她房裡去。」

他說：「這我知道，這我知道，我也為此很感憂心。親愛的孩子，感謝天主保得您玉潔冰清到現在！我不敢向您解釋得太明白，怕自己做了您那下作院長的幫凶，怕那從我口中無意中散出的毒氣，會摧殘您這一朵嬌嫩的花。到您現在這年齡，還如一朵鮮花般清麗無垢，多虧神的旨意特別眷佑您喔。我現在命令您：躲著院長，她對您有親暱的表示，您得望影遠颺；千萬不要單獨到她房裡去，千萬關好門別讓她進您的房，尤其是晚上。如果她不顧您反對，非進來不可，您就起床。如撒旦肉身出現在您面前纏著您不放[180]，您就走到走廊上去；必要時大聲呼叫，或者不等披上外衣就下樓一逕走到祭壇腳下，嚷得整個隱修院的人都聽得見。總之，牢牢記住天主的愛，記住罪的可怕，縈懷自己聖潔的修道生活，不忘靈魂永福；這樣盡全力讓自己福至心靈，生出抵抗撒旦的辦法。孩子，不錯，我不得不跟您指明了，是撒旦，撒旦就是您院長的面目。她沈淪於罪惡的深淵裡，還力圖把您拉下去。倘非您一片純真使她恐懼驚怖，教她不敢下手，您可能已經與她同墜孽海了。」然後，他仰望上天，高喊：「天主啊，繼續眷佑這孩子……。復誦我的話，說：撒旦，退去，走開，撒旦[181]。如果這可恥的人盤問您，您就一字不漏告訴她，把我說的話一字不差跟她說一遍；說她這

---

180 指院長猶如撒旦的肉身呈現。
181 原文為拉丁文：*Satana, vade retro, apage Satana.*其法文義為：Satan, va t'en, retour, arrière, Satan.

樣的人還不如沒有生到這世上來，不如突然身遭橫死，獨自一
個下地獄。」

「可是，神父，」我反問他道，「您剛才已經聽了她親口告
解的呀。」

他沒回答我，卻深深地嘆了一口氣。他舉雙臂靠著告解亭
的一面板壁，頭枕在臂上，如深受椎心之痛的煎熬。他這樣子
好一會兒一動不動。我六神無主，雙膝顫抖，惶恐不安，心亂
如麻不可名狀，恍惚如一個置身於闇暝之中的旅人，盲然行走
於兩側懸崖絕壁之間。來自幽冥的聲音四方襲來，厲聲嘶叫：「你
沒救了！」隨後，他平靜地看著我，帶著溫情，對我說：「你身
體好嗎？」

「很好，神父。」

「一夜不睡，不至於太傷身子吧？」

「不會，神父。」

他說：「嗯，好！您今夜不要睡覺；用過點心之後，立即到
禮拜堂去。您匍匐在祭壇下，整夜禱告。對自己所涉之險有多
大，您還不知厲害，倖免於難；明天您和所有其他修女一起到
聖案前。至於悔罪補贖，我只要求您遠離院長，拒絕她的親暱
舉止，須知此等舉止其毒匪淺。就這樣說吧，您且祈禱您的；
我這頭，也與您同心共祈。您可要讓我大大擔心！我給您這些
勸誡，其後果之嚴重我十分清楚，然而，我對您，對我自己，
都非這樣做不可。主宰我們的只天主一個；法，只有一條。」

先生，他那天對我說的一番話，我記得很不完全。我現在
把他說的話，也就是我上面向您所敘的，和他當時給我可怕的

印象對照起來看，總覺得兩者風馬不接。之所以如此，是因為上述的一席話，多半是支離破碎，不甚連貫。有不少話我無法記得齊全，有很多遺漏，那是因為這些事，我當時心中沒法對上清晰明確的意義。若干他視為洪水猛獸的事情，我當時沒感到有何大不了，現在還是見不出嚴重。比如，我演奏羽管鍵琴的那一回事，到底有什麼讓他感到大不平常的呢？世界上就是有人聽到音樂會起劇烈反應的。有人告訴我說，我聽到某些曲子或音調的變化，我的面貌完全不同了；我完全進入忘我之境，對自己身上所起的變化幾乎茫然無知。我不相信因而有損我的純真。那麼我們院長有同樣的反應有何不可！雖然瘋瘋癲癲陰晴不定，她確實是世上最善感的女人中的一個。她每聽到稍微動人的故事，就會淚如雨下。她聽我向她敘述自己的遭遇時，其傷心之狀令人心生不忍。她的憐憫心不也可議，成了罪狀了嗎？而那夜晚的發生之事，神父簡直覺得演變下去其結果之可怕會置人於死地的……此人失之過嚴了吧。

總之，我遵照他的吩咐行事，一絲不苟。而對此一舉措會有什麼後果，他該已心中有數。我一走出告解亭，就去匍匐在祭壇下。我害怕得腦袋都糊塗了，在那裡一直停留到用晚餐時分。院長不明我情況如何，很放不下心，打發人來找我去。那人告訴她說我在禱告。她遂好幾次親臨祭壇門口，但我佯裝沒察覺到。晚餐鐘聲響起，我走到飯廳，囫圇吞棗般吃完了飯，又馬上踅回聖堂。晚禱課間休息，我沒去；就寢時，也沒回樓上去。院長把我這舉止全看在眼裡。夜相當深了，院內悄無聲息，她下樓走到我這裡來。此時，神師描繪的院長形象頓時在

我的想像中浮現，我全身顫慄不已，也不敢看她，我怕自己所看到的院長，一定是青面獠牙，全身繞起一層火焰，於是在心中默禱：「撒旦，退去，走開，撒旦。天主啊！救救我！叫這魔鬼離我遠一點。」

她跪了下來，祈禱了片刻之後對我說：「聖 - 栩桑，您還在這做什麼？」

「夫人，您這不是看見的嗎！」

「您知道現在幾點了嗎？」

「我知道，夫人。」

「該回房的時間了，爲什麼還不回去？」

「我這麼做是爲自己準備好迎接明天這大日子的盛典。」

「這麼說您打算在此過夜囉？」

「是的，夫人。」

「是誰允許你這樣做的？」

「神師命令我這樣做的。」

「他無權違反院規下命令，我身爲院長，命令你回房去睡覺。」

「但是神師罰我非如此苦行贖罪不可。」

「您可以改用別的善行功德來代替苦行。」

「我無權選擇。」

「行了！孩子，回去吧。禮拜堂夜寒料峭，您這樣會著涼的，回房去禱告吧！」

說完之後，她想來拉我的手，但我忙不迭避開了。「您躲我。」她說。

「是啊，夫人，我躲您。」

我這時處身於神聖之地，神明就在左右，而且自知心地純淨無垢，有恃無恐，便無畏地舉目望她；但是，我才一瞥見到她，就發出大聲尖叫，並在聖壇內像失心瘋般地邊跑邊叫：「走開，撒旦……。」

她並沒有緊隨著我，只在原地不動，向我緩緩伸出雙臂，一面以最感人最輕柔的聲音說：「您怎麼了？怎麼嚇成那樣？別跑了！我哪是什麼撒旦？我是您的院長呀！您的朋友嘛！」

我便停下腳步，這才把頭轉向她[182]。我於是發現，剛才令我驚駭萬分的怪異形貌是我自己的想像作祟：那是由於她站立的所在，使得她全身隱在魆黑之中，拜禮堂燈光所及，只照映出她的臉及兩手的盡端，使得她的外貌顯得十分詭異。稍微回過神後，我撲在一張禱告席上，她也靠過來並在鄰席坐下。我隨即起身，換到下一個禱告席去；就這樣，我一席一席換位子，她也緊跟在後，直到最後一個禱告席。我停下來，懇求她在兩人之間至少留出一個空位。

「好吧，不成問題。」她對我說。

我們兩人坐了下來，中間隔著一個空位。於是院長開言對我說：「聖 - 栩桑，能不能讓我知道，您為什麼見到了我嚇成這樣？」

「親愛的嬤嬤，」我對她說，「請原諒我，不是我，是勒摩

182　法文為Je m'arrêtai, je retournai encore ma tête vers elle.。按encore在十八世紀有時仍維持「至目前為止」、「從此開始」（jusquà présent; dès à présent）等指示時間副詞的意義，故譯為「才」。（Rey 1992, p. 688.）

安神父的緣故。他把您對我的柔情及對我的親暱舉止描繪成十惡不赦。不過，不瞞您說，您對我的種種，我並不覺得有何不妥。他命令我遠離您，再也不准單獨進您房間，若是您進到我房間裡來，我必須趕緊離開。他這在我心中將您描繪形容成魔鬼一般，而且，他的話還留了餘地呢，究竟如何，我就不得而知了。」

「那麼，您告訴他了？」

「哦！不是的。親愛的嬤嬤。不過，我沒法子避不作答呀。」

「那麼，這一來我在您眼中很可怕囉？」

「不，親愛的嬤嬤，叫自己不愛您，不領會您待我如山恩情，我做不到，也懇請您能繼續對我這麼好。但是，神師的吩咐，我不可有違啊！」

「這樣說來，您再也不來看我囉？」

「不去找您了，親愛的嬤嬤。」

「再也不在寢室裡招待我了？」

「不了，親愛的嬤嬤。」

「我對您的親暱，再也不接納了？」

「我這樣做心中其實難受，因為我天性待人親暱，而且我也喜歡別人這般待我。但是我卻必須拒您不納，我已經答應了神師，也在祭壇下立過誓了。他當時向我解說自己的看法，並開導我，他那態度，可惜我沒法讓您如聞其聲如睹其狀！他為人虔誠，腦子也很清明。他提的那些洪水猛獸般的事，如真是子虛烏有的話，那又有何好處呢，徒然離間了修女和院長的感情。也許他察覺到，在我們彼此了無邪念的舉止裡，暗藏著敗

壞墮落的苗；他相信在您心中此苗已蔚然成株，而他怕您要將
此苗植入我的心中。不瞞您說，我回想起自己有幾次所感受到
的情緒……親愛的嬤嬤，從您的房間回屋後，我爲何會心神不
寧，而且老是若有所思的？我爲何做不成禱告，做事也不能專
心？爲何老是感到慵懶無聊呢？那是我從未有過的。我本來沒
有白日睡覺的習慣，爲何現在老是綿綿欲眠？我那時以爲您身
患傳染病，它正在我體內作祟。而勒摩安神師對這件事另有看
法。」

「他的看法如何？」

「他從中見出的全是罪孽作祟。您的沈淪已無可救藥，至
於我自己，我的沈淪也在眉睫了。有的話還沒說出口呢！」

「聽著，您這勒摩安神父大白天見到了鬼了；他這不是第
一次無端給我按上這種罪名。只要我對哪個姐妹的友情略表親
熱，他就鍥而不捨地把她弄得神不守舍；像可憐的聖-德海絲不
是差點給弄瘋了嗎？他這有點兒把我給招煩了，以後得擺脫這
個人才行；再說他住處離此間有十來里路，想到要請他來一趟
挺麻煩的，未必有請必到。不過，這事以後有空再從從容容談。
那麼現在您是不想上樓回房去？」

「不回，親愛的嬤嬤，我求您恩准我今晚這度過。我沒有
盡到這份內的事，明天就不敢和隱修院大夥兒姐妹們一道靠近
聖事了。而您，親愛的嬤嬤，您會來領聖體嗎？」

「應該會去的。」

「那麼勒摩安神父沒對您說什麼嗎？」

「沒有。」

「怎麼會這樣的呢？」

「那是因爲他沒有來由跟我說什麼。只有自認爲犯下了罪才去告解，而輕憐疼愛像您聖 - 栩桑這麼一個可愛的女孩，我卻一點也不覺得自己有什麼罪惡可言。非要說我真有什麼不是之處不可，那就在於，我的感情本應該雨露均霑分給全院每一個修女，而我卻集中放在她一人身上，如此而已。但這也不是我作得了主的。值得不值得我這樣做，那是明擺著的，要我看不見，我辦不到而且也無法勉強自己無所偏愛。我請求天主寬恕我。我偏愛您，何其自然又難以避免，我就弄不懂您那位勒摩安神父何以因此就判定我該下地獄，再無翻身之日？我盡其所能要做到使得人人快樂，但是其中總有幾個我比較看得重而且喜歡的，因爲她們比較可愛也比較值得我看重。我因您而犯下的罪，如此而已，聖 - 栩桑，您認爲我犯下了重罪了嗎？」

「沒有，親愛的嬤嬤。」

「好了，好了，親愛的孩子，讓我們各自再作個短短的祈禱就回房吧！」

我再次懇求嬤嬤讓我留在禮拜堂過夜，最後她同意了，但是下不爲例，然後她就回房去了。

我從頭思量她跟我講的一席話，祈求天主能指給我一條明路。我肚中千思百量，兼權熟計之後，理出了頭緒，覺得即使兩人同是女兒身或同爲男子，表示友愛時，就說最輕微的吧，是有可能淪爲下流的。至於勒摩安神父，他是個嚴峻刻板的人，也許將此事想得過於嚴重了。但是他委婉含蓄規勸我，迴避院長對我極端隨便的舉止，這話是值得聽從的。於是我決定依囑

而行。

到了早上，修女們來到聖壇時，我還在原位。她們由院長帶頭全體向聖案靠近，這雖然終於使我完全確定了院長的清白，但並未讓我打消原本所下的決心。我對她的吸引力很大，她對我的吸引力卻小得多。我不禁拿她來與我的第一位院長作比較，真是天差地別啊！她比不上前院長的虔誠和莊重，沒有她的尊嚴和熱誠、她的品味和秩序感。

在短短的幾天中，發生了兩件大事。其一，與龍尙隱修院的官司，我勝訴了，判她們比照我當初所繳的入院金付一筆相當的膳宿年金給我今天所屬的聖 - 德沱普隱修院；其二，本院換了新神師，這是院長親口告訴我的。

這段時間，我只在有人陪同時才到院長房裡，她也不再獨自一人到我房裡來。她還是要找我，而我則一味躲著她。最後她自己察覺到了，就此責備我。我不知道她在精神上出了什麼毛病，不過，絕非平常。她往往在夜半起床，在走廊上踱踱，尤其是喜歡在我門口的廊道上徘徊。聽到她走來走去，停在我門口，唉聲嘆氣，發出哀怨的聲音，我便全身發抖，深深縮進被窩裡。白天，不論在散步，待在工作室或休閑室時，她就會躲在我看不到的地方，整整幾個小時諦視著我。她窺伺著我的一舉一動；我要是下樓，就往往發現她在樓梯腳上；我上樓，她恰在上面守著我。有一天，她把我攔住，一言不發定睛看著我，淚水簌簌地流了滿面。突然，她跪了下來，兩手緊抱住我的一邊膝蓋，對我說：「狠心的姐妹，你索我的命好了，我也可以捧給你。但是請不要躲我，沒有你，我再也活不下去了……。」

見她這個樣子,我起了憐憫之心。她的眼神黯淡無光,昔日豐腴紅潤的臉色已不再見。眼前的人就是我的院長,她就在我的腳下,抱著我的膝蓋,頭戢在上面。我向她伸出雙手,她火熱抓住,吻著,然後又看著我,又再吻我的手,又再看著我。我把她攙起來,她搖搖晃晃,步履蹣跚,我就把她送回她自己的房間。房門打開時,她抓住我的一隻手,慢慢地把我拉進房裡,卻不對我說話,也不看我。

我對她說:「不,親愛的嬤嬤,不行。我心意已決,這樣對您對我都好。我在您心中占的位置太大了,您的心靈應該整個交給天主的,我所占的,就是天主所失去的。」

「豈是您能責備我這個的?」

我一邊和她講話,一邊竭力掙扎,要把手從她手中抽出來。她對我說:「那麼,您是不想進來囉?」

「不,親愛的嬤嬤。」

「您不想進來,聖-栩桑?您不知道這樣做有何後果;不,您是不會知道的,您會置我於死地的啊……」

這末了的一句話在我心中引起的感受與她原來的期望恰巧相反;我忙不迭把手抽回,然後轉身逃開。她回過頭來,看著我跑了幾步,就進房了。她敞著房門,接著發出了極悽厲的悲嚎聲。聲音傳入耳鼓,我只覺得聲聲刺入心肺。我猶豫了一下,不知是要繼續腳步離去不顧呢,還是要折回去。然而,心中油然生出一種難以言宣的厭惡,我還是離開了。只是,我天性富惻隱之心,她現在陷入絕境,而我卻置之不顧,心中並非不感痛苦。我自己關在房裡,感到坐立不安,不知如何定下心作事。

我踱來踱去打了好幾轉，恍恍惚惚，慌亂不安；我一會兒出房，一會兒進房，最後，跑去敲隔壁聖‧德海絲的房門。她正在與另一個年輕修女朋友說知心話。我向她說：「親愛的姐妹，很抱歉打斷你們的談話，我要借一步說句話，您有沒有空？」她跟我回到房，我就說：「不知道我們院長嬤嬤怎麼啦，她痛苦不堪，您且去看看她，也許可以安慰安慰她……」她二話沒說，把她的朋友丟在自己的房裡，關上門，就跑去找院長了。

這段時間，這個女人的病情與日俱增。她一變而神情憂鬱滿面蕭容。自從我入院以來歡樂氣氛原從來未停息過的，現在突然間消聲匿跡了。院內大小事務都照規矩行事而且十分嚴峻，日經課也合乎應有的莊嚴方式舉行。會客室裡，外人幾乎完全絕跡了，還禁止修女們彼此串門。凡是院內功課進行起來，態度審慎一絲不苟。院長房間裡面不再舉行聚會，點心取消了，連犯下一點點最輕微的小差錯也會遭到嚴厲的處分。院內姐妹有幾次仍請我去跟院長求情，但我總是一律回絕，不去說項，沒有商量的餘地。之所以有這風雲變色，原因何在，大家心知肚明。資深的修女對此事倒沒什麼反感，年輕的修女卻惶惶不可終日，她們對我白眼相加。至於我自己，我自問一舉一動無愧於心，對她們盈面的怒氣和指責，一概置之不理。

我雖無法解除院長的痛苦卻難以不感到憐憫。她先是憂鬱消沉，後來變得很虔誠而終於精神錯亂。她這一連串的變化細節，我不去詳細描述了，不然難免會沒完沒了的。我只能告訴您，她最初階段，有時會尋我，有時卻躲我；有時會溫存待我和其他修女，一如往昔；有時霍地一變而異常嚴厲；她把我們

召喚來，一揮手又要我們回去；才下令叫我們休閑，旋即取消，讓我們去聖壇，全院正遵命而動，她卻又敲起鐘把大家趕回房。我們過的日子顛三倒四之況，實在難以想像。一天就在出房門、回房門、拿起日課經書、放下日課經書、上樓下樓、放下頭紗、掀開頭紗中度過。連夜晚也和白天一樣，時間也幾乎是給切得七零八落的。

　　有幾位修女找上我，好歹想讓我明白，我如略順著點院長讓她高興，對她多尊重點，凡事都會恢復到以往的正常情況（她們其實應該說是紊亂情況才對）。我黯然回答她們道：「我很同情你們，但是請你們明白清楚告訴我，我該怎麼做？」其中有幾位修女沒回答，低著頭離去。也有幾位則給我出了不少主意，但我如依言而行，非違反神師對我的咐囑不可。我指的是已經給撤換掉的那位神師；至於接他位置的那一位，我們都還沒見到。

　　院長不再於夜間出來了，她整整幾個禮拜都沒有出現，既不來做日經課，也沒有出現在聖壇上及餐廳裡；在休閑時間也不見她人。她杜門不出，後來到走廊上躑躅或下來到禮拜堂去。她去敲若干修女的門，然後用一種哀怨的聲音說道：「某某姐妹，為我祈禱吧！某某姐妹，為我祈禱吧！院內耳語紛傳，說她這是準備好要去做一個徹裡徹外的告解了。

　　話說那天，我是第一個下到禮拜堂的，瞥見柵欄幃幔上繫著一張紙帖。走近一看，只見上面寫道：「諸位親愛的姐妹，有位姐妹走入了迷途，有失職責。現在她立意要回頭，來到天主

的身邊，請你們為她祈禱……」我一度忍不住想把它揭下來，終於還是讓它留下。幾天後，又出現一張，上面寫道：「諸位親愛的姐妹，有位姐妹承認自己誤入迷途，犯下了重罪，請求你們為她祈求天主的仁慈[183]……」再一天，又有一張寫道：「諸位親愛的姐妹，有位修女正對天主的仁慈失去了信心。請你們祈求天主，以減除這位姐妹絕望無告的痛苦……」

　　接二連三紙帖的呼喚道盡了此人椎心泣血，正受反覆煎熬之苦，令我深感悲酸。有一次，我面對著其中的一張紙束，兩腳簡直像生了根似的動彈不得。我自念，所謂誤入迷途，她指的到底是什麼？這女人憂心得魂不附體是由何而起的？她究竟能有什麼罪要自責的？神師的咄咄驚詫之狀再度出現在我的胸臆，我想起了他所用的形容之詞。我去細索他話中之意，怎麼想也參不明其中道理來，腦中一片空白，只入神般兩腳釘在原地動彈不得。有幾個修女看著我，交頭接耳。假如我沒弄錯的話，我覺得她們看我的眼光，好像認為，這樣的大禍眼看就要臨到我的頭上了。

　　到後來，這位可憐的院長出現時必將面紗垂下，她不再參與院裡的事務，也不向任何人開口說話了，只是她和新指派給我們的神師頻頻談話。他是一位本篤會的年輕神父。我不知道院長所行的苦刑是否全是這位神師要求的：一個禮拜禁食三天；對自己施行肉體苦刑；做日經課時她留在後排的禱告席內。大家要去禮拜堂，必須經過她的門前。我們看到她匍匐在地，

183　原文miséricorde。參見上注82。

臉朝地面，只有在眾人全部走完後她才起身。夜裡，她就只穿
著襯衫，光著腳下樓，只要是她和我或是聖-德海絲修女不期而
遇，她就轉身把臉貼在牆上。一日，我從房間出來，只見她正
匍匐在地，雙臂伸張，臉朝地面。她對我說：「別打住腳，走過
去，把我踐踏在腳下過去，我只配你們這樣對待我。」

　　她病了整整幾個月不癒，使得隱修院裡其他的人在這段期
間因而吃了不少苦頭，也就視我為眼中之釘了。一個修女教自
己隱修院的人所憎恨，其種種難堪我也不再提了，您現在應該
都知道得一清二楚了吧！我對自己修女身分的厭惡情緒逐漸再
度萌生。我把自己的痛苦和厭惡全都向這位新來的神師傾吐了
出來。此人名叫董・莫亥爾，年近四十，是個性情熾熱的人。
看來，他是傾聽我的話，甚為經心且頗關懷。他亟欲知道我身
世中曾發生過的大事，還讓我鉅細靡遺地描述家中的種種細
節、我的喜惡、個性、過去我曾停留過的隱修院和現在處身的
隱修院的情形以及我和院長之間曾有過的來往。我對他沒絲毫
隱瞞。但他似乎沒像勒摩安神父那樣在意院長對我的舉止。關
於這件事，他僅以寥寥數言就帶過不談了。然而，最令他動容
的，則是我那深在肺腑，對修道生活格格不入的性向。我越是
坦白，他越相信我。我向他告解，他則向我披肝瀝膽。他向我
傾訴自己所受的罪，跟我的竟如出一轍。他也是被迫出家修行
的和我一般，既厭惡自己的修行身分，卻又非忍受不可。此人
身世之引人浩嘆，實在不下於我[184]。

184　「福拉瑪黑雍」版無此句，上句也略有不同。

　　他說:「親愛的姐妹,我們又能如何?既已出家,只有一條路可走,就盡其所能使得自己出家的日子不至於太難堪。」然後,他給我若干條他自己遵循的處世之道,莫非幾項很穩健妥當的原則。他又補充道:「照這樣做,並不能免除痛苦的,只不過下決心忍受罷了。真正有信仰的人之所以感到幸福,正是因爲他們面對天主,將背負十字架視爲換取幸福的應盡的德業;於是,他們對此甘之若飴。苦行未到,他們趨前迎奉,受的罪越疾苦越頻繁,就越感到慶幸。他們是將刻下的快活換取來生的幸福,自願犧牲今世的幸福以確保將來的幸福。他們吃了很多的苦,對天主說:『多多益善,主啊[185]!親愛的主啊!請賜我更多的磨練……』天主總是讓他們如願以償的。但是天主若把此等痛楚賜給了你我,正如賜給他們那樣,我們是不會寄望因而得到什麼報償的。因爲我們心中缺少一件東西,那東西是獨一無二的,卻能使得諸般痛苦都有了價值,那便是『唯天主之命是從』這六個字[186]。真是可悲!哎!這種德性,是您所缺,又是我所無,我豈能點化,令您心中生發?而心中無有此一德性,我們生時何其悲慘,死後又面臨永劫。我們千知萬確,縱然長居於諸多懺悔贖罪之中,自己仍然和那些在塵世上活在聲色犬馬中的人一樣,終會自尋天譴的。我們窒慾息念,他們縱情享樂,然而此生一畢,我們卻和這班人一般,所遭的苦刑並無二致。沒受到感召而身爲修士或修女,其境遇實在難堪!而,

---

185　原文爲拉丁文*Amplius, Domine*意謂「多一些,天主」。

186　法文爲*résignation*,此字用在宗教上,是*résignation de soi-même*的簡略,指「無我無己,任憑神的旨意是從」。

這就是你我的境況，我們無法改變。我們拴在這千斤之重的鏈子之下，註定只能不停掙扎，休存掙斷鐵鏈的希望。親愛的姐妹，這鏈子，您且咬牙拖下去吧。好吧！我會再來看您的。」

　　幾天後，他又來了。我在接待室中見他，得以較近端詳他。他對我吐露完他的身世，我也說盡了自己的遭遇，我和他之間，因這數不盡的遭遇而有了交集與相似點；他遭受到家庭的虐待及宗教上的迫害幾乎和我一樣。他向我傾訴自己的厭惡，我當下並未注意到，真要消除我對宗教的反感原是不宜說這些話給我聽的；這段時間，在我身上的確起了作用。我想我向他描述自己的厭惡，對他亦有相似的影響。我們個性相近加上遭遇相似，見面的次數越多，彼此就越契合。他身世中的某些時刻，我身世中也有過；他情感中的某些經歷，就是我情感上的經歷；他的心路歷程也就是我的心路歷程。

　　我們把自己的事情談得差不多了，也說到別人，尤其談到了院長。因為身為神師，他表達自己的看法時極其慎守分寸；儘管如此，從他的言談中，我明白這個女人眼下的精神狀態快撐不下去了。她自我掙扎，卻是徒勞無功。下場莫非是下面兩途：不是她原本的癖好立刻故態復萌，就是會發瘋。我好奇心熾，想多知道一點。我心中本產生了疑問，百思不得其解，他應該可以給我些解釋的。可是，我不敢啓口，只敢壯著膽問他是否認識勒摩安神父。

　　他告訴我說：「認識，我是認識他，他是個有德業的人，而且德業很高。」

　　「我們突然見不到他了。」

「的確如此。」

「這是怎麼回事，您方便告訴我嗎？」

「萬一傳了出去，可別怪我生氣。」

「您絕對可以相信我，我這人守口如瓶。」

「我想是有人上書總主教，反對他來。」

「能說他些什麼呢？」

「說什麼他居所離隱修院太遠啦！需要見他時，見不到人影；道德觀過於嚴厲啦；懷疑他有革新派的思想，有憑有據的；使得隱修院內姐妹分顏失和，使她們的精神疏遠了院長……之類的話。」

「這都是您從哪兒聽來的？」

「是勒摩安神父他自己說的。」

「那麼您見到他囉？」

「對啊！我見到他。有幾次他還提到了您呢。」

「他都和您說了些我什麼了？」

「說您真值得同情，說您受了這麼大的罪怎麼撐下去的，他難以想像。雖然只和您談過一兩次，他絕不相信，這宗教生活您可以湊和著過得下去。他有這麼個想法……」

說到這，他突然閉口不語，我接著說：「什麼想法？」

董·莫亥爾回答我道：「這是他對我特別信任，私底下說的話，我不便說出來……」

我並未堅持，只又說了一句：「的確是勒摩安神父點化了我離院長遠遠的。」

「他做得是。」

「爲什麼？」

他一臉嚴肅神情，回答我道：「我的姐妹啊！遵照他的規勸行事吧！勸您在有生之年盡可能不要去追究他這些規勸的理由吧！」

「但我總是覺得，如果知道危險所在，就能更警惕防範了呀。」

「也許因而適得其反呢！」

「您說這話，準是心中對我的評斷相當不好。」

「對您的品行及清白，我自有我該有的看法，但您得相信我，有些事有百害而無一利，知道了之後，必蒙其害。您之所以讓院長不敢侵犯，正是靠您的清純無邪；如已解事，她就不會對您這般秋毫無犯了。」

「我不懂您的話。」

「不懂再好不過了。」

「可是，一個女人親近另一個女人，對她有愛暱表示，其中又有什麼危害呢？」

董‧莫亥爾仍不作答。

「我現在和初入院時不一樣了嗎？」董‧莫亥爾不作任何回答。

「我不一直依然如故？相親相愛有何不好？既然相愛，說出來、付諸行動，又有什麼不對？這事何其甜美啊！」

我說話的時候，董‧莫亥爾的一直是低目垂眉的。此時，他抬眼看我，說：「是很甜美。」

「這樣說來，在隱修院裡，這是很平常的？我可憐的院長，

她到底怎麼了！」

「情況很糟，而且我怕會越來越糟。她不適合過修道生活。硬扭著天性大勢所趨，這事，是遲早要發生的。強行約束，只會將她引入歧途，生出不軌的感情，正由於有悖正途，所以益發暴烈，是走火入魔了。」

「她瘋了嗎？」

「是瘋了，而且會一天比一天嚴重。」

「您是否認為凡是人，沒有受到感召而承擔起修道生活，只有這種下場？」

「不，不盡然。有人還來不及發瘋就先死了；也有人因為生性韌度大，可以經久不折；還有人靠著一絲縹緲的希望苟延殘喘若干時日。」

「一個修女，靠哪些希望支撐下去呢？」

「什麼希望呢？首先就是希望解除出家修道的誓願。」

「倘若這希望破滅了呢？」

「那麼，就希望大門洞開，總有一天吧；希望世人摒棄這種荒謬的行為，不再將正值青春年華的女子活生生關進生壙之中；希望隱修院會廢除；希望有一把火燒掉隱修院；希望圍牆倒塌；希望有人會救她們出去。諸如此類的念頭在她們腦中翻騰，口耳相傳。在花園散步時，她們毋須存心，自然會抬頭打量圍牆是不是真的那麼高危；待在房間內時，那雙手就會抓著柵欄的鐵條，有意無意地輕輕扳搖；倘若窗子臨街，大家就會眺望街道；聽到有人經過，心會怦然而動，蠢蠢然起了渴望，盼來者是一位救星；只要街上起了一陣嘈雜聲，傳進屋子裡來，

只見一位年近四旬的隱修院院長，皮膚勝雪、容光煥發、身材豐腴，半臥在榻上……。她的朱唇比美玫瑰，牙齒如編貝，臉頰嬌美絕倫。宜人的頭顱則深埋於既蓬鬆又柔軟的枕頭之中……。我枯坐在床沿上。

P Emile Becat

她接著陷入胡言亂語的迷離狀況之中。她獨自躺在床上時,會恍惚看到我,並跟我說話,請我靠近她,向我說出很多最柔情蜜意的話。

大家就心生期冀；有時指望自己生起病來，可以有機會接近一個男人，或是給送去受溫泉治療。」

我大聲嚷起來道：「千真萬確，千真萬確！您可看穿了我內心深處；過去，我如此幻念，現在，我仍然這般癡望。」

「凡此諸多幻念均是感情為求自保向理智施放出來的陣陣煙霧，由於理智不時抬頭加以思考，煙霧便時斷時續，幻念終要成為泡影的[187]，到了此時，唯覺自己的苦難深不可測。此時不但憎恨自己，也厭惡他人，便哭泣、呻吟、大嚷、只感到絕境逼人而來。於是，有的跑去俯首在院長的膝上，想尋求慰藉；有的匍匐在祭壇前或是斗室之內，乞求上天拯救；有的裂衣衫，扯頭髮；有的尋找一口深井、一扇居高臨下的窗戶或一條繩索，如願以償的也不乏其人；還有的人，經長期焦慮不安煎熬之後，終於陷入遲鈍和癡呆狀態之中。官能脆弱的人，終究憔悴而死；還有的修女，由於體內運行失調，遂成癲狂；至於那一干心中幻念失而復萌，能從中乞得慰藉，這種人幾乎在幻念的安撫下終其一生，算是三生有幸的了；她們一輩子在不實幻念和絕望無告輪番交替中度過。」

我深深嘆了一口氣，加上一句說：「而最不幸的是依次一一歷經了上面全部心境的人……啊！神父，我真懊惱，不該聽您這一席話的！」

187　「七詩聖文庫」版為"(……)car un vapeur salutaires, que le coeur envoie vers la raison, sait par intervalles dissipées(……)"。而「福拉梢黑雍」版的最後一句為"(……)en sait par intervalles dissipées(……)"，en是à cause de la raison，意謂「由於理智的關係」，比較合理。譯文採「福拉梢黑雍」版。

「爲什麼呢？」

「以往我並無自知之明，現在我了解了自己；我的幻念難以維持下去了。那時刻來到……」

我還要繼續說下去的，這時，進來了一位姐妹，接著進來第二位、第三位、第四位、第五位、第六位……我也說不上一共有多少人。談話的內容於是轉而泛泛。有些姐妹定睛看著神師；有些姐妹垂下雙眼靜靜聽他說話；還有好幾個姐妹同時問他問題；而眾口一詞，都爲他回答時所表現的睿智驚呼不已。我則一個人躲在角落裡，陷入了沈思之中。交談時，每個姐妹都竭力表現自己，以自己優異的一面來博得神師的青睞。就在這時，大家只聽到有一個人慢慢地走過來，並且不時停步，長噓短嘆。大家傾耳諦聽，並且輕聲說道：「是她，我們院長來了。」接著大家就閉口緘默不語，團團一圈圍起坐定。來人果然是院長。她走了進來。只見她的頭紗覆面一直垂到腰際，雙手交叉，置於胸前，低著頭。她第一眼就瞧見了我；那一刹那，她一隻手從頭紗下抽出來，捂住眼睛，並且把頭稍微側向一邊，另一隻手作勢，示意大家出去。於是我們不出一聲走了出去，讓她一人留下單獨和董‧莫亥爾一起。

侯爵先生，我料想得到，您這會對我生出不好的印象來了。不過我並不認爲自己作下了沒行止的事，所以，說將出來，也沒有臉紅的道理。況且下面要說的這一件事會接二連三引出一連串情節，我既在此向您細說往事，又如何能略過不提呢？且讓我這樣說吧：我心思中生就一樣怪脾氣，每逢談到之事會引

得您的尊敬或是加深您惻隱之心，且不論我文采是好是壞，但見下筆疾書，行文無礙，真是令人難以相信。我當下心身喜悅，用詞遣句毋須苦思自能源源來到筆下。我的眼淚款款流下來，感到您就像在我眼前，彷彿看到了您，您正在聽我傾訴。反之，自己倘有不甚光采的一面不得不表白於您眼前，我就會一變而思路遲鈍，詞彙呆滯，筆尖趄趑，甚至字跡都受到了影響。而我之所以繼續寫下去，因爲竊心自我寬慰，您也許會掠過去不看。下面這一節就是在這樣的心情下寫就的。

　　比及姐妹全部走出去之後……──「那麼，您有何舉動？」──[188]您猜不到吧？哦，猜不到的！您爲人太過正直，是不會想到那裡去的。我這踮起腳尖走了下來，輕手輕腳佇立於會客室的門口，諦聽他們的談話。您會說，此一舉動是非常有悖品德的……我心裡何嘗不是這樣想呢。我當下心慌意亂，又得小心翼翼，以免爲人撞見，我走走停停，而每走一步，良心便自起伏，促我回頭，凡此種種，在在都令我相信，自己此番舉動不夠正大光明。然而好奇之心太熾，壓倒了一切，我於是還是去了。但是竊聽他人談話，而且是兩個人自認沒有第三者在場所說的話，這實在已不正當，況且還將內容告訴您，不是錯上加錯了嗎？竟自寫了下來，是因爲這段話正是上面所說的那類，心中自慰，您會掠過不看的，雖然，明知此念出於一廂情願，仍須信以爲真。

　　在一段長時間的沈默之後我聽到的這第一句話使得我毛骨

188　此處是枏桑想像中侯爵的詰問。原文以破折號插入。譯者依原文，不另分行。

悚然:「神父,我已萬劫不復了……」*。

　　我先強自定下心神,然後繼續諦聽下去,那一直矇著我的眼使我免於劫難的帳幕終於撕開而真相大白了。這時有人叫我,不得不去,我於是才走開。唉!但是我已經聽得太多了。怎麼有這樣的女人啊!侯爵先生,有這等下作的女人啊!……

　　栩桑修女的回憶記錄至此中斷。後續的文字僅是若干簡單提要[189],看來是她在下文中要寫的。據情形看來,她的院長發了瘋。我將其零星片段整理出來,說明院長悲慘的境況如下。[190]

---

* 此字如此恰當〔譯按:原文此句為"Mon père, je suis damnée……",「此字」指être damnée〕,效果具有如此強烈的悲劇性,屬於大家稱之為「神來之筆」的文字之一,我們這位天才〔譯按:指狄德侯〕視為運氣,簡直可以說是如有神助。所有此類字,狄德侯碰上時,不全都是他所發明的。原來這個字是多爾巴哈夫人所授。狄德侯問多爾巴哈夫人的意見,院長告解時以何方式開頭為宜,狄德侯因此感到難以處理,竟已停筆一個月毫無進展。她感到驚訝,因為她並不覺得有何困難。她於聽畢前面發生的經過之後,對他說:「這兒要開頭,沒有什麼可選擇的好辦法;要真,只有一途。您的院長只有一句話可說,就是:『神父,我已萬劫不復了……』」這句話在此情況下,看來的確是符合激情的真正腔調,吐於天性,又準確又簡潔,很合狄德侯的口味。他特別喜歡引這個例子來說明某些女性極端的細膩和直覺能力。他每次說到這個字必不忘讚美多爾巴哈夫人,他認為(我覺得他很有道理),這個字連最通曉人性的男人怎麼也想不出的,只有女人才想得到。這一段小掌故知道的人竟不多,我覺得從好幾方面來看都令人感到奇怪,似應在此提出。(內日翁原注)

189 「提要」原文為réclame(印刷術語)法國古版書籍往往將次頁的第一個字單獨置於前頁頁末,用以預告次頁。又,由於自此開始,下文均屬「簡單提要」,譯文不避單調,有時採逐條陳述體例。

190 這句所謂的「我」究竟是指什麼人,作者並沒有交代。

　　這次告解之後，我們過了幾天清明的日子。院裡恢復了歡樂氣氛，修女為此讚揚我，不過我異常氣憤，並不領情。

　　院長不再逃避我了，她只定睛看我，我出現在她面前似乎不再令她不安了。那次為好奇心所驅，做下之事不知是對呢還是追悔莫及之舉，總之，自從我對她有進一步的認識之後，她在我心中引起了極端的厭惡，我得隨時注意不在她面前流露出來。

　　不久，她沉默寡言起來，只唯唯否否，不多吐一言半語；她一個人踽踽獨行。她拒絕進食，血氣鬱燥[191]，發起高燒，接著陷入胡言亂語的迷離狀況之中。

　　她獨自躺在床上時，會恍惚看到我，並跟我說話，請我靠近她，向我說出很多最柔情蜜意的話。

　　她每聽到房外周圍有腳步走過，便說：「是她經過，是她的腳步聲，我聽得出的，叫她……不，不，讓她走吧！」

　　奇怪的是，她從來不會弄錯，把別人誤當成我。

　　她一會兒哈哈大笑，不一會兒又哭得淚人兒似的。院中的修女默默地圍著她，有幾個還陪她一道灑淚。

　　她突然說：「我這都不上禮拜堂了，我這都不祈求天主了……我要起床，我要穿上衣服，大伙來幫我穿上……」如果有人勸阻她，她會說：「至少把我的日課經書給我……」有人於是就把日課經書遞給她，她把經書打開，以手指逐頁翻撥，經

191　原文為son sang s'allume，直譯應為「她血燃起來了」。按，法文中一向視「血」主激情的，故有以「燃血」（allumer le sang）一詞指引人煩躁之意。

書翻完了,她手指還不停;此時,她眼神渙散。

　　且說一天夜晚,她獨自下樓上禮拜堂,有幾個修女便尾隨她而去,只見她匍匐在祭台的步階上,開始悲吟、嘆息、朗聲祈禱。她出了禮拜堂,回頭又進去,最後說:「叫人去找她來,她這個人心靈如此純潔,這個女人如此天真無邪,且請她來與我同心共祈禱……」接著她轉向空無一人的祈禱席,對全院的人講話,大聲吆喝:「出去!全都出去,只要她一人留下來陪我,你們不配親近她。你們的聲音若溪滲到她的聲音裡去,就是在天主面前吐出讚頌,也只有瀆神,只會汙損她讚頌的甜美,都給我走得遠遠的,走……」她然後叮嚀我請求上天扶持她,寬恕她。她看到了天主;她只覺天空佈滿縱橫交錯的閃電,在她頭頂上裂開,發出隆隆的聲音,裡面降下許多天神,個個怒目橫眉;神明瞥了她幾眼,令她像篩糠般抖索起來。她在禮拜堂中豕突狼奔,在堂內的陰暗角落裡東躲西藏,請求慈悲;她把臉緊貼著地面,昏然入睡了。大家把她抬回居室去,她身體受了地上陰寒濕氣,就像死人一般。

　　前晚那可怕的一幕,次日她惘然不知。她說:「咱們姐妹到哪兒去啦?一個人都見不到,全院就我獨自一人了。她們全都拋棄了我,連聖-德海絲也不理我了,她們做得對。既然聖-栩桑不在,我就可以出去,不至於遇到她了。啊?萬一遇見她!可是她已經不在這裡了,不是嗎?她不是已經不在了嗎?……哪家隱修院能收了她,可真有福氣!她會一五一十全說給那新院長聽的吧。那院長會把我想成什麼樣的人啊?聖-德海絲是不是死了?我整個晚上都聽到敲喪鐘的聲音呢!可憐的丫頭!她

已經萬劫不復了，該怪我，是我害的……有一天，我會跟她當面對質。我能向她說甚麼？我怎麼回答她？……她真慘吶！我也慘喔！」

　　過了一會，她說：「院裡姐妹回來了嗎？告訴她們我病得不輕……把我枕頭挪高一點……幫我解開衣服上的帶子……我感到這兒氣悶……我，我頭燒如焚，幫我把頭上戴的全拿下來……我想洗一洗……給我端水來，倒啊，再倒……水可清著呢，靈魂上的汙點怎總洗不掉……我真想死；我但願自己從未生到這世上來，從沒見到她。」

　　一天早上，大家發現她只穿著內衣，蓬頭跣足，嗥叫著，口吐白沫，繞著她的小房奔馳。她手搗住耳朵，閉起眼睛，身體貼著高牆。「那個深淵，你們遠一點站；聽見那陣陣嗥叫聲了嗎？那是地獄啊，深淵中冒起來火燄，我看見了。從火燄中發出的聲音，含含糊糊的，我聽見了，在叫我……天主啊！可憐可憐我吧！……快走，敲鐘去，把全院的人全喚到一起，叫她們替我祈禱，我自己也祈禱……但是天還沒大亮，我們的姐妹還在睡呢……我可整夜沒合眼，我想睡，可怎麼也睡不著啊。」

　　我們中間有一個姐妹對她說：「夫人，您心裡有甚麼痛苦，向我吐露吧？說出來了或許會舒坦些。」

　　「阿嘎特姐妹，您聽著，您靠近我一點……近一點……再近一點……千萬不能讓別人聽了去；我要全說出來，全說出來，您可不要說出去……您見到她了嗎？」

　　「見到誰啊，夫人？」

　　「她溫柔萬千，沒人比得上，對吧？就說她走起路來，嗄！

多麼高潔！多麼高貴！多麼矜矜自持！……去找她，告訴她……唉不，甚麼都別講，別去……您近不了她身的，天上眾天使守護著她，在她周圍警備著。我看到過他們了，要是您看見了天使，也會跟我一樣害怕的。別走……就算您真去了，跟她又有什麼可說的呢？就編些話，讓她聽了不會臉發臊的吧……」

「我說呀，夫人，去跟神師談談好吧。」

「對，可不是……不不，他會對我說甚麼話，我清楚得很，聽了不知道多少遍了……我跟他還有甚麼好談的呢？……要是我什麼都記不起來，那就好了！……但願我此身返歸虛空，或者死後重生！……不要叫神師來。我寧願有誰爲我誦讀一段我主耶穌基督受難文[192]。念吧……我喘過氣來了……只要祂的一滴血，就能洗淨我的靈魂。看呀！祂的胸側冒出血泡，飆出來了……讓那神聖的傷口傾斜一點，對著我的頭……血是流在我身上了，可就是沾不住……，我完了！把基督苦像拿遠點……把祂靠近我……。」大家就把苦像拿給她。她緊緊握在手中上下吻遍，接著她又說道：「這是她眼睛，是她嘴巴；甚麼時候再見得到她啊？阿嘎特姐妹，跟她說，說我愛她，您把我的情況好好給她描述描述，告訴她，我快要噎氣了。」[193]

192 法文passion du Christ專指耶穌基督受難的全部經歷，載於〈馬太福音〉26, 27兩章。但《新約聖經》中並無passion一字，而是用複數的「痛苦」pathemata (souffrance)(Lacoste 1998, p. 856.)

193 院長神智不清在狂囈中表達出她時而恐懼下地獄，時而不能忘懷她對栩桑的激情。這手法，在十八世紀另一本重要的小說《危險的關係》中也使用過。被登徒子萬爾蒙子爵先誘惑成奸而後刻意拋棄的院長夫

　　醫生給她放了血，爲她行了浴療。但種種治療看來只有使得病情益發危篤，她做出來的不堪入目的舉止，我不敢向您一一描述，也不敢向您復述她昏熱中無遮攔所說的不堪入耳的話。她一直把手按在額頭上，好像要擺脫腦中的妄念和景象，天知道什麼景象！她把頭埋入床裡，把臉藏在被單下。她說：「那勾引我的來了，就是他！瞧他化成那怪模怪樣！去拿聖水來，灑到我身上……夠了，夠了，不見了。」

　　不消多久，修院裡的人就把她關了起來；但是看守得不夠嚴。一天，她逃了出來。她身上的衣服都撕剝下來了，只剩下兩臂上吊著兩截掙斷的繩子，就這樣光著身子在長廊上從這頭走到那頭。她大聲吆喝道：「我是你們的院長，你們全都發過誓要服從我的，現在居然把我關了起來。卑鄙的傢伙，你們恩將仇報？就因爲我人太好，你們就欺負起我來了。往後，我不會再這麼好了！……救火啊！……殺人囉！……捉賊啊！……救命啊！……德海絲姐妹，救救我！……栩桑姐妹，救救我啊！」大家抓住她，當下把她送回囚室裡去。她又說：「你們做得對，有道理，天哪，我已經瘋了，我明白。」

　　有時候，她看起來似乎困在一腦子各種行刑的場面裡，擺脫不了。她會看到一群女人，頸上套著粗繩，要不然，就是雙

人逃到早年寄宿的隱修院，陷入癲狂的慘境，口授一封無收信人的信。信中時而向丈夫懺悔，接受自己不貞而應受的懲罰。但，接著又看到萬爾蒙的來臨，情不自禁：「怎麼可能！是他……我沒看錯，我看到的，就是他。喔，可愛的朋友，擁我入抱吧，讓我躲進你的懷裡！」(Choderlos de Laclos, "Les Liaisons dangereuses, Lettre CLXI", *Œuvres complètes* (coll. Bibliothèque de la Pléiade), Gallimard, 1979, P. 361)

手反綁在背後。她還見到另外一群女人手中拿著火把,她們舉行當眾認罪求恕禮,她就和這些個女人走到一起去。她自以為給押去行刑就戮了,於是對劊子手說:「我罪有應得,我是罪有應得!只要這痛苦是最後一次,也就好了!然而卻是永世不得翻身的!永不熄滅的煉火!……」

我上面所說並無半句虛言。還有若干實情我該說而未說,倘非我記不起來了,就是怕寫下來有汙尊目[194]。

她在此異常悲慘的情況下度過了幾個月之後,終於撒手而去了。死狀何其恐怖啊!侯爵先生。這死狀,我是目睹了,看到的是絕望無告的悲慘面貌,是罪孽盡頭時刻的悲慘情狀。她以為自己陷在地獄魔鬼的包圍之中,他們在那兒守著,要鏈住她的靈魂,她上氣不接下氣,說:「來了,他們來了!……」,她一邊以手中的耶穌受難像向四面八方抵抗那些勾魂使者,一邊喊著,大聲叫道:「天主啊!天主啊!……」。德海絲修女跟著也死了。接著來了一位新院長,年紀大,脾氣不好而且很迷信[*]。

院中修女對我交口相責,說我蠱惑了前任院長。新院長對此深信不疑,我的苦難又再度開始了。新任的神師也同樣受到

---

194 狄德侯寫聖 - 德普隱修院院長同性戀至於發瘋而死的這一段,是出於十分嚴肅的態度的,既未有任何言外之意也無絲毫下作的暗示,可以說是文學中空前的例子(May 1954, p. 124.)。

[*] 此段以下,栩桑的敘述便簡略得近乎梗概,狄德侯似乎再也找不出時間,同時也缺乏靈感為《修女》雕章繢句了。

他上頭迫害，因此勸勸我逃離隱修院。

　　我的逃亡計劃定下來了。說好夜裡十一點到子夜這段時間，到花園裡去，見到牆外面扔進來繩子，就在自己身上繫好。結果，繩子斷掉，我跌了下來，雙腿的皮都磨破了，腰也結結實實折了一下。第二次，第三次，再接再厲，終於上了牆頭，然後爬下牆去。我看到，來接應我的是一輛蹩腳的四輪出租馬車，而非我心目中的驛站馬車，令我感到大為驚訝！就如此這般，我和一位本篤會年輕修士駛向巴黎而去[195]。從他不堪入耳的語氣和下作的舉動，我立刻明白過來，他根本不尊重我先前所談妥的所有約定。當時，我後悔逃離了自己的斗室，對自己的處境感到不勝悚懼。

　　我現在給您描寫一下在破馬車裡的這一段情節。多恐怖的景象！多可怕的修士啊！我喊了起來，馬車夫過來救我。於是馬車夫跟修士好好地幹了一架。

　　我到了巴黎，車在一條小巷裡停了下來，對著一扇敞開的窄門。進門，又有一條又黑又骯髒的小衖。住所的女主人來接我，然後帶我安頓在頂樓的一個小房間裡，裡邊，幾件不可或缺的家具總算齊全。一位住在二樓的女人來看了我好幾回！她

195　來人似乎並非原約好的莫亥爾神父，卻換了一個本篤會年輕修士。在此，狄德侯未作任何說明。有學者認為，隱修院是維持「人為的和永久的」孩提狀況。栩桑沒有長大的權利，因為她得不到正常性生活。異性的接觸，只有一個途逕：強暴。本篤會年輕修士的出現就小說而言，難以服人，但卻有其必要。（Jullien 1990, p. 140）

對我說：「小姐，您年紀輕輕的，應該會感到很煩悶無聊吧！到我那兒去坐坐，您可以見見人，男男女女都挺有意思的。他們也許並非個個都像您那麼可人兒，但幾乎都跟您一樣年輕。大夥談天、玩牌、唱歌、跳舞，同時有各式各樣的消遣。就算您使得全部男士神魂顛倒，我們那兒的小姐不會吃醋也不會生氣的，決不騙您。來吧，小姐……」跟我說這話的那個女人，年紀不算輕了，她眼神溫柔，聲音妙曼，說起話來轉彎抹角。

我在那棟房子裡住了半個把月，那誘拐我的人很奸詐，我隨時有受到他糾纏的危險，處身於這藏汙納垢的地方，所見的全是嘈雜喧鬧的場面，我隨時都在窺探脫身的機會。

一天，機會終於來了。已是深夜時分了；可惜離隱修院太遠，不然我就回去了。卻說我拔腿就跑，心中並無去處。後來，我讓幾個男人給攔了下來，心裡害怕極了，當下筋疲力竭，暈倒在一家蠟燭店的門前。店裡的人救了我，醒過來的時候，只見自己躺在一張簡陋的榻上，床邊圍著一圈人。他們問我是誰，我不知道自己是怎麼回答的。他們派了一個家中的女傭為我帶路，我扶著她的手臂，我們提步出門。走了一段路之後，女傭問我說：「小姐，要去哪兒您心中有主意的吧？」

「我沒主意呢，姑娘。我想，去收容所吧。」

「去收容所？您無家可歸嗎？」

「唉！是啊！」

「您到底做了什麼事，這個時辰了叫人趕了出來？……正

好，我們這到了聖－噶特黑訥門前[196]，瞧瞧叫得開叫不開門；反正，您別害怕。我們不會把您丟在街上不管的，您可以和我一塊睡。」

我回到蠟燭店老闆的家。女僕看到我兩腿磨破了一層皮，嚇壞了！那是我離開隱修院時那一跤摔的。晚上，我就在那裡過夜。次日晚上，我到聖－噶特黑訥，在那裡待了三天。之後，裡邊的人跟我說，有兩條路，我必須選擇其一，要嘛，去總收容所[197]，不然，只要一有人來雇我，我當下就得接受。

待在聖－噶特黑訥，我身如累卵，危險來自外邊的男男女女。裡邊的人告訴我說，城裡那一干好色的男人以及妓院老鴇都會來收容所物色。雖然我明知前途坎坷潦倒，但我面對下流的誘惑，絕不會因而生出絲毫動搖之心。後來我賣掉全部家當，並選購了幾件比較適合我當時情況的衣服。

我進了一家洗衣店工作，負責把別人交下來的衣物熨好，工作迄今。我的日子很難挨；吃不飽，住不好，臥具也差。不過，退一步來說，人家把我當個人看待。這間店東是個出租馬車夫。他的太太脾氣有些暴躁，但是儘管如此，心地卻很好。我但求不用提心吊膽過日子，就心滿意足了。

聽說警察抓到那個誘拐我的人，而且已把他交到了隱修院

196　聖－噶特黑訥是當時收容所之一，只短期收容。

197　總收容所（hôpital général）創立於1651年，為今日薩爾貝特黑欸醫院現址上，專一收容流浪者及行為不端女子。當時已稱之為薩爾貝特黑欸。

他上司的手中。可憐的人啊！他比我更倒楣。他那種不端的行為已引起滿城風雨，由於他的罪惡行為轟動遐邇，教會裡的人會使出何等殘酷的手段處罰他，您是難以想像的，他得在監獄裡度過他後半生吧。如果我被抓住，下場也是如此。不過，他在監獄裡會比我挨得久些。

我摔的那一跤，現在感到疼了。我雙腿腫脹，實在寸步難行，恐怕連站直了都有困難，只好坐著工作。然而，我擔心的卻是身體痊癒的那一刻，到那時，我又有什麼樣的藉口足不出戶？而一旦我露面，又會招致怎麼樣的危險？不過，眼前我幸而還可以拖一陣子。我的親戚必然疑心我人在巴黎，一定會使出一切手段搜查我的下落。我原本決定要請馬努赫依先生到我的頂樓來見個面，想請他指一條明路讓我走，可是，他已不在人世了。

我長日生活在風聲鶴唳，草木皆兵之中。一聽到稍有響動，不管在屋內，來自樓梯間或街道，便心生恐懼，像篩糠般顫抖起來，膝蓋也軟了，手上的活計掉落下來。我幾乎每個夜晚，都闔不上眼，即使睡著了，也總會不時驚醒。我在夢中講話、呼喊、尖叫。我身旁的那些人居然還沒有猜出我修女的身分，真是不可思議。

我逃逃的事，看來已是家喻戶曉了。那是我早就預料到的。昨晚，一個與我一塊做工的女子與我談起此事，添加了許多令人髮指的情節，還加上若干令我感到極痛心的譏評。幸好，她正在把溼衣物晾到繩子上去，背著燈光，沒有察覺到我侷促不

安。不過,我那位女主人倒是發現了我在哭泣,她對我說[198]:「瑪利,您怎麼啦?」我回答她:「沒事。」她接著說:「您真傻!去同情這樣一個壞修女,她啊!傷風敗俗,沒有宗教信仰,而且還迷上了一個卑鄙下流的教士和他私逃出了隱修院!您的心恐怕太軟了囉!她什麼事都不用做,每天有得喝有得吃,禱告完畢,上床睡大覺。在隱修院,日子好過得很,何不牢牢守住?碰上現在這鬼天氣,叫她跑那麼三、四趟河邊去洗衣服,她就會乖乖地幹她的修女了。」對此,我回答說,大凡各人只知各人的苦吧。我不應該搭腔的,她也就不至於又說:「算了!這個賤貨,天主會懲罰她的……。」一聽到這話,我俯身趴在工作桌上了,直到女主人對我說才抬頭:「瑪利,您到底在出什麼神呀?趴在那兒睡,活計不就停下來了嗎?」。

我從來沒有過隱修的心志,從我這次的舉動就看得夠明白了。然而,我已養成宗教人物的若干習慣舉止,現在總會不自覺流露出來。舉例來說:聽到鐘聲突然響起,我不是畫十字,就是拜倒在地。有人敲門,我會說:*Ave Maria*[199]。有人向我詢問什麼,說完,最後我總加上一句:「是的(或不是的),」「親愛的嬤嬤(或姐妹)。」如果突然來了個陌生人,我不行屈膝禮,卻會把雙臂交叉在胸前,向他彎腰。使得和我一道工作的女工都笑了起來,以為我模仿修女取樂。不過,她們會錯了意,只

198　原文將此對話納入一個引號之內,並將桐桑的回話以破折號插入整段話中。為避免造成閱讀不順暢,譯者將兩人對話各以引號分開。

199　見前注170。

在一時。我那些迷糊的舉止遲早會洩漏出我的身分，那時，我就完了。

先生，務請救人如星火。您也許會對我說：要我怎麼樣幫您忙，還得您自己開口。我所懇求者如下[200]：我並無奢望，只求一席管家或使女之職，甚或為傭為僕均應無不可。只要在外省找一個偏僻村落，得一棲身之地，能夠隱姓埋名，覓得一戶交遊不廣的正派人家肯僱用我就好。薪給在所不計，但求糊口，免於恐懼並可安心度日。伺候服役，必能令人滿意，請勿有疑。我前在俗時頗有家事經驗，出家進隱修院又復學得唯命是從。我年紀輕輕，性情十分溫順。一旦腿傷痊癒，舉凡僕役家事，一定力可勝任，綽綽有餘。我會縫紉、紡織、刺繡、漿洗。在俗時，我還自己織補花邊，我刻下要開始重拾手藝。無論何事，我手腳無所不巧，對工作決不嫌東揀西。我歌喉甚佳，懂得音樂，羽管鍵琴彈得還算不錯，如果有哪位女主人喜歡，我可以為她演奏，讓她高興，我甚至可以為她子女傳授琴藝；只是，我擔心，表現出此類良好教育會因而暴露了自己的身分。如需要我學會髮藝梳妝，我也有好品味，我當拜師習藝，必很快就可得心應手。我只求一席之地，能將就得過去者最好，再不然任何工作均無不可，如此而已，別無多求。我的品行，請您放

---

200 Dieckmann 1952年根據「汪德爾遺贈寶藏」發表了一個重要的研究，釐清了修女〈自述〉和〈序言／附錄〉的關係，也確定了狄德侯親自改正過的〈序言／附錄〉的版本。Dieckmann文中提到，〈序言／附錄〉中，修女寫給侯爵的第二封信最後一段，狄德侯刪除，重寫再刪除，並將重寫的這一段移放在〈自述〉的結尾處，即是此段。譯者所根據的版本「七詩聖文庫」版並無下面此段文字。

心。表面上看來也許難信，其實我素行高潔而且很虔誠敬神。
唉！先生，如非天主阻攔，我此時已一無所畏了；一切苦難都
已自一了百了！那口深井，落在修院花園最深處，我不知去探
看了多少次了！我之所以沒有跳下去，是因為那些人居然放手
讓我去送命！自己有何下場，我尚不得而知，但是萬一有一天
非要我回到隱修院去，不管是一個怎麼樣的隱修院，我不敢向
任何人保證，不至走上投井自我了斷之途。先生，請可憐我吧！
不要讓您自己長留遺恨啊！

　　又及。我現在草木皆兵，寢不安席，實在疲憊不堪。這篇
自述，我匆匆書成。腦子休息過後，拾起重閱一過。我發現，
撰寫之時雖毫無成竹在胸，逐字逐行所流露出我悲慘之貌，與
我過去生活纖毫不爽。不過，在自述中栩桑其人卻比本人可愛
得多！是不是由於我們相信，凡是男人較易受妍麗倩影的蠱
惑，卻未必見到我等慘痛刻畫而惻然動容？因此，我們婦女也
相信，男人易受蠱惑，難以感動？我於男人所知本不多，也沒
有躊躇自恃反聽內視去了解男人[201]，無以發表己見。然而，侯
爵其人善感機智是眾口一詞的，他如一旦深信，我向他求助，

201　原文為"et je ne me suis pas assez étudiée pour savoir cela."此處狄德侯使
　　用了反身動詞s'étudier，是所謂的「文學性」用法，指「以過分的自
　　滿進行自我審視」。在此，指女人通過「虛榮的心態去了解男人」的
　　這一個特點，故勉強譯為「躊躇自恃反聽內視去了解男人」。由於該
　　動詞此種用法現代罕見，含意豐富，現有之中譯本誤譯，英譯本中
　　Tancock也只譯為"……I studied them〔men〕too little to say."(*The Nun*
　　1974, p. 189)Birrell則譯為"I know them too little, and have studied
　　myself too little, to say." (*Memoirs of a Nun* 1928, p. 225)，差強人意。

竟不去叩其慈悲助人心腸，而是去挑其遐思，他對我為人會有
何風評？心中生此忖度，令我不安。就事論事，他如鑒於普天
下女性共有此本能，遂認定我必然也具如此生性，那就錯了。
不錯，我是一個女人；當然，難免作巧笑情兮之態，我不敢否
認。不過那是出於一片天然，而非裝腔作勢矯情之舉。

第二輯
〈序言／附錄〉

《修女》之〈序言／附錄〉

——節錄自格林牧《文學通訊》（1770）[202]

　　德・拉・阿賀樸先生的修女[203]，不僅讓我回想起一椿由我主謀，勾結狄德侯先生和一批狐朋狗黨中的二三密友，狼狽爲奸，做下見不得人的勾當，並喚醒了我十年來埋在心中的良知。

　　茲將此事坦誠供出並趁此封齋期神聖時刻，與我其他罪孽，一併祈求寬恕，祈願永埋上天慈悲無邊之漏井。

　　一七六〇這一年，巴黎遊手好閒之徒尋歡作樂的大事，堪稱是杭潑諾其人名聲雀起於旦夕之間[204]，造成轟動；另一椿大事，是喜劇《哲人群象》的上演。此劇以凌人之勢演出於法蘭西喜劇院。有關當年這一處心積慮的舉動，現在大家只對那美

202　狄德侯的手稿版誤寫作1760。此段「附錄」一貫放在「小說」之後，
　　　但1975年巴黎艾郝曼出版狄德侯全集將之置於小說之前。詳見Varloot
　　　1978, pp. 260-263.

203　德・拉・阿賀樸於1770年發表了一個有關修女的劇本，題名爲《梅拉
　　　尼》引起格林牧在《文學通訊》上揭開狄德侯撰寫《修女》之契機。
　　　（Cusset 1998, p. 85, n 2）。

204　杭潑諾（1724-1802）經營小酒店（cabaret）往往連帶歌舞表演。其風格風
　　　靡巴黎，影響了一代流行歌曲以及諷刺性短文作家。

麗俚曲的作者巴里梭留下鄙夷不堪的記憶。時至今日，連當年
為之搖旗吶喊的人物也都面不改色，翻然加以卑視。一干暗中
為此行止撐腰者，其中最為顯赫之人物[205]，認爲有必要公開自
清，視此爲一污點，不甚光彩。此醜劇當年轟動巴黎，唯有狄
德侯一人（此痞子作家，所謂的法國之阿里斯多凡選中了他[206]，
作爲劇中蘇格拉底之張本）對此視若無睹[207]。

我們幹下的事何其不堪啊！謝天謝地，當時並無不良存
心。卻說，我們有個莫逆之交克瓦瑪禾侯爵其人，值他卸去御
林軍軍官之職。此人爲全國數一數二的一條漢子，年紀與伏爾
泰伯仲之間而且和這位不朽人物一樣，保持著年輕人的精神，
兼之容止優雅，體態便捷，看來令人心快神怡，以我觀之，其
風采數十年未見稍減。可以說，他正是那種即之也溫的人物，
此等風度，此等標格，只有在法國才見得到[208]。雖然，世界各

---

205 撐腰人物之一是德·拉·馬赫克夫人。狄德侯在《哈莫的姪兒》內寫
　　過她：「我們先得有個共識，也就是說風承痔孫是有其體義和抽象義
　　的，您去問問那胖子貝赫吉欽〔譯按：神學家，係狄德侯等人的對頭。〕
　　他舔德·拉·馬赫克夫人的屁股，可是兩義兼具的。」(Œuvres, p. 408.)。

206 阿里斯多凡(~455 - ~380)希臘最著名之喜劇詩人，作品語言辛辣俚
　　俗，抨擊時政。

207 《哈莫的姪兒》內提到有關巴里梭的地方至少有四處。除上注內的德·
　　拉·馬赫克夫人，其中最直接相關的，有下面這段話：「有時貝赫丹、
　　孟索日和維爾莫黑安吱吱喳喳聚在一堆，動物園裡眾聲喧嘩。這麼一
　　大堆喪氣、暴躁、害人和怒氣填膺的動物湊在一起，可謂光景空前；
　　只聽到他們口口聲聲不離布豐、杜郭洛、孟德斯鳩、盧梭、伏爾泰、
　　達朗貝禾、狄德侯等名字，姓氏之上冠有什麼形容詞，也只有天知
　　道！」《哲學家群象》這齣戲，就在那兒孕了胎的。("Le Neveu de
　　Rameau" Œuvres, 1951 p. 435)

208 讀者想必記得格林牧為德人。

地都不乏藹然可親或者面目可憎的人物。克瓦瑪禾侯爵之如此
令其友朋生出既敬且愛之心，是因爲其人宅心善良，情操高尚，
正氣凜然到一絲不苟的地步；以上各點均非本文宏旨，我們要
談的，是他的才情。他生性富有想像力，意氣風發而辯才無礙，
常有別腸新意。品鑒識見，決不止於短淺爲已足，時而服膺，
旋即揚棄；言談雖多鋒稜，以其格調高致而不傷大雅。由於他
生活空閒，在巴黎交遊既廣，左右逢源，使得他那活動心性既
廣且強，令人咋舌。他遂攬上五花八門，龐雜不經的事情。以
至，他所需所求也是前人所未敢想像，他又創出許多解決之道，
同樣稀罕少見。他則從中接二連三得出無限樂趣。

　　僅上文所述，克瓦瑪禾侯爵其人如何已可窺見一斑，猶如
他們稱噶里阿尼神父爲「藹然可親噶神父」那樣，侯爵的朋友
總是以「藹然可親克侯爺」稱之。狄德侯先生一次把自己的平
易近人個性和克瓦瑪禾侯爵的辛辣作風作一比較，對他說：「您
開的玩笑，猶如酒精之燄，又柔又輕，在我毫毛上到處遊走，
卻不炙傷。」[209]

　　卻說這位藹然可親克侯爺於一七五九年初離開了我們這一
班人到靠近岡城的諾曼地的田莊去[210]。他許下諾言，此去只待
家務事料理妥當，立即返來，不會久留。殊知他卻滯留忘返，
還把子女也叫到身邊。他跟當地的本堂神父成了莫契之交，對
蒔花種菜入了迷。由於其人生性想像力風發，非得有一件或虛

209　「福拉枵黑雍」及「佛里歐」版無以上三段。

210　岡城爲法國西北噶爾瓦多斯省首府，位於奧恩和奧峒兩河交匯處，是
　　　下諾曼地重要的都市。

或實的事物不能將他碇繫一地，他於是突然虔誠向主起來了。
儘管如此，於我們這一班朋友，他還是情意如昔的。只是，倘
非他兩個兒子相繼夭亡，他大約不會再和我們在巴黎見面了。
他離我們達八年之後，發生了這遭變故，才又和朋友重聚，他
今天藹然可親，尤勝既往。

　　說我們那時見不到他，真有無比的悵惘，苦挨了一年三個
月之後，我們就商量有什麼妙計可以使得他答應回到巴黎來。
前面那篇〈自述〉的作者回想起，在侯爵離巴黎稍前的一段時
間內，正眾口喧騰談論一位龍尙修女的風波，因為她是在父母
強制之下發的出家誓願，所以提出法律訴狀，要求翻悔誓願。
這位可憐的幽居人引起了侯爵極大的關切，以至於人沒見一
面，連她的姓氏也不清楚，甚至對事實真相也沒有確定把握之
下，他就跑去巴黎法院衙門向每一位推事為她說情。他這仗義
相助並沒有使可憐的栩桑‧斯奕蒙南修女贏得官司[211]，她的出
家誓願維持有效，我也說不上來是什麼厄運作祟以至於此。狄
德侯先生於是決定將這一番故事借屍還魂，大夥朋友從中取
利。他如此這般定下妙計，詭稱這位修女僥倖逃離了修院，並
以該修女之名給克瓦瑪禾侯爵去了一封信，請他一伸援手並收
容保護。侯爵必然會匆匆趕來救援這位修女的，我們不用擔心；
萬一他一眼就看穿了我們的奸計，那麼計雖不售，至少給自己

211　此修女之名其實為Marguerite de la Marre（Delamarre）於1758年敗訴，
　　未能翻悔誓願。詳細經過，參見May, *Diderot et* "*La Religieuse*",
　　Chapitre III, pp. 47-76。實際上，原信內的修女署名也是M. de la Marre，
　　後經狄德侯統一為Suzanne Simonin。

留下了助談之資吧，這一點，不在話下。孰知，這場竦動視聽的詐欺劣行，在狄德侯先生（毋寧說那位被冒名頂替的修女）以及從未起半點疑心的義重如山的好侯爵之間展開，搬演出的情節與當時所想竟完全不同，從我下面給各位所刊的來往書翰中可以看出來；這一椿有虧公道的行為，使得我們良心久久難安。當年我們在晚餐桌上誦讀那些會惹得我們的好侯爵落淚的書翰，闃然大笑之聲此起彼落；同時，也在同樣的闃笑聲中宣讀這位急公好義的真朋友給修女的一本正經的回信。然而，我們一發覺這位落難修女的遭遇在我們軟心腸善人的心中所引起的關切，已超過限度，讓她苟延時日，可能給侯爵帶來更椎心的痛苦，狄德侯便下定決心，與其如此，不如早日賜她一死，只讓侯爵一陣短痛。侯爵回到巴黎之後，我們向他招供了這一椿罪惡陰謀，他只哂笑不已，這也是眾人意料中事。可憐修女的悲慘遭遇落了幕，替修女送了終之後，這一班朋友之間友情倒更密了。不過，侯爵雖知情，卻對狄德侯隻字不提。其間發生一椿妙事，也頗為驚人的。原來，這弄神弄鬼的故事固然把我們那諾曼地邊的朋友搞得滿腔熱火，連這頭的狄德侯也熱了起來。此人深信，侯爵是不會把一個不甚認識的人收容到家裡去的，他於是著手撰寫這位修女的詳細身世。

話說一日，狄德侯正全神貫注伏案撰寫，我們這班朋友中的一位，阿瀾維勒先生登門拜訪，只見狄德侯熱淚滿腮，痛苦不堪。阿瀾維勒先生問他：「您倒是怎麼了，瞧瞧您傷心成這樣子！」狄德侯回答說：「我怎麼了，我是為了我自己寫的『故事』

難受呀。」[212]可以確定的是，這故事倘真能殺青，我們所讀到的必然是小說中最真實，最有意思，最哀怨動人的一部。這小說寫的雖不是愛情故事，卻頁頁叫人落淚；作者的想像力，斑斑在目，確是一部天才之作。此作有益大眾，雅俗共賞，老少咸宜。因為，從來沒有人寫出過對修道院如此針針見血的諷刺作品。由於小說的前半部對修道院只有禮讚，使得這部作品益發可畏[213]。小說中那年輕修女，生性樸素心地溫存又且虔信如天使。旁人的教導，凡是應敬畏的，她對之一概抱持最真誠的虔敬。可惜，小說只有畸零片段，而且再未有進展。這番文字算是廢紙了，但這號出眾的人物所損失的遠不止此。其人如知愛惜自己的光陰，不將之浪擲在千百個不知深淺之徒的身上，他必有二十部傑作令他永垂不朽了。最後審判之時，我會將那些人物一一舉發，讓他們面對天主，面對眾人，負起自己罪業的責任。（我頗識得狄德侯其人，必須於此一提，此小說，他已完成，讀者上文所閱之〈自述〉正是。鑒於此，可見對生於友

---

212 「故事」在此指的是〈自述〉。這一段話，是原本格林牧版本的〈序言／附錄〉所沒有的。在「汪德爾遺贈典藏」問世之前，咸以為真出自格林牧之手，其實是狄德侯1781-1980年修改時加上去掛在格林牧的帳上的。狄德侯之女汪德爾夫人死後將所有相關文件贈送給法國國家圖書館，設「汪德爾遺贈典藏」，才發現此段文字。由於字數較多，狄德侯寫在小紙片上。(Dieckmann 1952, p. 28)按，原文中狄德侯的回答用破折號插在整段對話內，引號為譯者所加，以清眉目。

213 根據格林牧的原稿，此句為：「由於此諷刺作品對修道院只有稱許，使其益發可畏。」這句話顯然是不符合小說內容的，故狄德侯修改如上。格林牧之所以有此一說，推測當初戲弄克瓦瑪禾侯爵時，因知道其人宗教信仰虔誠，行文不敢過於放肆。後來，既撇開侯爵，就再無顧序。(Parrish 1962, p. 366, n14)

誼的溢美之辭，是要抱持慎重態度的。）[214]

　　有關我們這位苦命修女，只剩下來一批來往的書信和我們的懺悔之心意。務請不要忘記，所有的書信〔不論署名為馬丹抑或栩桑・斯奕蒙南〕[215]，包括那幽居女人的信函在內，都是這位彼列的後人一手虛謬膺造的[216]。至於那慨然出手相助者的信則封封真正出於至誠，如假包換。後面這一點，就是我磨破嘴皮，要狄德侯先生相信的，因為他總認為侯爵和他的一班朋友沆瀣一氣來耍戲他[217]。

短箋
（修女致皇家軍校司令克瓦瑪赫侯爵）[218]

　　三年前，侯爵對一落難女子甚表關注，其時，侯爵宅居於音樂學院鄰近。該女子打聽到，他目前寓於軍事學堂內，遂請人持信前往拜謁，欲知是否仍能仗仰他

214　括弧內此段文字，與上文「只有畸零片斷」自相矛盾，實是為德侯修改時所加，為格林牧原文內所無。詳見〈代序〉。

215　方括弧內的句子見於「福拉枵黑雍」版及「佛里歐」版。

216　彼列在《舊約》中是「惡」和「異教」（paganisme）的具體體現。在《新約》中，他是撒旦的別名（見《新約》〈哥林多後書〉五章，十五節）。

217　狄德侯的確懷疑自己「螳螂捕蟬，黃雀在後」，他的朋友聯合起來戲弄他。在他給艾比尼夫人的信中說：「侯爵回信了，真邪，假邪？他的心那麼多情？腦袋如此迷糊？這裡頭會不會有詐？我可對你們這一夥人有點信不過。」（*Correspondance inédite I*, 190, cité in Dieckmann 1952, p. 28）

218　第一封信及覆信均以概要轉述，自第三封信起方錄「原文」。此處侯爵姓氏原文有意誤為Croixmar以表示該信非出於熟人之手。格林牧在說明內為存真，沿用此舛誤姓氏。故譯為「克瓦瑪赫」以示有別於克瓦瑪禾。又，「福拉枵黑雍」及「佛里歐」版將此有意的舛誤校正。

的大力，因她目前情況堪憐，尤甚於以往。

務求賜覆片言隻語，因她情況危急，並請千萬勿令持信人心中起疑，云云。

回音：

聲稱事有訛誤，蓋侯爵目前人在岡城，不居於學堂之內，云云。

信委一年輕女子謄寫，此後書信也均假此人之手。該信請得左近年輕貴族侍從送去，並帶回口信如上。狄德侯先生認為這一番鳴鑼開道工夫大有必要，理由如下：由此可見出修女將兩個堂兄弟張冠李戴了，還拼錯了他們的姓氏，此其一：修女藉此方得知侯爵人在岡城，此其二：軍事司令說不定想趁機和他的堂兄開開玩笑，把此信轉去，此其三。上述數點不就使得我們這位貞德的修女有血有肉了嘛。這位司令亦是個即之也溫的人物（凡姓克瓦瑪禾的人莫非如此）。他的堂兄不在身邊，他也和我們一般感到落寞，我們就期望把他也拉入我們這一個陰謀集團裡來。且說修女有了他的口信之後，遂將信逕投到岡城去也。

去信
（修女致克瓦瑪禾侯爵，寄往岡城）

先生，我不知此信投向何人，然則，我目前窮途孤弱，惶惶無告，也顧不得先生您是誰，就貿然修書了。倘若軍事學堂所言屬實，您即是我所尋的那位慷慨樂善

的侯爺，那真要謝天謝地。若非其人，我就束手無策
了。不過，我認定了您這姓氏，錯不了的。前有一女
子，其狠心雙親將她推入牢籠，為跳出終生監禁之災，
此女子曾作過一番掙扎，徒勞無功。兩年前，爵爺您
抑或另有其人名為克瓦瑪禾，但非為任職軍事學堂
者，曾為此女子關說，有意助她一臂之力；我今日祈
盼侯爵為此落難女子一伸援手。您大約已聽說，我從
修道院裡逃了出來了，我其實走投無路，才會再有此
二度之舉。我原本指望王法公正不阿，會判我自由；
現在痛苦不堪，只有出此一途了；否則，走入絕境才
能如願，那就罪業更為深重了[219]。

先生，您過去曾不吝翼護，但願您見到我今日此景此
情而惻然動心，起垂憐之情！您見我陷入今日是非境
地，敢向一素未謀面之人求援，難免對我生輕忽之譏。
先生。我今日孤弱無助之況以及我為修道院引來風風
雨雨，犯下了大錯，遭到何等非人嚴罰，您若知情，
一定會原諒我有此舉的。先生，您是性情中人，豈願
日後有一無辜女子一輩子幽禁黑牢的身影，長在心中
縈繞不去！請救我，先生，請救救我。〔我所懇求者
不多，您身在外省做起來比在巴黎更為方便。請您自
己或轉托朋友薦我去岡城或他處一戶人家任管家或使
女之職，甚或為傭為僕均無不可。只求是個正派人家，

不知我出身且遠離塵囂，薪給在所不計，但求糊口並庇逋逃而已。我前在俗時頗有家事經驗，出家進修院中又復學得唯命是從，侍人服役，必能令人滿意，請勿有疑。我尚年輕，性情溫順。體力恢復之後，舉凡僕役家事，一定都能勝任，務請相信我。我會得刺繡、縫紉、漿洗；未出家前，我還自己織補花邊，我刻下就要開始重拾手藝。我手腳堪稱不笨，凡有工作決不嫌東揀西。如需要我學會梳妝，我也頗有識賞眼力，此手藝我必很快就可得心應手。我只求一席之地，能將就得過者最好，否則任何工作均可。我的品行，請您放心。表面上看來也許難以相信，其實我是很虔誠敬神的。我逃離的那修道院，花園深處有一口井，我經常去窺探。要不是天主攔住我，我這苦難早就一了百了。先生，我豈能再回到那陰森森的修院去！您就成全我吧。〕220 您行了這樁善事，活到鶴壽龜年每一想起，都會有慰於心的，天主也會給您好報，倘非今生，必在身後。先生，尤其請您想一想，我活在風聲鶴唳之中，不得片刻安寧，真是度日如年啊。我的親戚知道我人在巴黎，毫無疑問，一定無所不用其極要把我找出來。請您不要讓他們得逞。我把衣物悉數帶

---

220 方括弧內「我所懇求者不多……」起至「……您就成全我吧。」文字係狄德侯於1781年修改時所加，後又改寫，並將之移至〈自述〉的結尾處。詳見前注200。譯者雖根據「七詩聖文庫」版，此段文字與〈自述〉文末者略有出入，故仍將其譯出放在方括弧內供讀者參考。

了出來，靠做點工糊口，還靠我的朋友，一位善心的
夫人收容，您的回信請逕寄給她，夫人名馬丹，住在
凡爾賽[221]。旅途一切所需，她也說好替我張羅。我一
旦找到安身之處，也就不缺什麼了，不用再累贅她了。
先生，您若賜我片瓦之遮，我的所作所為絕不會令您
失望。不論先生如何覆我，倘有怨怪的，也只是怪自
己的命苦。

馬丹夫人通訊處如下：凡爾賽，安茹路，布各尼閣，
馬丹夫人。來信敬煩使用兩個信封，外面信封致馬丹
夫人，內封上請畫一個「十」字為記。

老天，盼望先生回函如大旱之望雲霓！我惶惶不可終
日！

　　　　僕女葡匐受教，（簽署：栩桑）敬上

　這原來是一封未定信稿，淡忘二十一年之後，狄德侯先生
偶然寓目，遂決定修改。此信件增補後置於小說之末。
　我們需要設一個通訊處以便收取回信。我們覺得一位馬丹
夫人，係前陸軍軍官夫人，確實住在凡爾賽。對我們的惡作劇，
她毫不知情，也不知道後來假她之名撰寫書信；此等信件，我
們另請得一年輕人女子謄抄。我們僅告知馬丹夫人稱，會有信

221　George May有文，證明這位馬丹夫人確有其人，生於1714，死於1779。
　　原各Michelle Moreau，嫁後隨夫姓，地址也非虛構。(May. 1975, "Une
　　certaine..." p. 255 *sq*)

自岡城寄來，收到後即轉給我。可謂無巧不成書，大約在我們的陰謀事件八年之後，克瓦瑪禾先生回巴黎，竟在同謀者之一某夫人家遇見了馬丹夫人[222]；簡直是石破天驚！克瓦瑪禾先生就自己十分關心的落難女子一事，向馬丹夫人問長問短，以爲必能大大解惑，無如馬丹夫人則連此人的人影也不知道。其時，我們向他和盤托出並求他寬宏大量，也正是時候。

覆信（克瓦瑪禾侯爵）

小姐，大函收到，收件人本人正是您心目中之人無誤。本人對您之同情態度依然，亦正如小姐所忖度。茲有年輕女子需一女隨伴，倘此職相宜，您不妨立即啟程來岡城。

請貴友來信，信內聲稱爲其遣來合我心意之侍女一人。信中推薦之措辭，由彼就您優點自行撰寫即可，但也毋須細表身分。請書明來人姓氏（您可自擇一姓名）及所乘驛車；並請盡可能告知抵岡城〔啟程〕日期[223]。如擬乘岡城驛車來，此車週一清早由巴黎出發，當在翌日抵岡城；驛站設在巴黎聖‧德尼路「高鹿莊」。抵岡城時若無人來接，可逕赴噶雄先生處暫落腳，就在皇家廣場對過，只說是我吩附便是。由於此事您我雙方均極須匿名行事，此信未署姓名，請不必疑慮，並請貴友將原信郵還。您只須持信皮漆封印爲證，到

---

222 同謀者之一即艾比尼夫人。
223 「福拉橋黑雍」版內爲「啟程」日期，無「抵岡城日期」。

岡城後出示，以為識別信記。

務請依照本信所囑一一而行，不可有絲毫差錯。為求萬全，身上不要攜帶書信文書或其他足以令人識得身分物件，以上物件以後再行取回並非難事。僕出於一片至誠善意，務請十分信賴是幸。

> 僕啓於岡城左近某地。
> 一七六○年二月六日（星期三）

上信寄馬丹夫人收。信內另有「十」字記號封套，均依前約。信封火漆印章為一愛神像，一手擎火炬，一手捧雙心。火漆因開信時受損，章上箴言不辨。此年輕修女不知情為何物，誤將愛神認作自己的守護神，亦合自然之理。

覆信
（修女致克瓦瑪禾侯爵）

先生，大函敬悉。我看，自己那場病很嚴重，十分嚴重。目前身體虛弱異常。萬一天主恩召我去，我當日日祈祝您永福。身體如能恢復，當遵尊命行事。先生真是個重義君子！先生恩澤，此生永誌不忘。

我多情義好友當由凡爾賽來，奉告一切。

> 二月神聖禮拜日
> 火漆封印自當小心存妥。所印之神聖天使，正是先生其人，我的守護神。再拜。

狄德侯先生是日不克前來與群匪聚會，僅寄來上面回信一

通，未附同意函[224]。此信不合他意，認為會露馬腳。我看，他想左了；認為此封信不妥，也是錯誤的看法。不過，為了讓他滿意，僅在我們「詐欺集團群眾大會」的記錄簿上登錄了這筆覆信，並未發出。話說回來，這「病」是非生不可的，否則難以拖延赴岡城之日期。

記錄簿片段節錄(下面為所發之信，栩桑修女是如此這般寫了回信的)：

先生，您的善心，令我感激不盡。現在已不必再費心，我已經毫無希望了。大概很快就會到大慈大悲的天主跟前了，我在那裡也不會忘記您的。他們正會診，決定是否要為我再行第三度放血。他們愛怎麼決定，就怎麼辦吧。永別了，先生。但願我此去所過的日子要強些；我們有一天在那兒再會吧。

信
(馬丹夫人致克瓦瑪禾侯爵)

我在她床邊，她催我給您修書。她的健康一度危急而身不由己，我難離凡爾賽，不克早日前來照顧。我雖知道她病情危篤，孤苦伶仃，而我那時無法分身。她所受的苦之多，先生可以想見。她摔傷過，卻瞞下不說。後來突然發起高燒，只有靠放血才壓了下去。我看算是脫臉了。目前令我擔心者，非短期之內能夠康

---

224 修女此回信諒係那班同謀者所擬，並寄給狄德過目。狄德侯閱畢應於「群匪」聚頭時再作最後決定。

復，怕個把月甚或六周之後才動得了身。目前她身子
很是羸弱，還會更虛弱下去呢。先生，請想辦法通融
一點時間，我們一道救救這姑娘。此人身世可說再悲
慘不過，其人則極值得結識，是世上難得一見的。先
生大函令她感動之狀，我難以轉述。她哭了又哭，並
將葛雄先生的地址錄於日課經書內一張聖女栩桑像背
面，而且不顧體虛氣弱，非要給您回信。她方渡過了
一道險關，這信，她真能在裡頭說些什麼，我也難斷，
因為，她那腦袋還不管用呢。我心急匆匆大略奉告於
上，請原諒我口不擇言。她真叫我看著心酸。我實在
扔不下她一人，而又確實沒辦法一連幾天留下不走。
附信奉還您給她的大札。一函另封奉達，大致遵照您
的吩咐下筆。信內未提任何宜人才華之類的話。以她
日後身分，是不宜具有這等才藝的。如真想隱名埋姓，
非要把這些本事都放下不可，反正，我是這麼想的。
此外，凡是關於這位姑娘的事，我全是實話實說。老
實說，天底下做母親的，有這麼個女兒者都會喜不自
勝的。第一樁心事，您可想見，是得給她找個遮風蔽
雨的處所，總算辦到了。她身體沒完全恢復之前，我
是不會放她走的。不過，我方才說過，要個把月或者
四旬時間，這段時間內，還得平安無事才行。您的火
漆印她已妥為收存，夾在她的祈禱書裡[225]，壓在條枕

之下。我沒敢告訴她，這火漆印記不是您的。大函寄
到時，我拆封當下損裂了火漆，就用我自己的印權充
原印。她當時身體極弱，我委實不能不先看過信就貿
然轉去給她。我有一個冒昧的請求，請先生給她寄來
片言隻字，以堅其對您所抱的希望，這是她目前唯一
的希望所寄了，倘無此希望依仗，她性命保得住保不
住，我是毫無把握。先生如能同時另外給我一箋，略
略說明您所荐那人家若干細節，我也可以用以令她安
心。您所有的來信都會與第一封來信一樣，完璧歸趙，
請不必懸念；我這邊，為我自己著想，也不會輕舉妄
動的，就此一端，您也可以放心。我們雙方此後凡事
都要步調一致，除非您另有新意圖。再見，先生。這
可愛的苦難女子，只要頭腦還管用，會時刻為您祈禱。
此候先生回音，大函請如前信，逕寄凡爾賽，安茹路，
布各尼閣即可。

一七六○年二月十六日

信

（馬丹夫人致克瓦瑪禾侯爵，此信係按照侯爵指示
撰寫，日後可出示他人）

先生，茲推薦栩桑・斯奕蒙南小姐。我愛之雖視同己
出，但我生性不喜言過其實，以下所言，句句屬真。
此女父母雙亡，係良家大戶出身，家人對其教育未敢

絲毫怠忽，且由於手腳伶俐²²⁶，又喜做事，舉凡居家
操作，無不通曉。其人嫻靜寡言，凡有言，頗合度得
體。通文字，下筆質樸自然。如先生引薦之家庭需人
誦讀，她讀來娓娓動人。此姑娘個子不高也並不矮，
可謂適中合度；至於體貌，其宜人姿質，為我所僅見。
看起來，也許略嫌年輕，我看不滿十九歲。她固然年
輕，但因歷經坎坷，可補歷練之不足。她矜矜自持，
明辨善審可謂罕有。其人品行玉潔冰清，我可以擔保。
她虔誠敬神，卻不失諸執迷，天真率性，總是喜色嫣
然，從無怒容。我有兩個女兒，倘非情況特殊，斯奕
蒙南小姐不便在巴黎定居，我就不會另尋他人任小女
的家庭教師；此人之適任稱職，我看實在罕見難求。
此女髫齡時我即認識，親見她長大成人。我不會令她
衣物寒酸啟程。旅途零星費用，悉數由我來負擔。要
是那家人要辭她，回程費用也由我負責，聊表我對她
一點心意罷了。她從未踏出巴黎一步，目前也不知何
去何從，覺得自己已走到絕境了。我費了天大力氣要
說得她安心。先生，您那邊倘能說清所薦何人，她投
奔哪一個人家，要她做何職事，請賜來數字，勝過我
千言萬語。候爺您總是為人著想，我這不情之請，您
不會覺得得寸進尺吧？她現在一心只怕事不成，這可
憐的孩子一點也不知道自己何等人材。先生高山景

<hr>

226 「手腳伶俐」「七詩聖文庫」版原文為droite，而「汪德爾遺贈典藏」
之手抄本及「佛里歐」本，均作adroite，同時較合理從後者。

行，遠非欽敬兩字所能道於萬一。

　　　　僕女葡萄受教，鄙(簽署：莫洛－馬丹)敬上

　　　　　　　一七六○年二月十六日，於巴黎

信
(克瓦瑪禾侯爵致馬丹夫人)

夫人，兩日前收到短箋，得知斯奕蒙南小姐玉體違和。其悲慘身世令我惻然嗟嘆，她病體令我憂心忡忡。尚請告知其近況及有何決定，亦即對我上信之議有何回音，以慰遠懷。知夫人體恤人意且對此關注備至，以上所求諒必能承您答允。

　　　　　　　　　僕，鄙克瓦瑪禾拜啓

　　　　　一七六○年二月十七日[227]，於岡城

另函(克瓦瑪禾侯爵致馬丹夫人)

方延跋為勞，喜獲夫人大函，喜聞斯奕蒙南小姐正脫離險境，且獲蔭庇逋亡，懸念方得暫釋於懷。我已去信告知，我對她一秉初衷，您不妨再轉告，令其安心。展閱她來信令我感動震驚。鑒於她目前進退兩難之境，我擬請她來我身邊伴護小女。小女失恃，亦甚可

227　「福拉梢黑雍」及「佛里歐」版為十九日。

憐。此舉是我力之所逮,最為上策。所薦人家也者,
即是寒舍。此意已決,不會有變卦之虞,必可略慰她
哀痛不堪之境又能嚴守隱密,假手他人則未必如此牢
靠。想到她之境遇悲慘而我空有家財,卻無法照我意
思行事,令我嗟嘆低迴不已。但情勢逼人,豈有他途?
舍下離城廂約兩里之遙,鄉間景色尚稱宜人,所過乃
隱退生活,身邊僅長男及小女而已。長男重情義,虔
信仰,但我亦不會將斯奕蒙南小姐之事透露於他。至
於舍下僕役,均為本人老家人,上下一心,相安無事。
還有一點說明。上面所提之事,她可視為聊備一格而
已,倘另有高就機遇,絕無約束羈留之虞。話說回頭,
如有需要,本人義無反顧,請她放心,並安心養病。
我靜候她來臨,尚請不時賜知斯奕蒙南小姐起居情
況,以免掛念。

> 鄔克瓦瑪禾拜啟
> 一七六○年二月二十一於岡城

信

(克瓦瑪禾侯爵致栩桑修女,信封上有「十」字為記)

知您目前處境,小姐,我既感動又關懷,此情無人可
以企及。小姐身遭厄難至今未能脫困。我日益關切索
心之事莫非令您稍獲寬慰。務請安心,恢復體力,全
心全意信賴我的心意。您現在應心無旁騖,只管養好

身體並且注意不令有人認出面目身分。但能減輕您困
厄的痛苦，只要做得到，我原是義不容辭的。無如您
的情況如斯，實令我縛手縛腳，現實嚴酷，唯有切齒
浩嘆。我為小姐所推薦者，是我至親至愛之人，您來
此後諸事大凡由我作主，此類工作，苦志勞形之處雖
尚輕微，亦在所難免。只要我力所逮，自會盡量不令
其太過繁重，務請信任我。此一工作，我日後完全都
交托給您了：以上之承諾，向您表明了我的心意和對
對您的關切，當可令您安心。

僕，鄙克瓦瑪禾拜啓
一七六〇年二月二十一日於岡城

另信致馬丹夫人，她對此事當更詳細奉告，又及。

信
（馬丹夫人致克瓦瑪禾侯爵）

先生，我們親愛的姑娘病體痊癒可期。高溫已退，頭
痛亦消，以此種種看來，康復在即，身子快要健旺了。
目前嘴唇還欠血色，不過眼神已復舊時的光采，兩頰
紅潤再現，皮膚已生光澤，不日當長肉生肌。自她心
安之日起，百事無不順吉。她此時此刻正宜體會先生
大德何其珍貴。她對自己心中所感，表達的方式尤為
感人。我持先生最近各信給她，當時我們兩人之間之
情境，我且一試向先生描繪。她接信時兩手發抖，讀
信時屏息凝神，一行一頓。讀畢，一把抱住我頸子，

熱淚滾滾而下，說道：「這好，馬丹夫人，可見天主沒有棄我於不顧；天主最後還是願我幸福。準沒錯，讓我向這位恩公求救的，正是天主降下的靈感嗎？除了天主，這人間還會有誰可憐我喔。天公給了我這一番恩典，算是開個頭吧，該謝謝天公，以求日後天恩再臨。」她然後在床上坐起，開言祈禱起來；接著，提起信中一處，說道：「他是要把自己的千金交給我。」「娘，她一定像她父親，個性溫和，樂善好施，矜苦憐弱吧。」隨後，她停了下來，略帶不安，說道：「她沒了娘！帶孩子，我又從無經驗，可惜啊。我一竅不通，不過盡心盡力就是了。我要晨昏不忘我欠她父親的恩情。只要有感恩圖報之心，不論有什麼不足必然都能彌補的。我這病還要拖多久啊？什麼時候才准我進食？我已經完全不覺得自己摔過一跤，一點感覺都沒有了。」我為您描繪了上面細節，因為希望您聽到會高興的。看到她的舉止如此天真，說話如此無邪，如此熱情洋溢，我簡直不能自恃了。倘若真能讓您目睹耳聞這一幕，要我做什麼都行，真是的。唉，先生，除非我瞎了眼不識自己，您這請去的，可是個天下無雙的姑娘，會為宅上添福增祥的。您自己、令媛、公子以及先生目前情況種種，先生不吝下告，實暗合她的心願。她先頭給您提的種種，也一秉初衷，毫無變更。她只求免於凍餒，您若認可行，真只要做到讓她溫飽兩字就夠了。我雖然不算富裕，衣食之外，由我

來照管是可以的。我疼這孩子，心裡是認養了她了。我活著為她盡的一點點心意，身後也會繼續下去的。不瞞您說，大函中所稱「所提之事，她可視為聊備一格而已，倘另有高就機運，絕無約束羈留之虞。」等語，她讀了甚為難過。見到她具此善於體恤人意的心性，我甚感安慰。她康復情況，我自會奉告先生的。且說我心生一個大計。先生您此間必有不少朋友，如能蒙您為我引見一人，則此計在她康復期間應可實現無虞。請為我引見一位睿智，穩重而且手腕高明的男士，倒不必有什麼顯赫的地位，只要他自己或朋友能接近幾位顯要（我到時會把姓名告訴他的），只要能跟宮裡牽上關係，自己不必身在朝中。至於我心中如何盤算，是不讓他知情的，他只幫我們的忙，卻不必知道此舉的底細。我們至少佔了一點先機，就算我的圖謀無功，可以因而使得旁人相信，她現在身在國外了。倘若先生能為我引見一位朋友，請賜下此人大名及住址，並給他去信，告訴他您認得馬丹夫人有年，她將有事相求，事若可行，請他多多關照。倘若先生無人可引見，我也只能自嘆福薄了。總之，先生，請您自己斟酌吧。至於我這方面，對這落難姑娘確是關愛備至的，而且我有過歷練，知道慎重從事，請您放心。先生前封大函令她雀躍，使她脈搏加快，不過，很快就會過去的。嵩此再奉達對先生無上的敬意。

僕女匍匐受教，鄙（簽署莫薈－馬丹）敬上

一七六〇年三月三日於巴黎

馬丹夫人請求栩桑修女義薄雲山的保護人爲她引見一個朋友，此一主意直是撒旦在背後教唆；那些爲撒旦作倀的人物就希望藉此會引得他們在諾曼地的朋友把我引見給她，並把此事底細告訴我；這條詭計大獲全勝，只要看下面的信件就明白了。

信
（栩桑修女致克瓦瑪禾侯爵）

先生，蒙惠覆兩函，均經乾娘馬丹夫人轉下[228]，並承她告知亦收到先生一信。先生工作我接受，求之不得。以我能力，實在是百倍抬舉，千倍抬舉了。我未見世面又無歷練。我深感到，要做到不負先生信託，眞是任重道遠，所賴的是自己的一片赤忱、感恩圖報之心意以及先生您的寬容擔待。我乾娘說，這職事會將我歷練成器，勝過一份我本來就勝任的工作。老天，我眞迫不及待，期盼自己早日痊癒，去拜倒在恩公膝下。我眞是喜不自勝。但是旁人不讓我寫信，也不准讀書報，要我臥床不動，飽灌藥汁，令我枵腹忍飢，說這種種都是為我的好。謝天謝地！我不得已只好聽他們

228　原文為Maman Madin，直譯應為「馬丹媽媽」。栩桑為收容後，對馬丹夫人以娘相稱，從心理上來看，是脫離與自己生母的關係。此處係栩桑對侯爵說話，譯為「乾娘」以符合中國人的感情表達方式。逢栩桑對馬丹夫人直接稱呼時，均譯為「娘」。

的擺佈。

先生真恩重如山，我銘感五內。

　　　僕女葡萄受教，鄙（簽署栩桑·斯奕蒙南）敬上
　　　　　　　　　　一七六〇年三月三日，於巴黎

信
（克瓦瑪禾致馬丹夫人）

斯奕蒙南小姐日漸康復消息敬悉。日來略有微恙，未克早日覆上，以奉達欣慰之情，敬請夫人原諒。想必她身子復元如初乃指日可待，敢請夫人早日惠告她身體完全康復之訊，這是我熱切祈願。夫人正深思熟慮，要為她謀一出路，我未能出一分之力，以助其成，真汗顏無地。既知夫人關切備至且行事惟謹唯慎，雖不知計之安出，當可信其必為上策無疑。我在巴黎交遊不眾，所識之寥寥數人，復亦類僕者，均非交遊廣闊之輩。夫人所欲之人選，實不易尋覓而得。唯敬請夫人源源告知斯奕蒙南小姐之起居，有關她的消息，對我而言均彌足珍貴。

　　　　　　　　　　僕，鄙克瓦瑪禾拜啟
　　　　　　　　　　一七六〇年三月十三日

覆信
（馬丹夫人致克瓦瑪禾侯爵）

先生，未將所謀何事向先生說明，或是我的錯誤，都

因為太急於謀事之故。我心中所排之陣，容細述如下。
先要奉告先生的是，樞機主教德某某先生過去一向照
顧她一家上下。主教過世後，家中大小頓時失去了靠
山，尤以栩桑為甚。因主教早年就認識得栩桑，他一
向喜愛姣美兒童，而栩桑資質雅麗，令主教驚為罕見，
當年就要為她安排日後生涯。而他撒手歸天之後，家
人將她擺佈之況，您是知情的。其他若干照顧此一家
庭者，認為將她兩個姐姐嫁到手下的人[229]，就算對么
女也可塞責了。受蔭庇者之一獲得一個可羨之肥缺，
在阿爾比[230]；另外一個在蒙彼利埃三里外的噶斯特赫
邑掌收賦稅[231]，這種人的心腸固然是很硬的，不過其
今日地位全仗仰提拔他們的貴人[232]。我於是思量，大
家均稱德某某侯爵夫人是個助人為樂等人，而且此人

---

229 「手下的人」原文為creaure。此字原為基督教指上帝所造之物。十六
世紀起，此字具世俗意義，指「為某人蔭庇且為其馬前卒之人物」，
有貶意。此字後來逐漸為貶意色彩較弱之protégé「受保護人／受蔭庇
者」所取代。此段文字狄德侯曾大加刪改。他在修改〈自述〉時，於
開頭部分點明了栩桑兩個姐夫居住所在(見注13)，遂與格林牧發表的
原文明顯牴牾，因此，他把「將她兩個姐姐嫁到手下的人」改為「將
她兩個姐姐嫁了出去」，下文「受蔭庇者之一〔……〕提拔他們的貴
人。」一段話則完全刪去。

230 係達哈省首府。

231 原文為aides，指十五世紀付給封建主之賦，後來指貨物流通之間接
稅，大約類似我國有清一代之厘金。

232 根據上下文，此兩位受蔭庇者(créatures/protégés)即指樞機主教的手
下，也就是下文所說的栩桑的姐夫。如是，則和〈自述〉所說姐夫的
情況相矛盾。

也曾於我這孩兒訴訟時大力幫助過她[233]。倘能伺機向
她進言，細敘有個年輕女子處於悲慘境況，她現在身
在他鄉，遠離故土，貧困交迫之下，前景不堪臆測，
也許藉此可以逼得她那兩個姐夫湊出一筆小小膳宿年
金給她：那兩個人獨佔了這一家的全部財產，絲毫無
意助我們一分半釐！說實在話，我和您同心共力再於
這上頭花點心思是很值得的。未知先生以為然否？要
有那麼小小一筆膳宿年金加上我不久前給她的和您慷
慨解囊所賜，對她目前好，將來也過得去，那麼我讓
她離開也不至於心中太過遺憾了。可惜我既不認得德
某某侯爵夫人，也不認得主教的秘書（據說他是個飽學
之士），他們左右的人物半個也不認得。栩桑孩兒勸我
寫信請教您。再者，我還不敢說，她康復的情況是否
會如我期望那樣好。她折了腰，有內傷，我好像跟您
稟告過：摔傷而起的痛楚本已消除，現在又復發了。
疼痛間作，發作時體內會略感抽動顫慄，好在把脈時
已看不出絲毫發燒症狀。大夫緘口不言，頷首而已，
其表情令我憂心。她禮拜日要去望彌撒，非要去。我
已給她寄去一件風帽大斗蓬，可以遮得她密不通風。
她裹在裡頭，在街坊那黑朦朦的小禮拜堂裡待半個來
小時，我想不會出事的。她如饑如渴盼望自己能啟程
離此；她所熱切有求於天主的，毫無疑問，莫非二事：

---

233 「福拉橋黑雍」版為：「大家雖沒稱德某某侯爵夫人是個助人為樂的
人，至少說此人生性閒不住，也曾於栩桑訴訟時奮不顧身幫助過她。」

一來自己早日康復，二來她的恩人對她長存善心。倘
若她健康果然恢復，能在復活節後一周內出發，一定
先行奉告。再說，她人雖不在此，我仍可以為她奔走。
我自己如能在熟人中找到一人，可在德某某夫人面前
進言，或能託艾某某大夫轉達；艾大夫的話，德夫人
很能聽得進去。

我在此向先生奉達我本人及栩桑對您之無涯感激。

　　　　僕女葡匐受教，鄙（簽署莫萑－馬丹）敬上

　　　　　一七六〇年三月二十五日於凡爾賽

又及：我不准她給先生去信，怕干犯先生清神

云云，唯有此一說辭方能令她打消寫信之念。

信
（克瓦瑪禾侯爵致馬丹夫人）

夫人，您為斯奕蒙南小姐所籌之策看來甚令人激賞；
尤其令我高興的是，她處於坎坷情境之際，我熱切期
望此計能確保她勉強不愁凍餒。至於覓得一人，可於
德夫人或艾大夫或主教秘書之前進言，也並非絕無可
能。但此事非能旦夕可待，尤宜謹慎行事，毋令內情
外洩，我所擬接洽之人還要守口如瓶方可行。我會隨
時留意合適人選。目前，若斯奕蒙南小姐一秉初衷且
健康大致恢復，也就不應有任何不便，可以打點啟程
來此。過去對她所提之原議我這邊始終如一，對改善
她坎坷處境，倘能略盡綿薄，僕之赤忱一如既往。由

於家產經營境況欠佳，加之天候惡劣，我不得不攜子
女退隱，遠引鄉野，以便節撙用度；所以我們生活起
居樸素無華，斯奕蒙南小姐也就毋須購置優雅昂貴服
飾[234]。在此地穿著，一般平居衣裳便可。她來此後，
自會發覺我在此鄉下所過之生活，平淡簡樸。然而我
必須為她作若干安排，以掩人耳目，她難免會略感不
便，我希望她在此仍能體味到恬靜愉快之趣。她啟程
日期，煩請夫人告知；請她逕投岡城皇家廣場對過噶
雄先生即可。地址如我前所告知，怕她萬一手頭沒找
到，特再奉告。不過，如及時通知我她抵此之日期，
當有人親自迎迓她來舍下，毋須中途停留。

僕，鄙克瓦瑪禾拜啟

一七六〇年三月三十一日

信（馬丹夫人致克瓦瑪禾侯爵）

大函內有「若桑小姐未改初衷」之語，此一節豈有懷
疑餘地？能入一高門大戶人家，在一個大好人身邊安
寧快樂度日，所望豈有過於此！您慨然收容栩桑小
姐，失此避難之地，她實在再無可投奔之處。此話是
她親口說的，我只是在此轉述而已。復活節當日，她
又非要去望彌撒，我勸阻無效。她這一趟彌撒得不償

---

234 「優雅」原文為propre。此字自古法文即具有「配得上自己」意義，
後於古典法文中指「整齊、注意儀表及優雅」等義（REY, 1992,
p.1653）。

失，回來後體溫即復上升，自此身子即感不適，那天真不吉利。先生，非等她身子健旺，我是不肯送她去府上的。她目前腰部上方，即她墮傷部位有炙熱感覺。我雖檢視過，完全看不出所以然。但前日送大夫下樓，他告知擔心該部位有初步經脈病跳跡象，其變化究竟如何尚待時日方知就裡。且喜她胃口佳，持續長肉生肌。只是我發覺她雙頰間歇紅潤且兩眼光彩潁潁，都勝過她天然本色。此外，她情緒急躁，令我無計可施。她起立試步，但只要稍向傷處傾身就不禁發出尖叫，聞之令人心悸。話雖如此，我仍心存希望，我還趁這段時間為她略收拾奩箱[235]。她有英國亮呢連衣裙一件，可單穿到暑末期間；入冬可外加藍棉布連衣裙，即目前身上所穿者。另有白內裙兩幅，我加送兩幅，共四件，均為凹紋細平布料子，細布滾邊。

我前為么女定製了緊身衣，同款兩件，栩桑穿起甚為合身，有如量身裁製一般，於是夏衣當可望無虞缺乏。內衣十五件，有麻紗滾邊及細平布滾邊兩款。我有布一匹，刻在桑里四城漂洗，六月中當寄去，足夠她再裁六件內衣。

胸衣、罩衫各數件，小圍脖若干。

手絹兩打。

帽若干頂。

---

235 法文為Trousseau。自十三世紀初開始，特指姑娘結婚或出家作修女所攜之衣服箱籠。故譯為奩箱。

　　畫用花邊女帽六頂[236]，配有單活袖八對，雙活袖三對。
細紗襪六雙。

　　上面所備，已盡我全力。全部於節後送來巴黎[237]，她
收到時之感觸反應，此時我亦難以描述。她拿起一件
試穿，眼睛卻看著另一件，旋又捧起我的手親吻。看
到我為女兒裁製的緊身衣，她再也忍不住眼淚奪眶而
出了。我說：「哎，您這為什麼又哭了，哭得還不夠
嗎？」她說道：「不錯，」她按下去說：「眼下，我
幸福有望了，好像覺得現在教我死，難以瞑目。娘，
我肋邊的灼熱為什麼老退不了？能不能敷上點兒
藥？」先生，對我的計畫您無微辭非議，還想到辦法
促其實現，令我高興之至。凡事都託您的福了。不過，
也許應該提醒您，德某某侯爵夫人即要下鄉，而艾某
某先生其人難以近身而且不好相與；其秘書，經二十
年營求得到了個院士的頭銜，恃氣自高，已回到了布
列塔尼，在二至三個月內會將我們置諸腦後了。我們
這裡大家的注意力朝起夕滅，現在已鮮少有人談起我
們，不消多久，就要絕口不提了。
　　您交給她的地址，她必妥為收藏，請勿擔憂；她每打
開日課經書必看上一眼。她也許會忘記斯奕蒙南這個

---

236 這種女帽法文為dormeuse，乃共世紀特有之款式。
237 節後，此指復活節。每年春季第一次滿月後第一個禮拜日，紀念耶穌
　　復活，一般在四月下旬。

姓，卻絕忘記不了噶雄之各的。我問她不想給您去信嗎？她回答我說，她已經著手寫一封長信，要是天主神恩讓她痊癒，能見到您，她所有非向您傾吐不可的話都要寫在這封信裡頭的；不過，她預感自己永見不到您呢。「病拖得太久了，娘。」她對我說，「您的善待和他的善心，我是無福消受的了，不是侯爵改了心意，就是我一病不起。」「說什麼瘋言瘋語！」我說，「要是老一腦子想不開的不祥念頭，您害怕之事便會成真的，您明白嗎？」她說：「天主要如何，便如何罷。」我請她把正在寫給您的東西讓我瞧一眼，我嚇了一跳，好一疊呢，厚敦敦的一疊啊。我氣忿不過，對她說：「瞧瞧這，會要了您的小命的。」她回答道：「您叫我怎麼辦呢？寫吧，心裡痛苦，不寫又窮極無聊。——這全是您什麼時候寫下來的[238]？——有時寫一點，下回又寫一點兒。不論我活下來還是死去，我要讓人知道所有我受過的罪……」我不准她寫下去，醫生也禁止她再寫。先生，我這邊求她，您一言九鼎，也勸阻她，我們雙管齊下才行。她珍視您為主人，必定會遵命的。不過，我明白，時辰太長，她總得有點事可做，我只要她少寫一點，少想一點，少傷心一點；我讓人給她送過去一個繃子，勸她先為您刺繡外衣上身。她大為高興，馬上動手。但願上蒼不會

---

238 這句話係馬丹夫人的問話，作者用破折號插入，依照原文，不另分行。

讓她拖著病體,在此做完!請馬上來隻言片字,禁止
她寫下去,不准她操勞過度。我原本決定今晚回凡爾
賽的,不過心中不安;她脈搏又開始出毛病了,叫人
擔心。明天醫生會來,我想留在她身邊。說來真難受,
我是相信病人的預感的,病人有自知之明。先夫棄世
當時,醫生個個都告訴我,他撐得過去的,只有他自
己說大限已到。那可憐的人哪,說得一點沒錯。我這
決定留下不走了,到時還有幸給您去信:萬一我真的
失去她,我想,我一定會痛不欲生的。而您呢,先生,
您從沒見過她一面,那真是幸運。那些狼心狗肺的女
人逼得她逃走,現在該感到自己損失之大了,不過,
太晚了。謹此奉達我和她對您的尊敬和感恩之情。

　　　　僕女葡萄受教,鄙(簽署莫葍-馬丹)敬上

　　　　一七六○年四月十三日於巴黎

覆信

(克瓦瑪禾侯爵致馬丹夫人)

夫人,您為斯奕蒙南小姐之病況憂心忡忡,僕若有切
膚之感。她坎坷境遇本已令我無限感慨,加之您為我
細敘她之種種長處及感情,使我對她產生無限好感,
對其人絕難不表至高的關心。由此可知,對她我絕未
改變初衷,務請將本人在前信中三番五次所說的話向
她轉告,言明我一如已往。我想以小心為是,不擬寫
信給其本人,免得她為回覆我而執管。以她目前病體

孱弱情況，凡有所勞心，均屬有礙健康。我實願禁止
她勞心勞力，可惜我無權如此要求。此乃本人之看法，
由夫人轉告斯奕蒙南小姐實是相宜不過。如能收到她
本人來信告知近況，當然是最大樂事，但她如僅為盡
到禮數而執筆以至有礙早日康復，我是決不贊同的。
夫人，您對她關切備至，當然毋庸我再度懇請，勸其
自行節制。本人對斯奕蒙南小姐之情誼認真不變，對
夫人之尊敬至為真虔，敢請勿疑。

僕，鄙克瓦瑪禾拜啟

一七六○年四月二十五日

擬即去信一友人，您可逕往求見進行德某某夫人
事。格林牧先生係奧勒翁公爵機要秘書，宅巴黎
盧森堡新街，靠近聖一篤諾黑路。我告訴他您將
親自往訪，我還會告訴他，我欠夫人之人情重大，
極願能報答於萬一。他平常不在家進午餐。再拜。

信
（馬丹夫人致克瓦馬禾侯爵）

先生，自前信迄今未執管問候，這段時間我所歷之苦，
一言難盡！以我悲苦徒亂先生清神，我也實在下不了
筆。先生重情善感，我令先生免於此一無情折磨之苦，
先生也許有以謝我吧。我何等珍愛此姑娘，您是知道
的。試想，半月以來，我目睹她受劇痛煎熬，徘徊於
生死一髮之間，是何滋味！我相信，天主終於對她對

我心生惻隱，這可憐的姑娘命保住了，但恐難久安。
她已筋疲力竭，幾乎不再開口說話，連睜開眼皮都沒
力氣了，只餘心中一息不甘罷休之氣尚存而已。倘若
這般女子難免一死，我輩何以為堪？我對她病癒的希
望霎時破滅。自她摔傷之後，肋間起一膿腫，逐日暗
中惡化。她起先不願及時開刀，等到後來同意，已然
太遲。她感到來日無多，要我遠離，而我呢，不瞞您
說，這景象也不忍再看下去。她於昨晚亥時之間受領
了終傅聖事，這也是她自己要求的。這場淒惻的儀式
過後，我獨自留在她的床頭。聞到了我的嘆息之聲，
她伸手過來探尋我的手，我便伸手給她，她握住，貼
到自己的唇上，然後把我拉過去，對我說話。但是她
的聲音太小，幾乎聽不大出來說什麼：「娘，還有一
個請求。」

「什麼事啊，孩子？」

「給我賜福，之後，就請回去吧。」

她加上一句說：「爵爺那邊……不要忘了謝謝他。」
上面這幾句話是她臨終遺言。我給侍候她的人囑咐了
幾句話，才舉步離去，到一個朋友家去等著，心懸魂
牽。現在已是午夜子時將盡，也許您我的一個朋友已
升天了。

　　　　　僕女匍匐受教，鄙（簽署莫萑-馬丹）敬上

（此信寫於五月七日，但未標明日期）[239]

信
（馬丹夫人致克瓦馬禾侯爵）

親愛的孩兒走了，她受的罪也到了盡頭。我們受的罪，
大約還要長長繼續下去吧。她是星期三凌晨寅時離開
人間的，去到您我人人都要去的上界。由於她一輩子
清白，她臨終時刻的寧靜，那幫人無所不用其極要加
以破壞，卻絲毫無損。承您對她坎坷命運多所錦注，
脈脈之情請容我於此致謝。這是我該她最後的一份情
了。您賜來的大函，悉數在此，附信奉還其中一部分
一向由我保管，其餘的，是她附在去世前幾天一疊文
件中一道交給我的。據她所告，文件紀錄了她在父母
家以及在後來三家修道院內的生活實錄，並有她離開
修道院後的情況。凡是她的遺物，連同我以友愛之心
給了她的禮物，我一見到便難免生椎心之痛。看來，
這文件短時間內我是不會去讀的。

侯爵大人，您如有何需我效力之處，我無不樂於從命，
他日每想到您，都會令我感到心有榮焉[240]。

大人慈悲心腸，多行善事，令我生出又感激又尊敬之

239　原文為斜體字，顯係格林牧所加。

240　此句為："Si je suis assez heureuse, monsieur, pour vousétre utile……"「福
拉樞黑雍」版在"assez"之前多"jamais"一字，原意不變，加重語氣而
已。

情，這種感情都應有心一同。

僕女葡萄受教，鄙（簽署莫蘆－馬丹）敬上

一七六〇年五月十日

信

（克瓦馬禾侯爵致馬丹夫人）

夫人心性善感而好扶弱濟傾，現在失去了縈繞於心之人，夫人之悲，可想而知；這位姑娘生性惹人憐惜，身世悲慘，您對之呵護有加，她實受之無愧。現在一旦施恩無由，夫人遺恨，可想而知。斯奕蒙南小姐令您扼腕嘆息，於我心有戚戚焉，實觸動我至深的柔情。而今天人永隔，您因曾識得其人，悲悼自更難抑。僕雖與她緣慳一面，她的悲慘遭遇已令我深深感動，原曾預期可以為她來日之安寧稍盡綿薄而心中快慰。然而。天意既別有所擇，不擬遂我渴望念之意願，我固然只能崇揚天德之所施。但豈能無動於衷！夫人您曾以至高尚之情誼、最慷慨之行動授以援手，至少可以有所安慰於心。夫人高風景行，我油然生敬佩之心，本擬效法以赴，於今無奈。只願一識尊荊，以面達我對夫人偉大胸懷敬仰之衷忱，此乃我熱切之期望。

僕，鄙克瓦瑪禾拜上

一七六〇年五月十八日

舉凡能令人憶起此苦命女子者，我均視為至寶。

她所撰寫之坎坷生平簡短自述，盼能賜下一閱。
提此要求是否令夫人感到割愛難捨？我之所以提
出此不情之請而且相信能蒙夫人首肯，實因夫人
信中告訴我，該文與僕相當有一點瓜葛。夫人或
不至視在下僭越本分，所以敢不揣冒昧。閱畢
當盡早完璧奉還，決無蹉跎之虞，如夫人認為
合宜，所有來函一併奉還。敬請夫人交岡城驛
車寄來。其總站在巴黎聖‧德尼路「高鹿莊」，
每禮拜一有班車。再拜。

一七六〇年五月十八日

在故事[241]及通信中以栩桑‧斯奕蒙南之名出現的這位命運
多舛的栩桑‧索里修女性命於焉結束。她一生的〈自述〉未能
殺青，委實令人長戚戚焉，此文讀來想必蕩氣迴腸的。歸根結
蒂，克瓦瑪禾侯爵應感激有這一班朋友狼狽為奸，為他送上機
會能為一個薄命女子一伸援手，其高貴情懷，其關愛備至，其
平易無飾何等高致，斯人而有斯風範不亦宜乎。他在此書信往
返中之行止，其動人之處實不遜小說家所書者。

對我們匆匆結束栩桑修女之性命，或許有人會責為不合人
道。此舉實非得已。蓋「拉松宮堡」傳來之信息稱[242]，克瓦瑪
禾千金自失恃後即住入修道院，現侯爵擬接回宮堡，且已著手
為一套房備置家具以便返家後起居之用；此外，克瓦瑪禾侯爵

241　「故事」指〈自述〉。
242　「拉松宮堡」是克瓦瑪禾侯爵府。

已準備接待來自巴黎之小姐貼身女侍，兼任小姐之女監，並擬將小姐原來女僕一名撥交此女子使喚云云。信息如此，我們只有出此下策，別無他途。以至於，栩桑修女固然青春貌美、純潔無瑕、蕙心蘭質、善感溫柔，連鐵石心腸也不禁動容；無如，要救其於必死卻也無能為力。然而，對此引人關懷之人，我們都生出情愫，不亞於馬丹夫人。此女之死，使得我們生出惋惜遺憾之情，亦不亞於她令人肅然起敬的恩人。

上文所述若與〈自述〉稍有牴牾，乃由於大部書信均成於小說之後。設若世上之序文真有過一篇確有用處，則諸君所讀之上文是也，此點應無異議；讀者諸君當也會同意，應置於正文正之序文，世上唯有本篇。

就正於文人雅士[243]

狄德侯先生每投以上午時間，積日累月伏案撰寫書信，文筆優雅，用心良苦，其文多悲歌，其事多跌宕；復商諸其夫人及深諳刁頑劣行之同好，長日以赴，塗抹刪改；舉凡突兀不馴、言過其實，或稍稍干犯平易素樸之旨，或略有失逼真者均不寬貸自珍。如有人拾得最初信稿於道路之上，或發此言：「琬琰之章，十分美麗……」若有人拾得最後信稿，或發此言：「所言確

---

243 de la Carrera認為《修女》預設的讀者是男性。〈自述〉寫給侯爵看，不在話下，在結尾處，栩桑並自承賣弄女性媚力。至於〈序言/附錄〉，此處的「文人雅士」也是男人。(de la Carrera 1991, p. 25.)。信然。「文人雅士」(les gens de lettres)的定義是「從事文學的男人」。

是實情……」其一令人讚歎，其一令人心生錯覺，信以為真：
試問，兩者相較，孰為佳？

重要參考書目

狄德侯作品

1875-1877 *Œuvres complétes.* 22 vol. éd. Jules Assézat et Maurice Tourneux, Paris.

1931 *Correspondance inédite,* éd. André BABELON, 2 vols, Paris：Gallimard.

1951 *Œuvres.* Edition établie et annotée par André Billy, Paris：Gallimard（coll. Bibliothèque de la Pléiade）.

1955-1970 *Correspondance.* éd. Georges et Jean Varloot, 16 vol., Pris：Minuit.

1975 *Œuvres complétes.* 33 vol., Paris：Hermann.

1986 *Diderot Autographie, copies, éditions.* Etudes réunies et présentées par Béatrice Didier et Jacques Neefs, Paris：PUV（Press Universitaire de Vincennes.）

1987　《狄德羅畫評選》，陳占元譯，北京：人民出版社。

1991　《狄德羅哲學選集》，江天驥等譯，北京：商務印書館。

1997　《狄德羅文集》，王雨、陳基發編譯，北京：中國社
　　　會出版社。

《修女》英、中譯本

1797　*The Nun.* London, anonymous translator.

1928　*Memoirs of a Nun.* Translated with an Introduction by
　　　Francis Birrell, London： George Routledge & Sons. Ltd.,
　　　260 p.

1966　*The Nun.* Translated by Marianne Sinclair, Introduction
　　　and Afterword by Richard Grittiths, London： New English
　　　Library, 269 p.

1968　*The Nun.* Translated from the French by Eileen B.
　　　Hennessy, Preface by Elliott Stein, Los Angeles ：
　　　Holloway House Pub., 315p.

1974　*The Nun.* Translated with an Introduction by Leonard
　　　Tancock, (1st edition 1972), London： Penguin Books,
　　　189p.

1992　*Memoirs of A Nun.* Translated with an Introuduction by
　　　Francis Birrelll (1st ed. London： George Routledge &
　　　Sons. Ltd., 1928, 260 p.) New York： Alfred Knopf, 1992,
　　　with an Introduction by Furbank, P. N., 249 p.

1987　《修女》，鄭兆璜譯（上海新文藝，1957），上海：上
　　　海譯文出版社。

1987　《修女》，段文玉、余尙兵、吳雙合譯，武漢：長江
　　　文藝出版社。

1996　《修女》，符錦勇譯，廣西：漓江出版社。

西文專書及論文

Bigot, A. "Diderot dt la médicine", *Cahiers Haut-marnais*, 1ᵉ triméstre 1951.

Blin, G. *Stendhal et les problèmes du roman*, Paris: 1953.

Booy, J. de et Freer, al. "Jacques le Fataliste et La Religieuse devant la critique révolutionnaire(1796-1800)", *Studies on Voltaire and the Eighteeenth Century* XXXIII, 1965, Genève： Droz, 1965.

Brunot, F.& Brunau C. *Précis de Grammaire historique de la langue française.* Paris: Masson et Cie, 1969.

Byrne, P. W. "The Form of Paradox: a Critical Study of Diderot's La Religieuse", *Studies on Voltaire and the Eighteenth Century*, 1994, pp. 173-290.

Carr, D.G. "La fortune de La Religieuse en Angleterre de 1797-1850", in: *Actes du Septième congrès international des Lumières*, Budapest 26 juillet-2août 1987, pp. 1288-1291, *Studies on Voltaire and the Eighteenth Centry*, n°265,

1989.

Catrysse, J. *Diderot et la mystification*, Paris：Editions A.-G.Nizet, 1970.

Charles, M. L., *The Growth of Diderot's Fame in France from 1784 to 1875*, Pennsylvania, Bryn Mawr, 1942

Chouillet, A.-M.(ed); *Denis Diderot 1713-1783*, Colloque International, Aux amateurs de livers, 1985.

Chouillet, A.-M.(ed.), *Autour du* Neveu de Rameau, Geneve： Slatkine, 1991.

Chouillet, J., *La Formation des idées esthétique de Diderot,* Paris： Armand Colin, 1973.

Chouillet, J., *Diderot*, Paris： Cedes, 1977.

Coulet, H. *Le roman jusqu'à la Révolution*, Paris： Armand Colin, 1967.

Cusset, C., *Les Romanciers du plaisir*, Genève：Honoré Champion, 1998.

de la Carrera, R., *"Success in Circuit Lies. Diderot's Communicational Practice"*, Stanford： Stanford University Press, 1991.

—— "Epistolary Triangles; the Preface-Annexex of La Religieuse Reexamined", *The Eighteenth Century. Theory and Interpretation*, v. 29, n°3, 1988, pp. 263-280.

Dieckmann, H., *Inventaire du fonds Vandeul et inédits de Diderot,* Genève： Droz, 1951.

—— "The Préface-Annexe of *La Religieuse*", *Diderot Studies II*, 1952, pp.21-147.

—— "Introduction". Préface de *La Religieuse*, in：*Diderot, Œuvres complétes*. 33 vols., t. XI, Paris：Hermann, 1975, pp.15-23

Ducros, *Diderot, l'homme et l'écrivain*. Paris, 1893.

Edmiston, W. "Sacrifice and Innocence in *La Religieuse*", *Diderot Studies XIX*, Genève: Libriarie Droz S.A., 1978.

Éliade, M. Histoire des croyances et des idèes religieuses III De Mohamed à l'âge des Réformes, Paris: Payot 1983.

Ellrich, R. J. "The Rhetoric of *The Religieuses* and Eighteenth Century Forensic Rhetoric", *Diderot Studies* III .1961, pp. 129-154.

Fellows, O "Diderot's Supplément as Pendant for *La Religieuses*", in: WILLIAMS, C.G.S. (ed.) *Literature and history in the Age of Ideas. Essays on the French Enlightenment Presented to George R. Havens. 1975*, pp.229-244.

Griffith, R. "Afterword", in: *The Nun (La Religieuse)*. Complete and Unabridged Translation by Marianne Sinclair. Introduction and Afterword by Richard Griffiths, London: The New English Library, 1966, pp. 223-261.

Hanna, B.T. "Diderot théologicien", *Revue d'histoire littéraire de la France*, 78, N.1 (1978). pp.19-35.

Kley, D.V. *The Jansenists and the Expulsion of the Jesuits from*

France, 1757-1765. New Haven: Yale University Press, 1975.

Jullien, D. "Locus hystericus: l'image du couvent dans *La Religieuse* de Diderot", *French Forum*, v.15, N°2, 1990, pp.133-148.

Laclos, C. de *Œuvres complètes*(coll. Bibliothéque de la Pléiade). Gallimard, 1979

Lewinter, R., *Diderot ou les mots de l'absence*, Paris : Champ Libre, 1976.

Liéz, E. "*La Religieuse* un roman épistolaire?". Studies on Voltaire and the Eighteenth Century. XCVIII, 1972, pp.143-163.

Luoni, F "*La Religieuse:* récit et écriture du corps", *Littérature, "Des noms et des corps"* n°54, mai 1984 pp. 79-99.

Mauzi, R. "Introduction", in: *La Religieuse*, Paris: Gallimard (coll. folio), 1972.

Macary, J. "Structure dialogique de La Religieuse", *Essays on the Age of Enlightenment in Honor of Ira O. Wade.* Genève: Libraire Droz, 1977, pp. 192-204.

May, G., "Une certaine Madame Madin", in : Williams, C. G. S.(ed.). *Literature and History in the Age of Ideas. Essays on the French Enlightenment Presented to George R. Havens.* 1975, pp.255-272.

Diderot et "La Religieuse" Etude historique et littéraire, New Haven, Yale University Press et Paris : PUF, 1954.

Morillot, P. *Le roman français depuis 1810 jusqu'à nos jours,* Paris: Masson, 1981.

Mylne, V., Diderot *La Religieuse,* London：Grant & Cutler Ltd. 1981.

—— "What Suzanne knew：Lesbianism and *La Religieuse*", *Studies on Voltaire and the Eighteenth Century,* 1982, n°208, pp.167-173.

—— "Nous empêcher de réfléchir：an aspect of plausibility", in：Lafarge, C.(ed.), *Dilemmes du roman (Essays in Honor of Geogres May)*, 1989, pp.133-145.

Naigeon, J. A., *Mémoires historiques et philosophiques sur la vie et les ouvrages de Diderot,* Paris：Brière, 1821.

Parker, A. "DID/EROTICA: Diderot's Contribution to the History of Sexuality", *Diderot Studies XXII*; 1986, pp.89-106.

Paroissien romain《彌撒祈禱文手冊》Tours(France), Alfred Mame et fils, 1877.

Parrish, J. "Conception, évolution et forme finale de *la Religieuse*", *Romanische Forschungen,* 74, 1962, pp. 361-384.

Ponton, J. *La Religieuse dans la littérature française,* Québec: Presse de l'Université Laval, 1969.

Rousseau, J.-J. *Les Rêveries du promeneur solitaire,* Paris: Gallinard (coll.folio), 1972.

Saint-Amand, P. "Reproducing Motherhood: Diderot's *La Religieuse*", *Literature and Psychology*, vol. 35, n°4, 1989.

Shaftesbury, A. *Principes sur la philosophie morale ou essai sur le mérite et la vertu (An Inquiry concerinig Virtue and Merit)*, trad par Diderot, Amsterdam, 1745.

Siemek, A. "*La Religieuse* et l'art romanesque de Diderot", *Acta universitatis Wratislavieensis*, n°264, 1975, pp. 59-76.

Undank, J. "Diderot's 'Unnatural' Acts: Lessons from The Covent", *French Forum*, vol. 11, May 1986 N°2, pp. 151-167.

Varloot, "*La Religieuse* et *sa Préface*", in : Mossop, D.J. et al.(ed.), *Studies in French Eighteenth Century*(presented to John Lough), 1978, pp. 260-270.

Venturi, Franco, *Jeunesse de Diderot(de 1713 à 1753)*, trad. de l'italien par Juliette Bertrand, 1ᵉ éd. Paris : Skira 1939, Slatkine Reprints, 1967.

Vincent, F. *Les Parnassiens. L'esthetique de l'Ecole. Les œuvres et les hommes*. Paris : Gabriel Beauchesne et ses fils, 1933.

Wilson, A. *Diderot. Sa vie et son œuvre,* (1957 pour la publication en anglais) traduit de l'anglais par G. Chahine, A. Lorenceau et A. Villelaur. Paris: Laffone-Ramsay, Bouquins, 1985, 808 p.

西文辭書

Lacoste, J.-Y.(directeur), *Dictionnaire critique de théologie* Paris : PUF, 1998, 1298 p.

Goelzer, H., Latin Français, Paris：Garnier, 1928.

Rey, A.（directeur）, *Dictionnaire histirique de la langue française* 2 vol, Paris: Dictionnaires le Robert.

中文專書

王亞平，《修道院的變遷》，北京：東方出版社，1998。

王國維，《人間詞話》，台灣：開明書店，1958。

巴特（K. Barth），《教會教義學》*Kirchliche Dogmatik* 何亞將、朱雁冰譯，香港：三聯書店，1996。

伏爾泰（Voltaire），《哲學辭典》*Dictionnaire philisophique*，二卷，王燕生譯，北京：商務印書館，1995。

余嘉錫，《世說新語箋疏》，北京，中華書局，1983。

凌濛初，《拍案驚奇》，上海：江蘇古籍出版社，1990。

許鈞等著，《文學翻譯的理論與實踐——翻譯對話錄》，南京：譯林出版社，2001。

曹雪芹、高鶚，《紅樓夢（三家評本）》，江蘇：上海古籍出版社，1990。

盧梭（J.-J. Rousseau），《社會契約論》（*Du Contrat social*），何兆武譯，北京，商務印書館，1979。

《論人類不平等的起源和基礎》，*Discours sur l'origine et les fondements de l'inégalité parmi les hommes*，李常山譯，北京：商務印書館，1982。

中文辭書、目錄

《聖經神學詞典》，譯自Vocabulaire de théologie biblique，台
　　北：光啓出版社，868 pp., 1995。

《漢譯法國社會科學與人文科學圖書目錄》，北京大學中法
　　文化關係中心，北京圖書館參考研究部中國學室主
　　編，北京：世界圖書出版公司，1996。

譯名對照表

（人名姓氏用大寫字母以示區別）

一至六畫

卜嵐　BLIN, G.

卜雄　BAUCHON

卜樹　BOUCHER

卜瀾神父　BLIN, l'abbé

卜瓦赫　BOUVARD

七詩聖文庫　La Bibliothèque de la Pléiade

凡爾賽　Versailles

干檳波瓦　Quincampoix

下諾曼地　Basse Nomandie

內日翁　NAIGEON

巴里梭　PALISSOT

狄德羅　DIDEROT

貝赫丹　BERTIN

貝赫吉欻　BERGIER

克瓦瑪赫　CROIXMAR

克黑畢雍　CRÉBHION（Claude Prosper de）

吳班第四　URBAN IV

汪德爾夫人　VANDEUL, Madame de

克瓦瑪禾侯爵　CROISMARE, marquis de

克勒蒙十一世　Clément XI

奈達　NIDA

岡城　Caen

佛央　Feuillants

彼列　BÉLIAL

季鶚黑　THIIERRY

波伊雪（夫人）　PUISIEUX, Mme de

孟索日　MONTSAUGE

阿哈西（侯爵）　ARCIS, masrquis des

阿瑟紮　ASSÉZAT

阿嘎特　Agathe

阿爾壁　ALBI

杭潑諾　RAMPONEAU

亨利親王　HENRY, Prince

昂吉利克　Angélique

孟德斯鳩　MONTESQUIEU

十至十二畫

格拉麗絲　Clarisses

桑里四城　Senlis

盎德黑岳　ANDRIEUX

栩桑‧索里艾　SAULIER, Suzanne

郭節　GAUTIER, Théophie

勒摩安　LEMOINE

梅拉尼　Mélanie

梵樂希　VALÉRY, Paul

欸蕩埠　Etampes

欸貝爾　HÉBERT

莫里哨　MORILLOT, Paul

莫理納　MOLINA, Louis de

莫理派　Moliniste

莫薷 - 馬丹　MOREAU-MADIN

欸松訥省　Essonne

畢黑艾賀　BRIÉRE

郭赫貝邑　Corbeil

麥伊斯特　MEYSTER（MEISTER）

曼德濃夫人　MAINTENON, Madame de

雪弗賀絲谷　Chevreuse, Vallée de

莫黑斯‧杜禾訥　TOURNEUX, Maurice

勒翁大皇（勒翁一世）　LÉON le Grand

費爾瑪　FILMER, sir Robert

菲洪　FRÉRON

瑞察德森　RICHARDSON, S.

達郎貝禾　d'ALEMBERT

路易十四　LOUIS XIV

雷翁 - 杜富　LÉON-DUFOUR

董 - 莫亥爾　dom-MOREL

聖 - 苔磊絲　Sainte-Agnès

聖 - 婕荷姆　Sainte-Jérôme

聖 - 德尼路　Saint-Denis, rue

聖 - 德沱普　Sainte-Eutrope

奧勒翁公爵　Orléons, duc　d'

萬爾蒙子爵　VALMOND, le vicomte de

普賴蒙特萊會　Prémontrés

達密拉維爾　DAMILAVILLE

聖 - 玉禾緒勒　Sainte-Ursule

聖 - 格萊芒德　Sainte-Clémente

聖 - 許爾彼斯　Saint Sulpice

聖 - 葛特海尼　Sainte-Catherine

聖 - 篤諾黑街　Saint-Honoré, rue

聖 - 鐸居絲玎　Sainte-Augustine

聖 - 凱麗斯汀　Sainte-Christine

聖・萬桑・德・博爾　Sainte Vincent de Paul

福拉瑪黑雍　Garnier-Flammarion

瑪利 - 栩珊・斯奕蒙南　SIMONIN, Marie-Suzanne

十四至二十四畫

霞克‧紓葉　CHOUILLET, Jacques

謝夫慈貝瑞　SHAFTESBURY, A.

薩爾貝特黑欽　la Salepétrière

薩克絲 - 郭達公爵夫人SAXE-GOTHA, duchesse de

蘇霍南主教　SORNIN, vicaire de Saint-Roch

蘇畢茲夫人　SOUBISE, Mme

鐸霍德　Dorothé

顧普穎　COUPERIN, François le Grand

讓‧德威訥　DEVAINES, Jean

聯經經典

修女

2002年4月初版　　　　　　　　　　　　　　　　定價：新臺幣320元
有著作權・翻印必究
Printed in Taiwan.

原　　　著	Denis Diderot	
譯　　　注	金　恆　杰	
發　行　人	劉　國　瑞	

出 版 者 聯 經 出 版 事 業 公 司　　責 任 編 輯　邱　靖　絨
臺 北 市 忠 孝 東 路 四 段 5 5 5 號　　校　　　對　陳　奕　文
台 北 發 行 所 地 址：台北縣汐止市大同路一段367號　　封 面 設 計　沛　綠　地
　　　　電　話：(0 2) 2 6 4 1 8 6 6 1
台 北 忠 孝 門 市 地 址：台北市忠孝東路四段561號1-2樓
　　　　電　話：(0 2) 2 7 6 8 3 7 0 8
台 北 新 生 門 市 地 址：台北市新生南路三段9 4號
　　　　電　話：(0 2) 2 3 6 2 0 3 0 8
台 中 門 市 地 址：台中市健行路3 2 1號B 1
台 中 分 公 司 電 話：(0 4) 2 2 3 1 2 0 2 3
高 雄 辦 事 處 地 址：高雄市成功一路3 6 3號B 1
　　　　電　話：(0 7) 2 4 1 2 8 0 2
郵 政 劃 撥 帳 戶 第 0 1 0 0 5 5 9 - 3 號
郵　撥　電　話：2 6 4 1 8 6 6 2
印 刷 者 世 和 印 製 企 業 有 限 公 司

行政院新聞局出版事業登記證局版臺業字第0130號

本書如有缺頁，破損，倒裝請寄回發行所更換。　　ISBN　957-08-2419-0（平裝）
聯經網址 http://www.udngroup.com.tw/linkingp
　　信箱 e-mail:linkingp@ms9.hinet.net

國家圖書館出版品預行編目資料

修女 / Denis Diderot 原著 . 金恆杰譯注 .
    --初版 . --臺北市：聯經，2002 年（民 91）
336 面；14.8×21 公分 .（聯經經典）

譯自：La Religieuse

ISBN   957-08-2419-0(平裝)

876.57   91005480